W0364240

HEIDRUN WAGNER

WENN DU VERGISST

Mit Illustrationen von:
MIRI D'ORO

OETINGER 34

Für Sabine, denn Schwester bleibt Schwester
(Heidrun)

Für Maya und Elisabeth
(Miri)

MIX
Papier aus verantwortungsvollen Quellen
FSC® C014496

© 2016 Verlag Friedrich Oetinger GmbH,
Poppenbütteler Chaussee 53, 22397 Hamburg
Oetinger34, ein Imprint der Verlag Friedrich Oetinger GmbH
Alle Rechte vorbehalten
Text von Heidrun Wagner
Einband und Illustrationen von Miri D'Oro
Lied auf S. 116, 130 (in gekürzter Fassung): *Barfuß am Klavier*
© 2016 Christopher Annen, Henning May, Severin Kantereit GbR, under exclusive license to Vertigo/Capitol, a division of Universal Music GmbH
Lied auf S. 115, 169 (in gekürzter Fassung):
Mess © Sony/ATV Music Publishing LLC
Satz: Sabine Conrad, Bad Nauheim
Druck und Bindung: GGP Media GmbH, Karl-Marx-Str. 24, 07381 Pößneck
Printed 2016
ISBN 978-3-95882-028-9

Dieses Buchprojekt ist auf Oetinger34.de im Team entstanden.
Autorin: Heidrun Wagner, Illustratorin: Miri D'Oro,
Paten: Jessy melodyofbooks, Andreas Dutter – brividolibro

www.oetinger34.de

Elias

Aufwachen fühlt sich an wie aufsteigen von ganz tief unten.

Der Boden ist hart, drückt gegen meine Schulter. Ich taste. Weiche Halme streichen an meinen Fingern entlang, sie kitzeln, feucht. Ein Windhauch bläst mir ins Gesicht, riecht nach Sommer und nach Regen. Ich will lächeln, aber meine Lippen kleben völlig ausgetrocknet aneinander. Hoffentlich kommt er bald, der Regen.

Einmal noch einatmen, und ich öffne die Augen.

Über mir der tiefblaue Himmel, so blau wie …

Wie …

Ich versuche, das Bild zu greifen, kann es nicht einfangen.

Tiefblau, nicht hell, nicht dunkel, so wie …

Wie …

Ich weiß es nicht. Warum weiß ich es nicht?

Ich stemme mich hoch. Ein Stechen, das hinter meinen Augen anfängt, jagt mir den Rücken hinunter. Mit beiden Händen drücke ich gegen meinen Kopf, will den Schmerz stoppen, beiße die Zähne zusammen, um nicht zu schreien. Meine Finger tasten, vorsichtig, nur nicht mehr Schmerzen verursachen. Eine Kruste überzieht meine Haare an der Stelle, auf der ich lag. Unter den Haaren ist es feucht. Ich ziehe die Hand wieder vor, die Fingerspitzen schimmern rot.

Neben mir eine Bewegung, ich sehe sie im Augenwinkel, fahre herum. Das Stechen zerreißt meinen Kopf, es fühlt sich an, als hacke es mein Hirn in tausend kleine Stücke.

Verschwommen erkenne ich einen Vogel, er flattert mit den Flügeln und pickt ins Gras. Seine schwarzen Augen sehen mich an.

Ich atme aus, mein Herz hämmert wie verrückt. Ruhig bleiben, nicht durchdrehen. Alles ist gut, es ist nur ein Vogel.

Ich werde nicht ruhig. Mir ist kalt, warum ist es so kalt? Ich ziehe die Knie an meinen Körper, halte mich fest. Meine nackten Arme sind wie Eis, Beine und Rücken brennen, sobald ich die Muskeln anspanne.

Wo bin ich?

Um mich herum sind ein paar Bäume. Ich kann einen Weg ausmachen, er kreuzt den kleinen Trampelpfad, auf dem ich sitze. Dahinter wächst eine Reihe Büsche. Zwischen den Zweigen schimmert Wasser, ein finsterer Strom, der vorbeirauscht. Die Häuser am anderen Ufer liegen im Dunkeln, nur die Dächer leuchten rot im Licht. Ich drehe mich um. Hinter mir endet der Trampelpfad nach wenigen Metern

vor großen grauen Betonklötzen. Ich weiß immer noch nicht, wo ich bin.

Ich suche nach einem Bild, einer Erinnerung, doch da ist nichts. Meine Gedanken lassen sich nicht fokussieren.

Scheiße, was ist passiert?

Ich muss hier weg. Das Stechen ignorierend, rapple ich mich hoch. Der Vogel flattert davon. Laufen, irgendwohin laufen, bis ich wieder weiß, wo ich bin. Oder auch nicht, egal, nur weg hier, schnell weg, bevor … Bevor *was?*

Mein Herz hämmert schon wieder oder immer noch, ich weiß es nicht. Es brüllt mich an: *Hau ab! Hau endlich ab!* Ich stolpere los, auf die Betonklötze zu.

Hinter mir Schritte, ich laufe schneller, nicht schnell genug, eine Hand greift nach meinem Arm, ich kann ihr nicht ausweichen, sie packt mich und zieht mich herum.

Vor mir ein Typ. »Ma–«

»Nein! Nicht!« Ich reiße mich los und renne.

Im Laufen drehe ich mich noch einmal zu ihm um und bleibe mit dem Fuß hängen, stürze. Ein Stechen schneidet durch meinen Kopf. Ich stöhne auf, presse die Hand dagegen. Gleißende, weiße Flecken schimmern vor meinen Augen, trotzdem krieche ich rückwärts weiter.

Langsam kommen Konturen zurück, ich blinzle, der Typ hat sich keinen Schritt bewegt. Er steht immer noch da und sieht mich an, sieht mich einfach nur an.

Alle meine Muskeln sind fluchtbereit, aber ich bleibe sitzen, schaue ihm ins Gesicht.

Er hebt die Hände, kommt auf mich zu und geht in die Hocke. »Hey, hey, alles ist gut. Ich tu dir nichts, echt nicht.«

Mir fällt die Farbe seiner Augen auf: grau wie der Himmel an einem Regentag, und ich möchte länger in diese Augen sehen. Er fährt mit der Hand über sein Gesicht und schaut auf den Boden. Ich atme aus. *Alles ist gut. Alles ist gut.*

»Wie kommst du hierher? Wo bist du gewesen?«, fragt er und sieht mich wieder an.

»Du kennst mich?« Ich suche nach einem Anhaltspunkt, irgendetwas, das mir sagt, wer er ist.

Sein Blick wandert über mein Gesicht, er presst die Lippen zusammen, schüttelt den Kopf und dreht sich weg. »Nein«, flüstert er.

»Wer bist du?«

Er wendet sich mir wieder zu. »Ich? Ich heiße Elias … und du bist?«

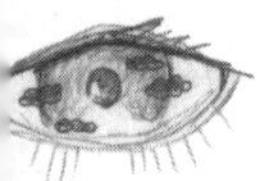

»Ich … ich bin …« Meine Atmung wird schneller, in meinem Magen ist ein Flimmern.

Ich sehe an mir hinunter. Helle Jeans mit Grasflecken an den Knien, knallrote Chucks, so rot wie das klebrige Zeug an meinen Fingerspitzen, eine braune Kruste um die Sohlen und ein gelbes Shirt, bedruckt mit einem weiß eingerahmten blauen Schriftzug: *Totally Unique.*

Nichts von den Klamotten kommt mir bekannt vor. Ich klopfe die Taschen der Jeans ab, greife hinein, da muss doch etwas sein. Ein Zettel vielleicht, ein Handy, oder, besser noch, ein Ausweis mit meinem Bild.

Sie sind leer.

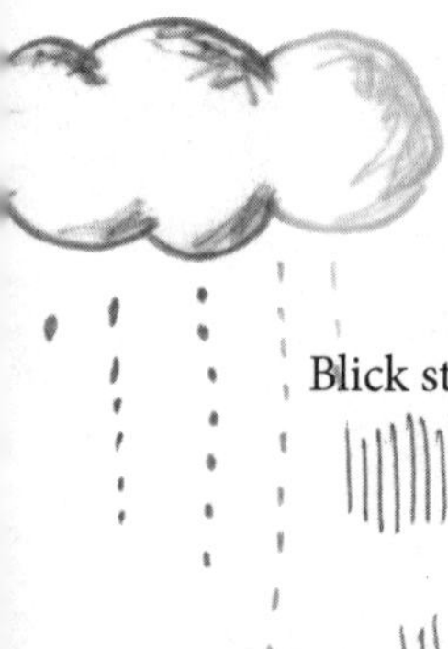

Der Typ – wie heißt er? Elias? – berührt mich an der Schulter und nimmt die Hand erst wieder weg, als ich ihn ansehe. »Was ist mit dir los?«, fragt er.

»Ich, ich … weiß nicht, wer ich bin«, flüstere ich, mein Blick streift über die Bäume.

Hat sich dort hinten etwas bewegt? Ich springe auf, mir wird schwarz vor Augen, der Boden kippt unter mir weg. Zwei Hände greifen nach mir, ich schreie und schlage um mich, die Hände bleiben, halten mich, bis der schwarze Vorhang sich hebt und ich ohne Hilfe stehen kann. Ich drehe den Kopf, sehe direkt in Elias' Gesicht.

Wer *ist* er?

»Was …« Er bricht ab, setzt erneut an. »Wie lange bist du schon hier draußen?«

Ich antworte nicht, will die Augen schließen und warten, bis es vorbei ist, bis ich mich wieder erinnere. Mein ganzer Körper fängt an zu zittern, ich presse die Arme gegen die Brust. Elias sieht mich an oder durch mich hindurch, er ist wie erstarrt, nimmt mich nicht mehr wahr, und ich weiß nicht, was ich machen soll.

»Scheiße, du frierst ja total! Hier.« Er zieht seine Jacke aus und legt sie mir über die Schultern. Sie rutscht, er schiebt sie wieder hoch, ohne mich zu berühren.

Mit beiden Händen fährt er sich durch die verstrubbelten kurzen, dunklen Haare, lässt die Arme wieder fallen und sieht mich an.

»Krankenhaus, wir sollten ins Krankenhaus gehen. Du bist verletzt.«

Ich fasse mir an den Kopf, berühre die Kruste. Mein Magen krampft, ich presse die Hand an den Mund. Nicht brechen, bitte nicht! Jetzt greife ich doch nach Elias' Arm, er zuckt zusammen, und ich lasse sofort wieder los.

»Darf ich mir die Wunde ansehen, bitte?« Vorsichtig streicht er über meine verklebten Haare, hebt sie hoch, tastet. »Wie ist das passiert?«

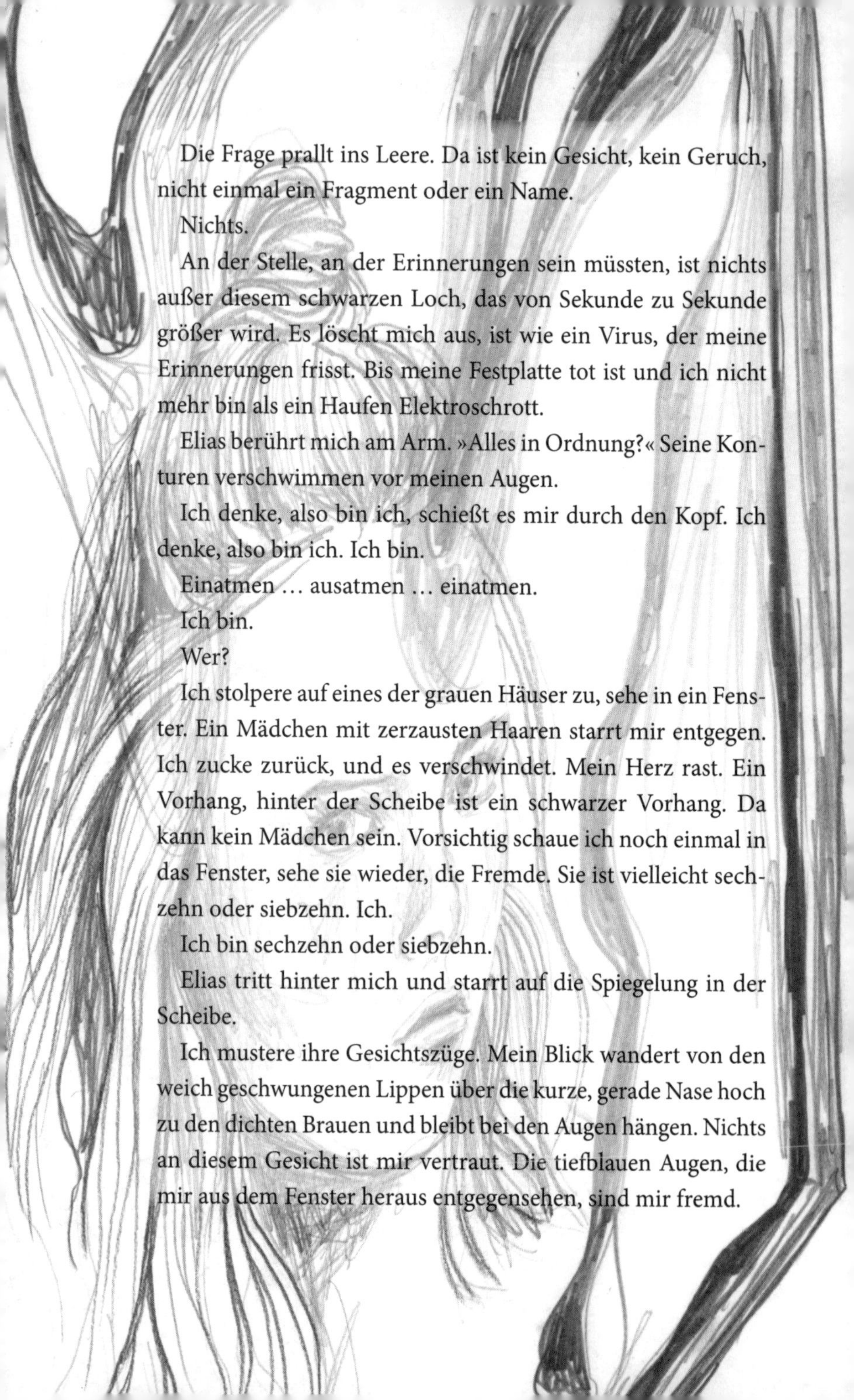

Die Frage prallt ins Leere. Da ist kein Gesicht, kein Geruch, nicht einmal ein Fragment oder ein Name.

Nichts.

An der Stelle, an der Erinnerungen sein müssten, ist nichts außer diesem schwarzen Loch, das von Sekunde zu Sekunde größer wird. Es löscht mich aus, ist wie ein Virus, der meine Erinnerungen frisst. Bis meine Festplatte tot ist und ich nicht mehr bin als ein Haufen Elektroschrott.

Elias berührt mich am Arm. »Alles in Ordnung?« Seine Konturen verschwimmen vor meinen Augen.

Ich denke, also bin ich, schießt es mir durch den Kopf. Ich denke, also bin ich. Ich bin.

Einatmen … ausatmen … einatmen.

Ich bin.

Wer?

Ich stolpere auf eines der grauen Häuser zu, sehe in ein Fenster. Ein Mädchen mit zerzausten Haaren starrt mir entgegen. Ich zucke zurück, und es verschwindet. Mein Herz rast. Ein Vorhang, hinter der Scheibe ist ein schwarzer Vorhang. Da kann kein Mädchen sein. Vorsichtig schaue ich noch einmal in das Fenster, sehe sie wieder, die Fremde. Sie ist vielleicht sechzehn oder siebzehn. Ich.

Ich bin sechzehn oder siebzehn.

Elias tritt hinter mich und starrt auf die Spiegelung in der Scheibe.

Ich mustere ihre Gesichtszüge. Mein Blick wandert von den weich geschwungenen Lippen über die kurze, gerade Nase hoch zu den dichten Brauen und bleibt bei den Augen hängen. Nichts an diesem Gesicht ist mir vertraut. Die tiefblauen Augen, die mir aus dem Fenster heraus entgegensehen, sind mir fremd.

Tiefblau, wie der Himmel über mir.

Das bin ich? Mein Magen krampft wieder.

»Komm, ich bring dich ins Krankenhaus, okay? Ich muss sowieso dorthin.«

Ich stehe einfach da, schaue auf das Mädchen und sehe es doch nicht mehr. Alles in mir wirbelt durcheinander. Elias läuft los in Richtung Hausecke, ich öffne den Mund, will schreien, mich umdrehen und ihm nachrennen und bleibe doch stehen.

An der Ecke dreht er wieder um, kommt zurück und legt seinen Arm auf meine Schultern. Vorsichtig schiebt er mich. Ich lasse es zu, lehne den Kopf gegen ihn, bin froh, nicht mehr allein zu sein. Er zögert, bevor er mich hält. Ganz fest hält.

Vielleicht sollte ich nicht mit ihm gehen, vielleicht sollte ich so lange laufen, bis ich etwas finde, was ich kenne. Nur, wo soll das sein?

Einen Fuß vor den anderen setzend, versuche ich, nicht mehr zu denken. Hinter den Betonklötzen geht der Trampelpfad weiter. Auch hier stehen Bäume. Je weiter wir uns von dem Ort entfernen, an dem ich aufgewacht bin, umso schwerer fällt mir das Laufen. Was, wenn alles, was mich ausmacht, dort noch irgendwo liegt? Wird es, wenn ich jetzt gehe, für immer verloren sein?

Wir lassen die Bäume hinter uns und folgen einer festen Straße. Ich bleibe stehen.

»Was ist?« Elias sieht mich an, sein Arm rutscht von meiner Schulter.

Für einen Moment verliere ich mich in dem Regenwolkengrau und denke nichts mehr. Er wird rot, fährt sich durch die verstrubbelten Haare, und ich sehe zu meinen Chucks. »Ich kann nicht weggehen«, sage ich, obwohl ich auf keinen Fall zurückwill.

Bitte, hilf mir, denke ich und fange seinen Blick wieder auf. Ich darf mich nicht verlieren.

»Hör zu. Alles wird gut.« Er hält einen Moment inne und schluckt. »Im Krankenhaus werden sie deine Wunde versorgen, und wenn der Schock vorbei ist, wirst du dich wieder erinnern. Im Moment ist es vielleicht besser so.«

»Was meinst du?« Ich suche in seinem Gesicht nach einer Antwort, doch er weicht meinem Blick aus.

»Nichts. Lass uns weitergehen. Deine Wunde muss echt versorgt werden. Okay?«

Nein, nichts ist okay, er weiß doch etwas! Ich will ihn zwingen, mir zu sagen, was er gemeint hat. Aber mir fehlt die Kraft. Das Stechen hämmert immer noch in meinem Hirn, trotz Jacke hängt die Kälte in meinen Knochen, und ich habe Durst. Ich könnte den Fluss leertrinken. Nur sind wir nicht mehr beim Fluss.

Elias legt wieder den Arm um meine Schultern, und ich gehe mit ihm. Langsam löst sich das Dämmerlicht in grauen Schwaden auf, und ich hebe den Kopf, sehe zum leuchtend blauen

Himmel. Elias führt mich quer durch eine Parkanlage. In der Straße auf der anderen Seite sind die Laternen ausgegangen.

Was hat er gesagt? Es ist besser so. Vielleicht ist es ja besser so …

Wir biegen auf eine Wiese ein und laufen neben einem großen Gebäude entlang, das von außen total verwinkelt aussieht. Die ganze Zeit spüre ich Elias' Blick, der mich immer wieder von der Seite mustert. Als wolle er sich jedes Detail meines Gesichts einprägen. Vor der automatischen Schiebetür bleibe ich stehen. Mit einem leisen Sirren gleitet sie auf. »Was ist los?«, frage ich.

Für einen Moment frieren seine Bewegungen ein, ehe er den Kopf schüttelt. »Nichts.«

Das Lächeln hängt schief auf seinen Lippen, mein Blick wandert über die Bartstoppeln in seinem kantigen Gesicht. Seine Nase ist ungewöhnlich breit, nicht hässlich, nur ungewöhnlich. Er sieht süß aus, aber das ist es nicht. Ich mag die Melancholie, die in seinen Augen liegt und über die mich auch das Lächeln nicht hinwegtäuschen kann. Ich will bleiben, den Moment ausdehnen, doch Elias löst seinen Blick und schiebt mich in das Gebäude.

Innen empfängt uns eine große Halle. Ein scharfer Geruch setzt sich in meiner Nase fest, und ich bekomme fast keine Luft mehr. Direkt hinter der Tür kommen wir an einem Glaskasten vorbei. *Anmeldung* steht da, ich sehe gerade noch die Frau hinter dem Bildschirm, bevor Elias mich weiterschiebt. Türen, hier sind so viele Türen. Menschen eilen von einer zur nächsten, weiße Kittel mit Namensschildern. Ich will auch so einen Kittel mit einem Namen, ganz egal, welchem! Wir laufen an Stühlen vorbei, die zwischen Pflanzenkübeln im Halbkreis stehen. Leute sitzen dort zu zweit oder zu dritt nebeneinander, immer ein leerer Stuhl zwischen jeder Gruppe. Alle hier reden durcheinander, es ist so laut, so unglaublich laut. Ich will umkehren. Abhauen. Irgendwohin, wo es still ist. Der Krach frisst sich in meinen Kopf, verstärkt das Stechen, bis es nicht mehr auszuhalten ist. Mir wird wieder schlecht. Elias zieht mich quer durch die Halle zu einem Sitzplatz an der Ecke, von der aus ein Gang nach rechts verschwindet.

»Warte hier, ich bin gleich wieder da.« Er lächelt mich kurz an und läuft auf eine Frau in weißem Kittel zu.

Ich nicke, obwohl er es schon nicht mehr sieht. Er redet auf die Frau ein, sie schaut zu mir rüber und mustert mich von oben bis unten. Ich komme mir vor wie jemand, der nicht hier sein darf. Sie streicht ihm über den Rücken, hält ihn fest und sagt etwas zu ihm, ihr Gesicht ist ernst, seines kann ich nicht sehen. Seine Schultern sacken nach unten, er nickt. Sie deutet auf ein Zimmer, und Elias verschwindet darin, ohne sich noch einmal zu mir umzudrehen. Ich muss mich am Stuhl festkrallen, um ihm nicht hinterherzurennen. Er hat gesagt, er kommt wieder.

Die Frau mit dem Kittel lässt mich nicht mehr aus den Augen.

Ich schaue auf den Boden, tue so, als ob ich es nicht bemerke. Wo bleibt Elias? Ich will wieder gehen, muss ihm das sagen.

Da kommt er! Neben ihm läuft ein Mann in weißem Kittel. Am liebsten würde ich aufspringen und Elias entgegenlaufen. Das wäre schräg, also bleibe ich sitzen, beobachte sie. Der Mann sieht zu mir, nickt, Elias sagt etwas, und der Mann sieht mich noch mal an. Was erzählt Elias ihm über mich?

Ich stehe auf. Wenn er etwas über mich weiß, soll er es *mir* sagen. Und zwar jetzt. Sofort. Bevor ich einen Schritt in seine Richtung machen kann, steht die Frau vor mir. Die, die mich die ganze Zeit schon nicht mehr aus den Augen lässt. Ich schätze, sie ist Krankenschwester.

»Wenn du bitte schon mal mit mir ins Untersuchungszimmer gehst?« Sie fasst mich am Arm und führt mich auf eine Tür zu.

»Ich muss erst mit Elias reden, bitte«, sage ich, drehe den Kopf in seine Richtung.

Er ist nicht mehr da. Der Mann kommt auf uns zu, aber Elias ist verschwunden. Das kann nicht sein!

»Guten Morgen, junge Dame. Ich bin Dr. Holzen, der diensthabende Arzt hier. Du wurdest am Kopf verletzt? Das sehen wir uns gleich mal an.« Er streckt mir die Hand hin.

»Wo ist Elias?«, frage ich, ohne seine Hand zu nehmen.

»Elias?« Er zieht die Augenbrauen zusammen, eine Strähne seines grauen Haars fällt ihm in die Stirn.

»Na, der Typ, der mich hierhergebracht hat?«

»Ach so, natürlich. Er musste noch mal auf Station. Er wird sich sicher wieder bei dir melden.«

Auf Station?

Der Arzt wendet sich der Krankenschwester zu. »Rufst du bitte Professor Dr. Fuchs an?«

Schon eilt sie den Gang hinunter, ihre Schuhe quietschen auf dem Linoleumboden. Er führt mich durch die Tür zu einer Liege, die in der Mitte des Raums steht. »Setz dich hierhin, ich werde mir erst mal die Platzwunde anschauen.« An einem Waschbecken wäscht er sich die Hände, streift Handschuhe über und stellt sich hinter mich an die Liege.

»Bitte, ich muss mit Elias sprechen.«

»Alles zu seiner Zeit. Jetzt kümmern wir uns erst einmal um deine Kopfverletzung.«

Warum ist er abgehauen? Er hat mir versprochen, gleich wieder da zu sein. Er hat es versprochen!

»Ich muss ihm seine Jacke zurückgeben«, starte ich einen neuen Versuch.

»Das kannst du ja, oder du lässt sie hier, wir sorgen dafür, dass er sie bekommt.« Seine Finger tasten an meinem Hinterkopf herum, und er schnalzt mit der Zunge. »Die Wunde ist nicht allzu groß, man kann sie kleben. Ich muss dir ein paar Haare abschneiden. Keine Sorge, in ein paar Wochen sieht das kein Mensch mehr.«

Ich nicke. Selbst wenn ich wollte, könnte ich nichts sagen, ich muss mich viel zu sehr darauf konzentrieren, nicht zu heulen. Ich kneife die Augen zusammen und versuche, Elias zu vergessen. Er hat mich einfach hängen lassen.

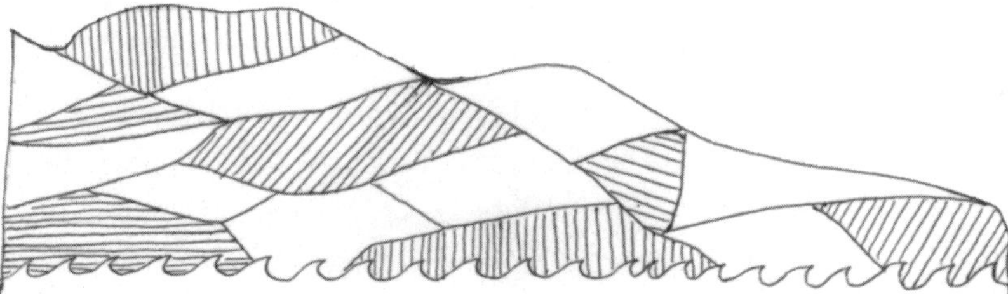

»Es ist halb so schlimm, wie es aussieht.« Der Arzt legt mir kurz eine Hand auf die Schulter.

Ich bin still. Was soll ich schon sagen? Zum Glück geht die Tür auf, und die Krankenschwester kommt zurück, gefolgt von einer Frau mit hochgesteckten Haaren und weißem Kittel. Die nickt dem Arzt zu, nimmt sich einen Hocker, dreht ihn höher und setzt sich vor mich. »Hallo, ich bin Professor Dr. Fuchs, Chefärztin der Neurologie«, sagt sie und sieht mir direkt in die Augen. »Und wer bist du?«

Ich weiß es nicht. Ich weiß es doch nicht. Bitte, nichts fragen, worauf ich keine Antworten habe, will ich sagen und bleibe stumm, kann nicht, heule sonst echt noch los. Ich weiche dem Blick ihrer ungeschminkten Augen aus und starre auf die rotbraun geschminkten Lippen. Sie passen nicht zu der blassen Haut.

»Hallo? Kannst du mich hören?«, fragt sie und berührt meinen Arm.

Ich nicke, sehe ihr immer noch nicht in die Augen.

»Sagst du mir bitte, wer du bist?«

Jetzt kann ich sie nicht mehr aufhalten, die Tränen. Ich wische mit dem Arm über mein Gesicht, will mich verkriechen. Sie sollen mich alle in Ruhe lassen, ich will nicht hier in diesem grell erleuchteten Zimmer auf einer Liege sitzen und heulen. An meinem Kopf wird es kalt, ich zucke zusammen. Ich brauche einen Moment, bis ich es kapiere. Es war der Arzt. Er hantiert immer noch an der Platzwunde herum.

»Alles wird gut, du wirst sehen«, sagt die Ärztin und drückt meinen Arm.

Jetzt schaue ich ihr doch in die Augen, hoffe, eine Antwort zu finden, und finde nichts. Nehme nur ihren Blick wahr, der mich ansieht, als wäre ich ein seltenes Tier, endlich mal eine Abwechslung in ihrem Arbeitsalltag. Und in mir höre ich ein Knacksen, spüre, wie das Stück einer Eisscholle abbricht und davontreibt. Sehe so lange hin, bis es zwischen den Wellen verschwunden ist. Unwiederbringlich verloren.

»Ich muss dir ein paar Fragen stellen, um herauszufinden, was mit dir los ist, gut?« Die Stimme der Ärztin klingt sanft, fast, als würde sie mir eine Gutenachtgeschichte erzählen. »Kann ich anfangen?«

Ich nicke. Habe ich eine Wahl?

»Weißt du, was für einen Tag wir heute haben?«

Bitte, ich hab's mir anders überlegt, doch keine Fragen. Einfach aufschreiben, ich weiß nichts! Das muss ausreichen, um eine Diagnose zu stellen.

Ganz still sitze ich, die Hände unter die Beine geschoben, und schüttle den Kopf.

»Gut. Wenn du in Gedanken zurückgehst, was ist das Erste, woran du dich erinnern kannst?«

Ich schließe die Augen, ich will auf keinen Fall an diesen

Ort zurückgehen, auch nicht in Gedanken. Ich will aufhören zu denken. Doch dann sehe ich ihn über mir, spüre den Wind auf meiner Haut und habe den Geruch von Regen in der Nase. »Der tiefblaue Himmel«, flüstere ich.

»Sehr gut, was noch?«

Ich schüttle den Kopf, halte es nicht mehr aus und mache die Augen wieder auf. Den Arzt, der die Haut um die Wunde zusammendrückt und dabei leise vor sich hinmurmelt, ignoriere ich.

»Wann hast du den Himmel gesehen?« Je weniger von mir kommt, desto sanfter wird die Stimme der Ärztin.

»Als ich aufgewacht bin.«

»Und wo bist du aufgewacht? Kannst du dich an den Ort erinnern?«

»Beim Fluss, zwischen dem Fluss und den grauen Häusern.«

Über meinen Kopf hinweg sieht sie den Arzt an. »Wo wurde sie gefunden?«

Er hört endlich auf, an der Platzwunde rumzudrücken, und räuspert sich. »Am Neckar, nicht weit von der Brücke. In der Nähe der Chirurgie.«

Woher weiß er das? War es das, was Elias ihm erzählt hat? Wo er mich gefunden hat?

»Kann ich etwas trinken, bitte?« Der Fluss hat mich an meinen ausgetrockneten Mund erinnert.

Professor Dr. Fuchs nickt der Krankenschwester zu, die dem Arzt Flaschen und

Tücher abnimmt und alles zu einer Ablage trägt. Ich beobachte, wie sie am Waschbecken einen Plastikbecher füllt, und kann es kaum abwarten, bis sie ihn mir endlich in die Hand drückt, trinke ihn leer, ohne abzusetzen.

»Gut, nicht erschrecken, ich leuchte dir kurz in die Augen, um zu sehen, ob alles in Ordnung ist«, sagt die Ärztin und zieht einen dicken schwarzen Stift aus ihrer Brusttasche.

Nichts ist in Ordnung, das kann ich ihr auch so sagen. Ich zucke vor dem grellen Lichtpunkt zurück, der Arzt hinter mir hält meinen Kopf. Bevor ich um mich schlagen kann, nimmt er die Hände wieder weg. Trotzdem zittere ich.

»Wie viel Blut hat sie verloren?«, fragt Dr. Fuchs ihn.

Ob sie mit ihrer Taschenlampe bis in mein Gehirn leuchten konnte? Hat sie gesehen, wer ich bin? Ich traue mich nicht zu fragen. Sie erklärt mich ganz sicher für verrückt.

»Es geht. Die Wunde ist nicht allzu groß«, antwortet der Arzt.

»Weißt du, was passiert ist? Wie du dir den Kopf verletzt hast?«

Ich brauche einen Moment, ehe ich kapiere, wen sie meint. Was passiert ist?

Ich schließe die Augen, konzentriere mich auf den tiefblauen Himmel, versuche, zurückzugehen in meinen Gedanken. Plötzlich ist alles schwarz. Eine lebendige Schwärze, die meine Erinnerungen verborgen hält. Sie kommt näher, kriecht an meine Füße, zerrt an meinen Haaren, will alles haben. Will mich haben, wird erst aufhören, wenn sie mich ganz verschlungen hat.

Ein Schrei erfüllt den Raum, und ich reiße die Augen auf. Mein Blick streift das Gesicht der Ärztin, erst da verstehe ich: Ich war das, ich habe geschrien.

»Was ist los?«, fragt der Arzt.

Ich schüttle den Kopf und zerdrücke den Plastikbecher in meinen Händen.

»Wir hören hier auf. Es ist zu viel. Veranlassen Sie einen Drogentest, für alle Fälle, und ich will eine CT, nur um sicherzugehen.« Professor Dr. Fuchs sieht zu der Krankenschwester, die mir den Becher aus der Hand nimmt. »Ich brauche die Handynummer von Herrn Lopau. Ich habe noch ein paar Fragen an ihn.«

Im Aufstehen erinnert sie sich doch noch an mich. »Nach den Untersuchungen wirst du auf Station gebracht. Dann sehen wir weiter.« Sie drückt mir die Hand. »Das wird wieder.«

Ich nicke, obwohl ihr Lächeln nicht wirklich überzeugend aussieht.

Sie ist schon an der Tür, als ihr Kollege sie noch einmal aufhält. »Was ist mit der Polizei? Sollen wir sie verständigen? Und die …«

»Noch nicht«, unterbricht Professor Dr. Fuchs ihn. »Ich werde das heute Mittag oder morgen veranlassen. Sie braucht erst einmal Ruhe. Und wir Zeit, um ein paar Antworten zu finden.«

Die Polizei? Warum die Polizei?, will ich fragen. Aber Dr. Fuchs ist schon durch die Tür.

NEIN
DAS KANN GAR NICHT SEIN
SCHWANGER?

NIKLAS

Eine andere Krankenschwester kommt und führt mich weg. Ich sehe sie nicht einmal mehr richtig an. Es sind zu viele Menschen, zu viele Eindrücke. Mein Kopf tut weh. Ich kann nicht mehr. Alle zerren an mir: Heb die Arme hoch, stell dich dorthin, guck zum Fenster.

Irgendwann ist die Jacke weg. Jemand muss sie mir abgenommen haben. Mein Magen zieht sich zusammen, als ich es bemerke, und sekundenlang kann ich mich nicht mehr bewegen. Wie soll ich sie Elias zurückgeben? Er wird sie doch wiederhaben wollen.

Oder du lässt sie hier, wir sorgen dafür, dass er sie bekommt.

Er hat mich sitzen lassen, wahrscheinlich ist er froh, wenn er nicht wegen der Jacke zu mir kommen muss.

»Bist du schwanger?«, fragt die Krankenschwester neben mir. Frau Meyer steht auf ihrem Namensschild. Woher soll ich das wissen? Ich kann mich noch nicht mal an die Kopfverletzung erinnern, und trotzdem ist sie da. Meine Hand rutscht auf meinen Bauch. »Ich weiß nicht«, flüstere ich.

Ich sehe zum Fenster, ein weißer Vorhang versperrt mir den Blick nach draußen. Ich kann nicht alles vergessen haben. Oder?

WO KOMME ICH HER?

ODER BIN ICH SCHWANGER?

WER BIN ICH EIGENTLICH?

Eine zweite Person betritt den Raum, noch ein weißer Kittel. Die beiden tuscheln, ich höre nur das Wort *Gewaltverbrechen*, und die Untersuchungen gehen richtig los. Ich versuche, das ganze Getaste, Geschiebe und Gerede auszublenden, mich nur noch auf einen einzigen Gedanken zu konzentrieren: Kann ich von vorn anfangen, falls ich mich nie wieder an meine Vergangenheit erinnere?

»Alles unauffällig«, sagt irgendwann irgendjemand zu irgendjemand anderem, und ich schätze, dieses *alles unauffällig* heißt, es war kein Gewaltverbrechen.

Mit mir redet keiner. Es ist, als würden sie diese ganzen Untersuchungen nur für sich machen.

Den kompletten Tag hetzen sie mich von einem Untersuchungszimmer ins nächste, ohne Ergebnis. Nach der Blutabnahme bringen mich zwei Pfleger zur Station. Sie reden über Fußballergebnisse und ignorieren mich. Wahrscheinlich denken sie, ich bin schwer von Begriff. Nur weil ich nicht weiß, wie ich heiße oder wie alt ich bin oder ob ich schwanger bin oder nicht.

Auf der Station laufen wir an Dr. Fuchs vorbei, sie steht mit dem Rücken zum Gang und spricht mit einem Pfleger. Er ist nicht viel älter als ich. Die braunen Haare hat er an den Seiten abrasiert. Oben sind sie länger und fallen lässig nach rechts, nur ein paar Strähnen hängen ihm ins Gesicht, was ziemlich cool aussieht.

»Über das genaue Prozedere reden wir morgen Mittag. Bis dahin wird nichts unternommen. Ich habe mit Herrn Lopau telefoniert, er wird dazukommen«, höre ich Dr. Fuchs sagen, als wir fast auf ihrer Höhe sind.

WIE ALT BIN ICH EIGENTLICH??

WIE HEIßE ICH EIGENTLICH? ? ? ?

WARUM KANN ICH DENKEN?!?

Der Pfleger nickt, sieht über ihre Schulter, und unsere Blicke treffen sich. Er lächelt, die Grübchen auf seinen Wangen machen ihn richtig sympathisch. Mir wird heiß, ich schaue schnell weg. Mann, ist das peinlich. Dr. Fuchs dreht sich um und zaubert in Sekundenbruchteilen auch ein Lächeln auf ihr Gesicht. Kein echtes, nur so ein routiniertes Arztlächeln. Ich sehe auf die dunklen Ringe unter ihren Augen und den viel zu kräftigen Lippenstift. Sie nickt mir zu. Zum Glück schieben die beiden Pfleger mich weiter, und ich muss nicht länger hinsehen. Ich habe das verrückte Gefühl, sie verheimlicht mir etwas.

Die Pfleger führen mich in ein Zimmer. Zuerst ist da nur der schmale Gang, ich kann einen Tisch an der Fensterwand sehen und hinter der Ecke das Fußende eines Bettes. Gleich rechts neben dem Eingang geht eine Tür ab. Ich bleibe stehen. »Wo führt die hin?«

Die Pfleger sehen erst einander an, dann mich. Es ist der erste Satz, den sie mich sprechen hören. Wahrscheinlich haben sie gedacht, ich kann nicht reden.

»Zum Bad«, sagt der jüngere von ihnen, der locker mein Vater sein könnte. »Also zu Toilette und Dusche.«

Der andere drückt mir ein Nachthemd in die Hand, das er schon die ganze Zeit mit sich herumgetragen hat. »Es kommt gleich jemand, der sich um dich kümmert«, sagt er noch, bevor er und sein Kollege sich umdrehen und aus dem Zimmer verschwinden.

Ja, danke schön. Brauche ich dringend: noch jemanden, der sich um mich kümmert. Ich laufe um die Ecke, werfe das Nachthemd aufs Bett und schaue mich um. Zwischen Bett und Fenster steht ein Nachttisch, ich ziehe die einzige Schublade auf, und ein

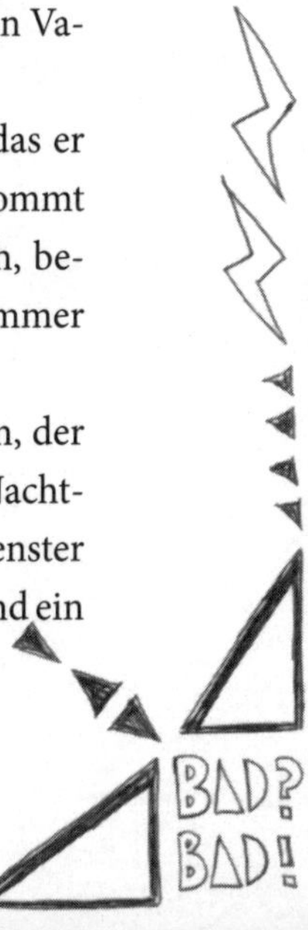

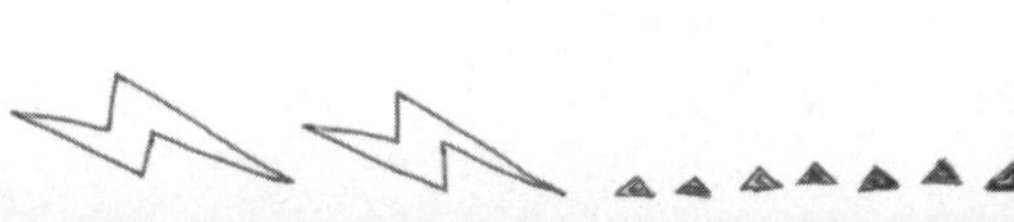

Kugelschreiber rollt mir entgegen. Reflexartig greife ich danach und versuche, einen Strich auf der weißen Plastikabdeckung zu ziehen. Er schreibt nicht. Vielleicht geht es auf Papier besser? Aber das Fach unter der Schublade ist leer. Trotzdem fahre ich mit dem Stift über den Nachttisch. Er kratzt auf dem Plastik, das ist alles. Völlig idiotisch, ich sehe nicht mal, was ich da zeichne. Aber ich kann auch nicht aufhören, es ist wie ein Sog, meine Hand wird immer schneller. Bis ich absetze. Und für einen kurzen Moment ist es da, das Bild: eine Umhängetasche, die Klappe halb geöffnet, mit einem schrägen, hellen Streifen quer durch und einer weißen Zahl unten in der Ecke, zu kurz, ich merke sie mir nicht, Schlüssel und Handy im Matsch und neben der Tasche eine Hand. Leer, offen … leblos.

Ich zucke zurück, unterdrücke einen Schrei und werfe den Kugelschreiber in die Schublade.

Was war das?

Das Bild ist weg. Natürlich ist es weg, es war ja nie da. Werde ich verrückt?

Mein Blick streift den Kunstdruck über dem Bett und bleibt dort hängen. Formen, Farben, alles durcheinander und doch in einer unsichtbaren Ordnung. Ich schließe die Schublade, knie mich auf das Bett und fahre mit den Fingern die Formen nach. Vielleicht ist es mit meinem Gedächtnis genauso? Vielleicht hat es sich gesprengt, und jetzt ist da die Mauer, die die Einzelteile zusammenhält, damit sie nicht verloren gehen? Und wenn ich die Einzelteile sehen könnte, würden sie zwar durcheinander erscheinen, aber trotzdem einer geheimen Ordnung folgen.

Gesprengt. Was, verdammt, ist mit mir passiert? Ich lehne die Stirn gegen das Bild und schließe die Augen.

Erinnern, ich muss mich erinnern.

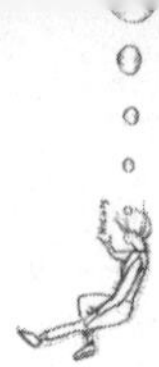

Um mich herum Dunkelheit, ich höre meinen Atem. Er geht schnell, viel zu schnell. Schritte, hinter mir, Schritte, zu nah, ich drehe mich um und …

Ich reiße die Augen auf, stoße mich von dem Bild ab, mein Herz rast, zitternd sacke ich auf der Matratze zusammen, kann mein Gewicht nicht mehr tragen. Ein Stechen jagt durch meine Brust.

Weißt du, was passiert ist? Wie du dir den Kopf verletzt hast?

Vielleicht will ich es nicht wissen? Vielleicht ist das, was passiert ist, zu groß, zu gewaltig? Es hat mich gesprengt. Wie die Formen auf dem Bild.

Ich kann nicht länger auf dem Bett sitzen, die weiche Matratze macht mich müde. Das Letzte, was ich will, ist schlafen. Wieder auf den Füßen, laufe ich hin und her, wie ein Panther im Käfig. Ein, zwei Schritte, Wand. Ein, zwei, drei, vier Schritte, Fenster. Das macht mich wahnsinnig. Ich lasse mich auf einen der beiden Stühle fallen und sehe nach draußen. Mein Zimmer liegt im zweiten Stock über dem Haupteingang, auf der anderen Seite der Straße ist genauso ein Gebäude wie das hier. Schwarzgrau, verwinkelt, trostlos. So, wie ich mich fühle. Und schon sind die Tränen wieder da. Ich kneife die Augen zu, will sie nicht haben, will nichts fühlen. Nichts zu fühlen ist besser als das Hämmern in meinem Kopf, besser als die Frage, die mich nicht mehr loslässt:

Wer bist du?

»Hallo, ich bin Niklas, Pfleger hier auf der Station und im Moment für dich zuständig«, ertönt eine warme Stimme hinter mir.

Ein Schrei, mein Schrei, ich springe auf, mir wird schwindlig. Um nicht zu fallen, drücke ich mich mit dem Rücken gegen die

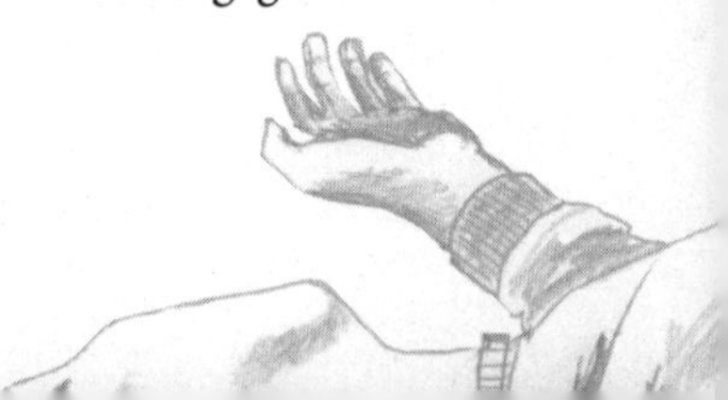

Fensterfront. Zwei Schritte von mir entfernt steht der Pfleger mit den süßen Grübchen. Was will der hier? Er hat den Kopf gesenkt und sieht mich mit einem Blick an, in dem keine Spur von Mitleid liegt, eher Sorge. Sorge um mich? Er hebt die Hände und bleibt genau dort stehen, wo er ist. »Tut mir leid. Ich habe geklopft, aber du hast nicht reagiert. Ich wollte dich nicht erschrecken.«

»Schon gut«, flüstere ich und versuche, wieder normal zu atmen.

Er deutet auf den Stuhl. »Setz dich. Ich setz mich auf die andere Seite, einverstanden?«

Ich nicke, fahre mit den Händen über meine glühenden Wangen. Hoffentlich sehe ich nicht wie ein völliger Idiot aus.

Er wartet, bis ich mich wieder auf den Stuhl fallen lasse. »Also, fangen wir noch mal von vorne an? Ich bin Niklas, Pfleger hier auf der Station, und dafür zuständig, dass du gut ankommst.«

Sein Blick ist durchdringend, und ich weiß nicht, wo ich hinsehen soll. Ich zupfe an meiner Jeans, schaue ihn dann doch wieder an.

»Hätte schlimmer kommen können«, sage ich. Ich will cool bleiben, kann aber nichts gegen das Lachen tun, das aus mir herausbricht und fast schon hysterisch klingt. Tränen schießen mir in die Augen. Er muss mich für völlig bekloppt halten.

HATTE SCHLIMMER KOMMEN KÖNNEN

Aber er sieht mich einfach nur an, nicht so, als wäre ich eine Zirkusattraktion, sondern eher, als wollte er begreifen, wie sich das anfühlt, wenn du aufwachst und nicht mehr weißt, wer du bist. Oder wenn du ausflippst, nur weil jemand hinter dir steht und Hallo sagt.

Er stützt sich mit den Armen auf den Tisch und beugt sich ein Stück zu mir. »War ein Scheißtag, hm?«

Ein Blick in sein Gesicht, der erste hier, der mich ernst nimmt, und ich muss lächeln. Er verzieht den Mund zu einem halben Grinsen und zwinkert mir zu.

»Kann man so sagen, ja«, murmle ich.

Seine Augen sind nicht nur braun, eher so ein Mix aus Braun- und Grüntönen. Die Bäume fallen mir ein, zwischen denen ich heute Morgen aufgewacht bin. Baumrindenbraun.

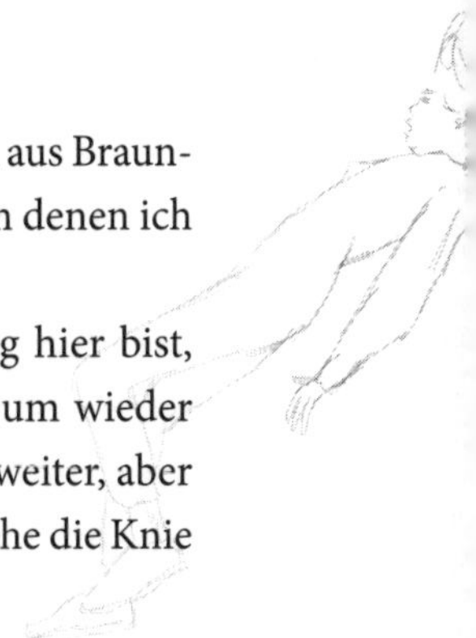

»Pass auf, dafür dass du erst einen knappen Tag hier bist, waren es viele Untersuchungen. Was du brauchst, um wieder auf den Damm zu kommen, ist Schlaf …« Er redet weiter, aber ich höre nicht mehr zu. Mein Magen krampft, ich ziehe die Knie ganz dicht an mich ran.

»Was ist?«, fragt er und mustert mein Gesicht.

»Ich kann nicht«, flüstere ich, seinem Blick ausweichend.

»Was kannst du nicht?«

»Schlafen.«

»Warum nicht?«

Ich hebe den Kopf, will sein Gesicht sehen, wenn ich es ihm sage, will wissen, ob er mich dann doch für verrückt hält. »Was, wenn ich wieder alles vergesse?«

Er sieht mir direkt in die Augen. Ich merke, wie ich wieder rot werde, und schaffe trotzdem, nicht wegzuschauen. Hoffent-

lich merkt er es nicht. Aber so, wie mein Gesicht glüht, müsste er blind sein, um es nicht zu raffen. Shit.

»Wirst du nicht«, sagt er, und als ich Luft hole, fügt er hinzu: »Und wenn doch, werde ich dir alles erzählen.«

Ich schüttle den Kopf. So funktioniert das nicht. Er hält mir seine Hand hin, und ich nehme sie. Auch wenn ich ihm nicht glaube. Mein ganzer Arm kribbelt, ich will mich losmachen und ihn gleichzeitig festhalten.

»Versprochen, okay? Wenn deine Erinnerung dich noch mal im Stich lässt, werde *ich* dein Gedächtnis sein.«

Ich könnte schon wieder heulen, weil es das Schönste ist, was ich heute gehört habe, und drücke seine Hand, so fest ich kann.

»Okay.« Ich glaube, ich würde ihm im Moment alles versprechen.

»Komm.« Er greift nach dem Nachthemd, geht zur Badezimmertür und öffnet sie. »Da drinnen kannst du dich umziehen, ich warte hier. Wenn was ist, ruf einfach.«

Das Licht im Bad geht an, er schiebt mich hinein und schließt die Tür hinter mir. Ich spüre noch den Druck seiner Finger an meiner Hand, bin froh, mich alleine umziehen zu können. Wie peinlich wäre das denn gewesen? Er ist höchstens drei oder vier Jahre älter als ich.

Das Bad ist beinahe so groß wie das Zimmer, aber es hat kein Fenster. Von der Deckenlampe strahlt ein künstlich grellweißes Licht in den Raum. Ich habe das Gefühl, nicht mehr atmen zu können, versuche, mich auf das zu konzentrieren, was ich sehen kann. Die Toilette direkt mir gegenüber, mit dem rot blinkenden Notrufknopf oder den milchig weißen Duschvorhang. Warum ist er zugezogen? Sollte er nicht offen sein?

»Niklas?«, flüstere ich.

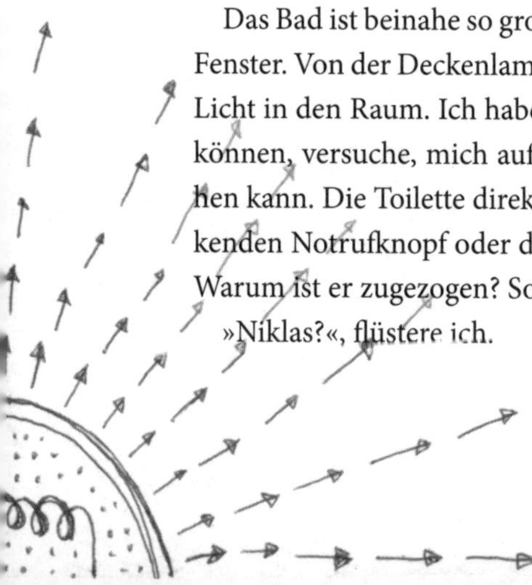

Was soll er von mir denken? Erst bekomme ich fast einen Herzinfarkt, nur weil er mich anspricht, und jetzt habe ich Schiss vor einem Duschvorhang. Ich zwinge mich, darauf zuzugehen. Hat sich dahinter was bewegt? Steht da jemand? Ich kann meine Atmung nicht mehr kontrollieren, und mir wird schwindlig. Da ist ein Schatten, ich sehe es. Bestimmt nur der Duschkopf. Oder … Mein Herz setzt einen Schlag aus, ich springe nach vorn und reiße den Vorhang auf.

Nichts.

Zum Glück hat Niklas mich nicht gesehen. Sicherheitshalber schaue ich mich um, suche nach Kameras. Dürfen die Kameras im Krankenhaus aufhängen? Bitte nicht.

Ich atme durch und schütte mir am Waschbecken Wasser ins Gesicht. Kälte kribbelt auf meiner Haut, für einen Moment schließe ich die Augen und spüre nur diesem Gefühl nach, ehe ich den Kopf hebe und mein Blick den Spiegel trifft.

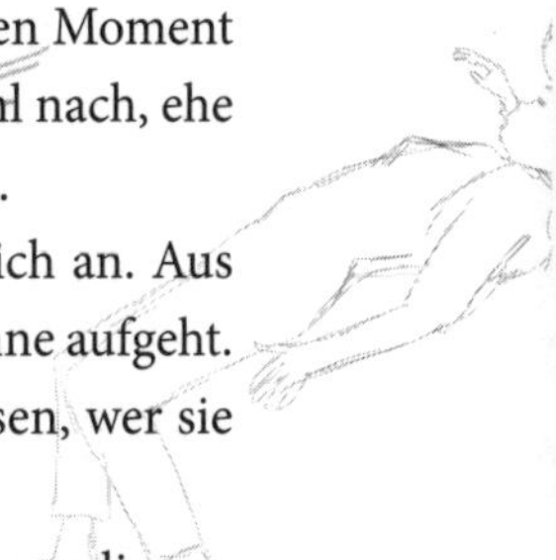

Da steht es, das fremde Mädchen, und starrt mich an. Aus Augen, tiefblau wie der Himmel, kurz bevor die Sonne aufgeht. Regungslos steht sie da und tut, als müsste ich wissen, wer sie ist.

Ihr Gesicht beginnt zu flimmern, die Konturen zu verlieren. Ich will es halten. Es gelingt mir nicht, und ein Gefühl überrollt mich, das nicht ganz Wut und nicht ganz Verzweiflung ist. Es ist wie eine Lawine, die mich mitreißt, herumschleudert, mir die Luft nimmt.

Sag mir doch verdammt noch mal, wer du bist!

Sie schweigt, mustert mein Gesicht. Ich greife nach dem kleinen Mülleimer unter dem Waschbecken und schmettere ihn mit aller Kraft gegen den Spiegel. Einmal, zweimal. Beim zweiten Mal splittert das Glas, schneidet mir in die Hand. Ich

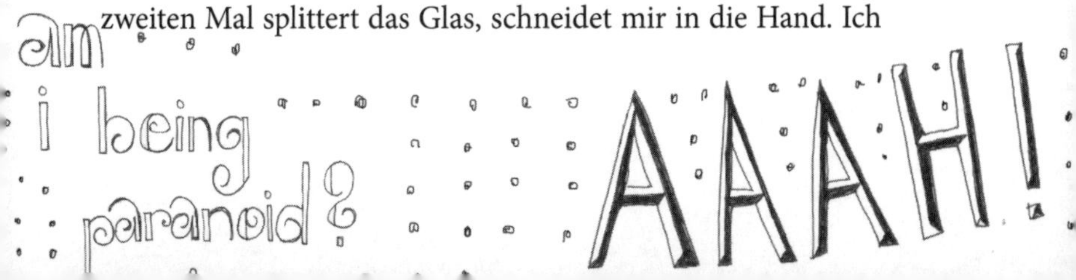

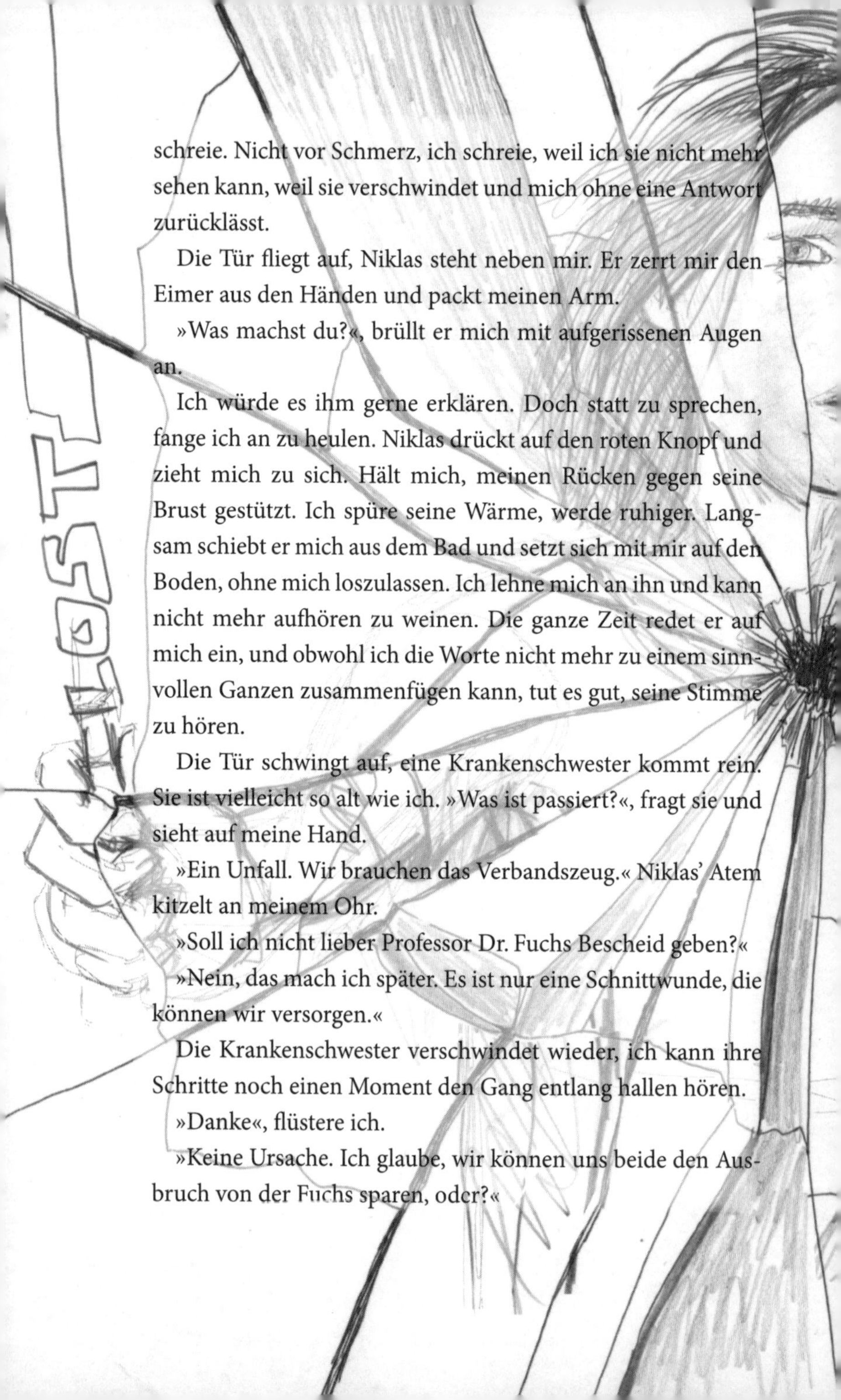

schreie. Nicht vor Schmerz, ich schreie, weil ich sie nicht mehr sehen kann, weil sie verschwindet und mich ohne eine Antwort zurücklässt.

Die Tür fliegt auf, Niklas steht neben mir. Er zerrt mir den Eimer aus den Händen und packt meinen Arm.

»Was machst du?«, brüllt er mich mit aufgerissenen Augen an.

Ich würde es ihm gerne erklären. Doch statt zu sprechen, fange ich an zu heulen. Niklas drückt auf den roten Knopf und zieht mich zu sich. Hält mich, meinen Rücken gegen seine Brust gestützt. Ich spüre seine Wärme, werde ruhiger. Langsam schiebt er mich aus dem Bad und setzt sich mit mir auf den Boden, ohne mich loszulassen. Ich lehne mich an ihn und kann nicht mehr aufhören zu weinen. Die ganze Zeit redet er auf mich ein, und obwohl ich die Worte nicht mehr zu einem sinnvollen Ganzen zusammenfügen kann, tut es gut, seine Stimme zu hören.

Die Tür schwingt auf, eine Krankenschwester kommt rein. Sie ist vielleicht so alt wie ich. »Was ist passiert?«, fragt sie und sieht auf meine Hand.

»Ein Unfall. Wir brauchen das Verbandszeug.« Niklas' Atem kitzelt an meinem Ohr.

»Soll ich nicht lieber Professor Dr. Fuchs Bescheid geben?«

»Nein, das mach ich später. Es ist nur eine Schnittwunde, die können wir versorgen.«

Die Krankenschwester verschwindet wieder, ich kann ihre Schritte noch einen Moment den Gang entlang hallen hören.

»Danke«, flüstere ich.

»Keine Ursache. Ich glaube, wir können uns beide den Ausbruch von der Fuchs sparen, oder?«

Ich drücke mich fester an ihn und fühle mich zum ersten Mal, seit ich am Fluss aufgewacht bin, sicher.

Viel zu schnell kommt die Schwester zurück, um den Schnitt an meiner Hand zu verbinden. Niklas gibt ihr Anweisungen, die ich nicht mehr richtig höre. Mit geschlossenen Augen lausche ich auf seinen Herzschlag. Er ist schnell. Immer noch laufen Tränen über meine Wangen. Ich spüre seine Hand, die meinen Arm so fest drückt, als hätte er Angst, ich würde davonlaufen. Dabei will ich nicht weglaufen. Er soll mich halten, ganz fest halten, damit ich nicht in die bodenlose Tiefe in mir hineinstürze.

Die Krankenschwester legt die verbundene Hand in meinen Schoß, ich blinzle, sehe, wie sie das Verbandszeug zusammenpackt und einen Becher mit einer milchig weißen Flüssigkeit auf den Nachttisch stellt, bevor sie mit einem leisen »Bis später!« aus dem Zimmer verschwindet.

Niklas wartet, bis sie die Tür hinter sich zugezogen hat, ehe er mir über den Kopf streicht. Mein Nacken fängt an zu kribbeln. Ich schließe wieder die Augen, will für immer hier sitzen bleiben, in seinen Armen, mich nie wieder der Welt stellen müssen.

»Du musst langsam ins Bett.«

Nein, nicht aufstehen, bitte nicht! Ich kann jetzt nicht alleine sein.

»Na los. Du bist echt müde. Wirst sehen, nach dem Schlafen sieht morgen früh alles schon viel besser aus.«

Ich bewege mich keinen Millimeter, fasse nach seiner Hand an meinem Arm und drücke sie, so fest ich kann. »Bleibst du bei mir? Bitte? Bitte hau nicht ab, nicht so wie Elias.«

»Elias?« Etwas in seiner Stimme lässt mich aufhorchen. Ich

drehe den Kopf, sehe gerade noch die zusammengezogenen Augenbrauen. »Pass auf, du bekommst jetzt etwas zur Beruhigung, und ich bleibe so lange hier, bis du schläfst. Wenn du später aufwachst, drückst du die Klingel, okay?« Er lächelt mich an.

Es ist nicht okay. Ich will nicht betäubt hier liegen, und auf keinen Fall will ich schlafen. Wer garantiert mir, dass ich noch weiß, wo ich bin, wenn ich wieder aufwache? Was, wenn alles wieder von vorne losgeht?

Unsinn, rede ich mir ein, aber da ist ein Ziehen von meinem Bauch bis hoch in den Nacken.

»Was ist?«, unterbricht Niklas meine Gedanken.

»Ich habe Angst«, sage ich, mehr nicht.

Er zögert kurz. »Ich weiß. Aber ich bin da, versprochen.« Seine Stimme klingt rau. Er stemmt sich hoch und hilft mir auf die Füße.

Erst nachdem ich wieder sicher stehe, läuft er ins Bad und holt das Nachthemd. »Kannst du dich selbst umziehen?«

Ich nicke, und er dreht sich zur Tür. Seinen Rücken nicht aus den Augen lassend, beeile ich mich mit dem Umziehen. Die Jeans lege ich über das T-Shirt auf den Stuhl, damit ich den Aufdruck nicht lesen muss.

Totally Unique. Dass ich nicht lache!

»Fertig?«, fragt Niklas.

Schnell zupfe ich das Nachthemd zurecht. Ich nicke wieder, und schon im selben Moment fällt mir auf, wie blöd ich bin. Er kann mich ja nicht sehen. »Ja.«

Er dreht sich um und zieht sich einen Stuhl ans Bett. Ich bleibe noch einen Moment stehen. Doch als er mich ansieht, schlüpfe ich schnell ins Bett, bevor er noch auf die Idee kommt, mich hinzuführen und zuzudecken. Ich komme mir so schon total dumm vor, weil er ständig irgendwas für mich tut.

»Also, am besten du trinkst das hier ganz aus.« Er hält mir den Becher mit der milchig weißen Flüssigkeit hin.

»Bin ich dann betäubt?«

»Nein, nur benommen«, sagt er, und das klingt nicht besser. »Es hilft dir, die Gedanken abzuschalten und tiefer zu schlafen. Aber wenn jemand Krach macht, wachst du trotzdem auf.«

Ich sehe von ihm zu dem Becher in seiner Hand und wieder zurück. Wenn ich aber nicht tiefer schlafen will?

»Dir passiert nichts, versprochen!«

Ich nehme ihm den Becher ab. Wie er aussieht, wird er sowieso so lange auf mich einreden, bis ich das Zeug schlucke. Meine Hand zittert, und um nicht alles zu verschütten, trinke ich es in einem Zug leer. Es schmeckt süß und klebrig.

Niklas legt ein weißes Kabel mit einem Knopf neben mich. »Wenn etwas ist, kannst du hier draufdrücken, dann kommt sofort jemand und schaut, was los ist.«

Ich greife nach seinem Arm und halte mich an ihm fest, als könnte ich damit die ganze Angst in mir loswerden. Er lächelt. Ich kämpfe gegen meine schweren Augenlider an, versuche, ihn zu fokussieren, aber er wird mit jedem Blinzeln undeutlicher. Ich will Niklas weiter ansehen, sein Lächeln, will ihm einfach glauben, fest daran glauben, alles wird besser sein, wenn ich wieder aufwache …

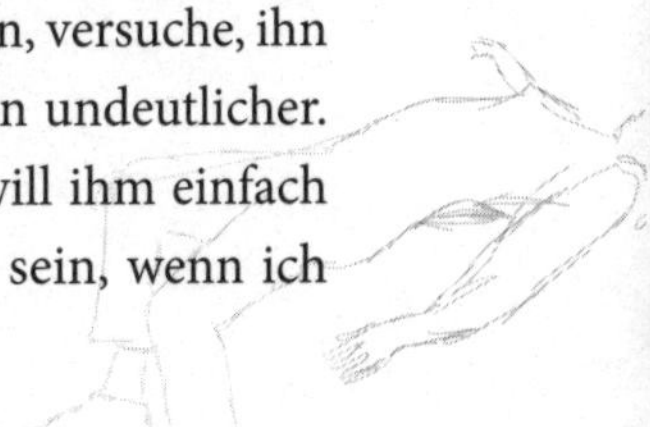

Es dauert, bis sich die Schwärze in meinem Bewusstsein löst. Ich muss eingeschlafen sein. Ein kalter Luftzug streift meine Finger.

Jemand ist im Raum, ich höre ihn atmen. Ich versuche, die Augen zu öffnen, muss ankämpfen gegen die Schwere, die in meinem ganzen Körper steckt, mich taub und gefühllos macht. Nach einer Ewigkeit schaffe ich es, zu blinzeln, lange kann ich die Augen nicht offen halten. Alles ist verschwommen, der Raum ist fast komplett abgedunkelt, nur ein matter Lichtschein ist noch da. Im ersten Moment weiß ich nicht, wo ich bin. Vor meinem Bett hebt sich ein Schemen ab. Niklas, jetzt fällt es mir wieder ein. Ich habe mich an ihm festgehalten, und er wollte gehen, wenn ich eingeschlafen bin. Er sitzt noch da, habe ich also doch nicht geschlafen?

Endlich schaffe ich es, meinen Blick scharf zu stellen, wenigstens für ein paar Sekunden. Ein Gesicht formt sich aus den Schatten. Das ist nicht Niklas, die Haare sind viel zu kurz. Ich will aufspringen, in Gedanken bin ich schon an der Tür, renne, renne bis ich weit, weit weg bin. Aber alles ist so schwer, fühlt sich an, als wären Gummibänder an meinen Armen und Beinen. Sie halten mich auf, ziehen mich zurück zum Bett. Ich kann nicht, ich …

Bevor mir die Augen zufallen, trifft mich sein Blick.

Regenwolkengrau, denke ich noch, dann holt sie mich, die Schwere.

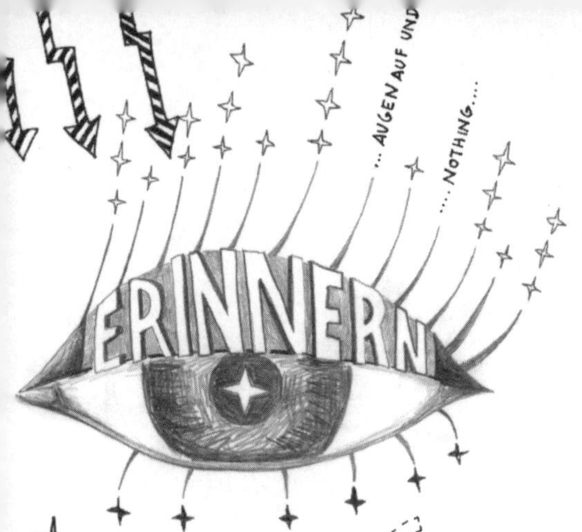

Tag 1

nach dem Tag, an dem ich mein Gedächtnis verloren habe.

Mein Kopf hämmert, trotzdem öffne ich die Augen.

Wo bin ich?

Ich setze mich auf, zu schnell, tausend kleine Nadeln stechen mir gleichzeitig ins Hirn. Ein bitterscharfer Geschmack breitet sich in meinem Mund aus, ich schlucke, und die Flüssigkeit brennt im Hals. Wo bin ich? Mein Blick fliegt durch den Raum, findet nirgends Halt. Irgendjemand hat den Vorhang zugezogen, durch den hellen Stoff schimmert Sonnenlicht.

Langsam kommt die Erinnerung zurück. Ich atme ein, spüre, wie ich ruhiger werde. Der Fluss, das Krankenhaus, Niklas, der an meinem Bett sitzt. So lange, bis ich einschlafe.

Wie bin ich zum Fluss gekommen? Ich versuche, mich zu konzentrieren. Kälte legt sich auf meine Haut, es ist, als ob die Temperatur im Raum abfällt. Nein, nicht!

Okay, davor nichts, nichts als Panik.

Wenigstens habe ich gestern nicht vergessen. Immerhin diesen einen Tag.

Warum kann ich nicht weiter zurückgehen?

Der Stuhl steht nicht mehr neben dem Bett, Niklas muss ihn weggeschoben haben. Dazwischen sein Blick, der mich fast erschrocken ansieht. Die regenwolkengrauen Augen.

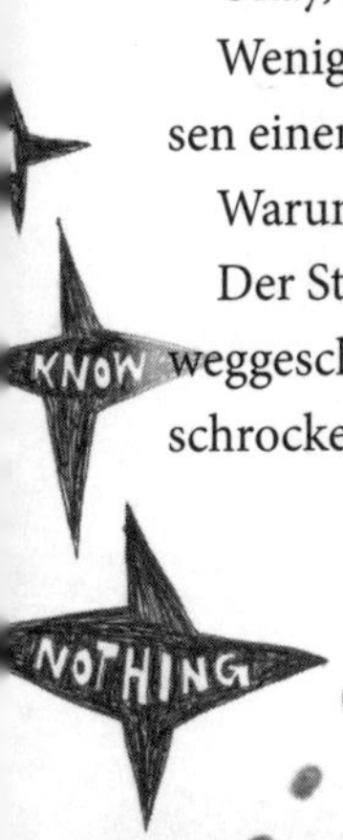

Moment, Niklas' Augen sind nicht grau, es muss … Elias?

Mein Bauch kribbelt und zieht gleichzeitig. Ich presse die Hand dagegen, aber es wird nicht besser.

Erst verschwindet er, und dann schleicht er sich nachts an mein Bett? Während ich vollgepumpt mit Beruhigungsmitteln bin? Was, wenn …

Ich denke den Gedanken nicht zu Ende. Elias' Kommentar spukt durch meinen Kopf. *Im Moment ist es vielleicht besser so.*

Ich muss ihn finden, muss wissen, was er gemeint hat.

Bevor es mich völlig wahnsinnig macht, stehe ich auf und ziehe Jeans und T-Shirt an, das Hämmern in meinem Kopf ignoriere ich.

Schon an der Tür, drehe ich mich noch einmal um und schiebe die Vorhänge zurück. Licht, ich brauche Licht.

Mein Zimmer ist das letzte auf dem Flur. In dessen Mitte stehen zwei Krankenschwestern an einem Wagen. Ich erkenne eine der beiden wieder, es ist die, die meine Hand verbunden hat. Sie nimmt ein Tablett vom Wagen und trägt es in ein Zimmer am anderen Ende des Flurs. Ihre Kollegin geht in das gegenüberliegende. In diesem Moment schwingt die Stationstür auf und macht den Weg für einen Typen frei. Als er sich an dem Wagen vorbeidrängt, sieht er auf. Unsere Blicke treffen sich. Elias! Wir bleiben beide wie versteinert stehen, er fängt sich zuerst wieder und dreht sich um, stößt den Wagen zur Seite und verschwindet in einem der vorderen Zimmer.

»Hey!«, rufe ich und laufe los.

Eine der Türen geht auf, ich kann nicht mehr bremsen, stoße mit der Schulter gegen die junge Krankenschwester, die sich

WAS IST LOS? WO WILLST DU HIN?

sofort wieder fängt und nach meinem Arm greift. »Was ist los? Wo willst du hin?«, fragt sie.

»Ich muss zu Elias!«

Sie runzelt die Stirn. »Ich glaube, du solltest besser wieder in dein Zimmer gehen.«

Ich versuche, mich loszureißen, lasse die Tür, hinter der Elias verschwunden ist, nicht mehr aus dem Blick. Plötzlich liegt eine Hand auf meiner Schulter, ich drehe mich um. Niklas steht vor mir und sieht mich mit seinen dunklen Augen an. »Was ist mit dir los?«

»Ich, ich muss zu Elias …«, sage ich.

Von einer Sekunde zur nächsten liegt ein Schatten auf seinem Gesicht. »Geh bitte zurück in dein Zimmer, es gibt jetzt Essen.«

»Aber ich muss mit ihm sprechen, ich habe ihn gesehen, er ist in dem Zimmer dahinten!« Ich drehe mich um, versuche mich wieder loszumachen.

Die Tür zur Station schwingt zu.

»Immer mit der Ruhe. Du wartest hier, und ich sehe mal in dem Zimmer nach.« Er schiebt sich an mir vorbei.

»Okay«, sage ich, auch wenn ich nicht warten will.

Niklas läuft zu der Tür, klopft, geht ins Zimmer und kommt kurz darauf wieder raus.

»Wo ist Elias?«, frage ich.

»Nicht hier. Du musst dich getäuscht haben.«

Das kann nicht sein, ich habe ihn doch gesehen. Ich habe vielleicht kein Gedächtnis mehr, aber ich bin nicht total bekloppt. Ohne ein weiteres Wort zu verlieren, renne ich an Niklas vorbei

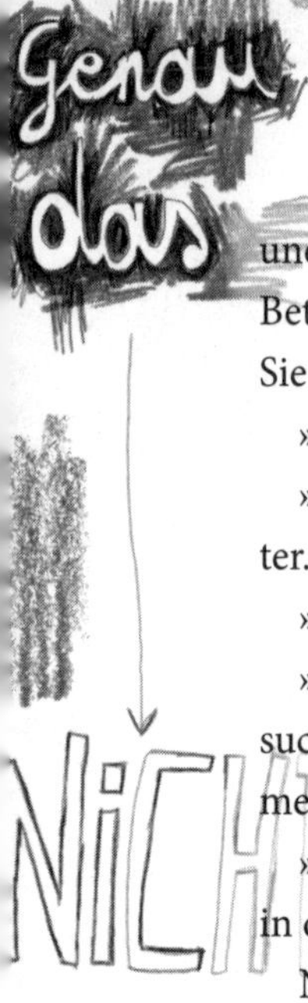

und reiße die Tür auf. Zuerst sehe ich nur die Fußenden zweier Betten. Ich stürme in den Raum, zwei Frauen heben die Köpfe. Sie sitzen vor dampfenden Tellern.

»Entschuldigung, ich, ich hab mich im Zimmer geirrt.«

»Ist denn schon Besuchszeit?«, fragt mich die Frau am Fenster. Ihre grauen Haare fallen ihr offen auf die Schultern.

»Ich, äh …«

»Entschuldigen Sie die Störung. Nein, es ist noch keine Besuchszeit. Ich werde die junge Dame wieder zurück in ihr Zimmer bringen«, ertönt Niklas' Stimme hinter mir.

»Hier sieht ja auch alles gleich aus, da kann man sich schnell in der Tür irren«, sagt die andere Frau und lächelt mich an.

Niklas fasst mich an der Schulter und will mich rausschieben. Vor der Badezimmertür bleibe ich stehen, stoße sie auf. Leer. Das gibt es nicht! Ich habe Elias hier reinlaufen sehen! Das habe ich mir nicht eingebildet.

»Hey! Jetzt reicht's! Du kannst nicht einfach so in die Zimmer der anderen Patienten reinplatzen.« Niklas spricht leise, aber sein ganzes Gesicht ist angespannt.

»Ich habe ihn aber gesehen!«

»Sowas kannst du trotzdem nicht bringen.« Niklas klingt total sauer, er sieht mich nicht mal an.

Ich nicke, schaue auf den Boden und gehe mit ihm zurück in das Zimmer, in dem ich geschlafen habe.

»Wie es aussieht, haben sie dir dein Mittagessen gebracht.« Niklas geht zu dem Tisch vor der Fensterwand und hebt eine graue Plastikhaube von dem Tablett, das jemand dort abgestellt hat. »Mmh, lecker!«

»Mittagessen? Wie lange habe ich geschlafen?«

Er denkt einen Moment nach. »Fast fünfzehn Stunden?«

»Was? Das kann nicht sein!«

»Scheint so, als hättest du den Schlaf gebraucht. Erst die Nacht in der Kälte, dann die Untersuchungen den ganzen Tag, so was kann einen schon fertig machen.« Er zuckt mit den Schultern. »Hast du keinen Hunger? Immerhin ist für dich das Frühstück ausgefallen.«

Ich schaue auf den Kartoffelbrei, dessen Ränder von der Bratensoße braun verfärbt sind. Neben dem gelben Berg liegen zwei Fleischscheiben. »Nein danke.«

»Komm schon, du musst was essen!« Er überlegt kurz und zieht den Stuhl, der an der Wand steht, unterm Tisch hervor. »Setz dich!«

Ich zögere einen Augenblick. Niklas macht eine einladende Handbewegung, wie ein Kellner in einem Dreisternerestaurant. Bevor er mein Grinsen sehen kann, lasse ich mich auf den Stuhl fallen. Immerhin habe ich von hier aus Tür und Fenster im Blick. Er setzt sich mir gegenüber, greift nach Messer und Gabel und beginnt, das Fleisch in mundgerechte Stücke zu schneiden.

»Willst *du* das essen?«, frage ich.

Niklas schaut hoch und fängt an zu lachen. »Sehe ich so unterernährt aus, dass du mir zutraust, unseren Patienten ihr Mittagessen wegzufuttern?«

Ich mustere seine breiten Schultern. Unterernährt sieht anders aus. Habe ich mich gestern echt an ihn gekuschelt? Shit, ich könnte im Boden versinken.

»Nicht wirklich«, sage ich, weil mir nichts Originelleres einfällt, und drehe mein Gesicht zum Fenster, damit er nicht merkt, wie rot ich geworden bin.

»Siehst du. Aber worin ich mittlerweile echt gut bin, ist, widerspenstige Patienten zu füttern.«

Klar hat er's gemerkt, ich kann es an seinem Grinsen ablesen. Um nicht wie ein völliger Idiot dazustehen, nehme ich ihm die Gabel aus der Hand und zwinge mich, wenigstens drei Stückchen Fleisch und ein bisschen Kartoffelbrei runterzuwürgen. Mehr geht nicht, es schmeckt ekelhaft.

Niklas hat sich auf dem Stuhl zurückgelehnt, einen Arm lässig über der Lehne, und beobachtet mich. Ich weiß nicht genau, wie ich seinen Blick deuten soll, aus diesen Augen, die sich für keine Farbe entscheiden konnten. Keine Ahnung, warum ich ausgerechnet jetzt daran denken muss, wie er neben meinem Bett saß und ich mich an seinem Arm festgehalten habe. Na toll, jetzt glühen meine Wangen wieder.

Er zwinkert mir zu und steht auf. »Nach der Visite komme ich noch mal vorbei, und bis dahin bleibst du bitte im Zimmer, verstanden?«

»Warum?«

»Weil die Fuchs sonst durchdreht.« Er zieht eine Augenbraue hoch und geht Richtung Tür.

»Niklas?«

»Was ist?« Die Hand auf der Klinke, dreht er sich um.

»Kannst du mir Zettel und Stift geben?«, höre ich mich fragen und kapiere erst, was ich sage, nachdem es schon raus ist.

Die leere Hand steht mir wieder vor Augen, als hätte ich sie tatsächlich gezeichnet.

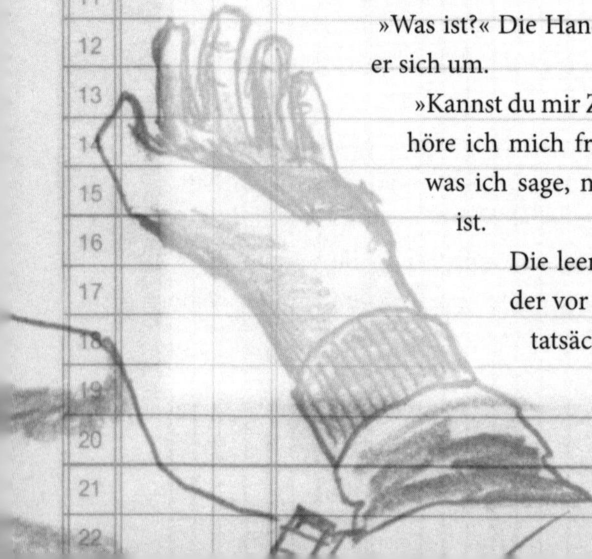

Niklas sieht mich an, und ich versuche, seinem Blick standzuhalten, ohne einfach loszuheulen.

»Klar«, sagt er und zieht einen kleinen Block und einen Kugelschreiber aus seiner Brusttasche. »Hier, tut's der erst mal?«

Ich nicke. Er kommt wieder auf mich zu, hält mir beides hin. Ich kann nicht danach greifen. Einen Moment lang sieht er mich an, wartet, dann legt er es vor mir auf den Tisch. Ich glaube, der Stift könnte jeden Augenblick auf mich losgehen. Tut er nicht. Ich bin total verrückt geworden.

»Danke«, flüstere ich und hoffe, Niklas geht und merkt nicht, was mit mir los ist.

»Keine Ursache, Stormtrooper«, sagt er, aber in seinen Augen liegt eine Frage. An der Tür dreht er sich noch einmal um. »Bis später, okay?«

»Okay.«

Stormtrooper – was ist denn das für ein bescheuerter Name? Ich sage nichts. Er lächelt mich an, bevor er die Tür hinter sich zuzieht. Wenigstens ist er nicht mehr sauer.

Der Block ist noch genau dort, wo Niklas ihn hingelegt hat. Das Papier starrt mich an, und ich starre zurück, die Arme verschränkt, wage nicht, ihm zu nahe zu kommen, will es auch nicht aus den Augen lassen. Das ist doch albern! Ich greife nach dem Kugelschreiber. Er fühlt sich überraschend normal zwischen meinen Fingern an. Mein Daumen drückt wieder und wieder den Knopf oben. An. Aus. An. Aus. An.

Mit der anderen Hand ziehe ich den Block zu mir, sehe zu, wie ich mit dem Stift über das Papier fahre. Ich spüre jeden Strich in meinem Körper. Kurz – lang – kurz, der Kugelschreiber verschmilzt mit meiner Hand, die Bewegung schwingt in

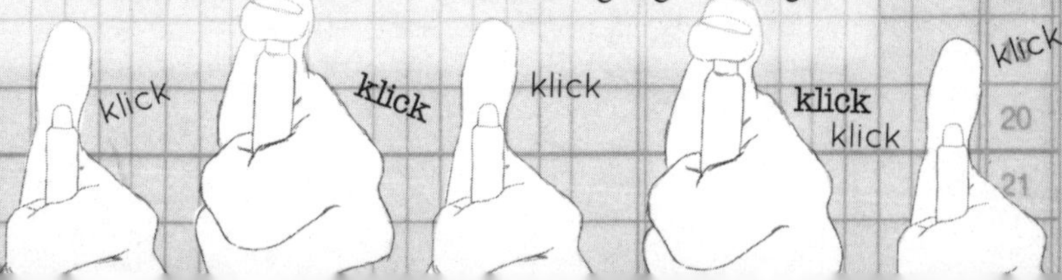

meinen Arm und von dort bis in meinen Bauch hinein. Linien fließen auf das Papier. Lange Wellen, sie schwingen durch mich hindurch, verbinden sich mit den Strichen, nehmen den Rhythmus auf. Kurz – lang – kurz – Stopp – Zacke – Schwung. Und plötzlich ist da ein Bild in mir. Ich kann es nicht sehen. Spüre es nur, fühle eine Schwere, die durch meinen Arm auf das Papier drängt, ein Kribbeln wie von tausend kleinen Füßen, will es nicht halten, muss den Stift schneller führen, bis ich es los bin. Ich lasse den Stift fallen. Nur noch ein leises Echo schwingt in mir nach.

Aus der Dunkelheit schält sich ein Ast, der auf den Wurzeln eines Baums liegt, aus dem unteren Bildrand ziehen sich Fäden nach oben. Fäden? Nein, das sind keine Fäden, das sind …

Haare? Erst eine Hand? Jetzt Haare?

Es fühlt sich an, als hätte jemand eine Tonne Steine auf meiner Brust abgeladen. Mit zitternden Fingern reiße ich das Blatt aus dem Block, zerfetze es in tausend kleine Stücke und werfe die Schnipsel in den Mülleimer. Ich habe das nicht gezeichnet!

Aber einmal an der Oberfläche,

ist das Bild immer noch in meinem Kopf, setzt sich dort fest wie ein kleiner Parasit.

Auf dem Stuhl kauernd, versuche ich, an etwas anderes zu denken, irgendetwas. Niklas vielleicht. Wenn ich mich konzentriere, spüre ich die Wärme seines Körpers, höre seinen Herzschlag, viel zu schnell. Warum so schnell? Ich schließe die Augen, sofort ist das Bild wieder da. Zerfetzt oder nicht. Der Ast, die Haare, die Dunkelheit. Ich reiße die Augen wieder auf.

Eine Bewegung an der Scheibe fängt meinen Blick ein. Auf der Fensterbank sitzt ein kleiner Vogel, der mich mit seinen schwarzen Augen ansieht. Ich glaube, es ist ein Spatz. Er erinnert mich an den von gestern. Mir gefällt der Gedanke, es könnte derselbe sein. Was willst du mir sagen, kleiner Freund?

Ohne nachzudenken, greife ich wieder nach dem Stift und versuche ihn einzufangen, diesen Moment. Mit jedem Strich werde ich ruhiger, und es fühlt sich an, als hätte ich nie etwas anderes getan, als zu zeichnen. Mein neuer Freund sieht mir durch die Scheibe zu. Der Vogel, den ich auf das Papier bringe, ist stumpf und dumm. Ich versuche, den Ausdruck der Augen zu korrigieren, heraus kommt nur ein viel zu großer dunkelblauer Fleck, den ich noch nicht einmal wegradieren kann. Es sieht richtig furchtbar aus! Frustriert streiche ich den Vogel mehrmals durch. Dann eben nicht! Bevor ich mir die missglückte Zeichnung noch länger ansehen muss, knülle ich sie zusammen und ziele auf die Scheibe, aber der Spatz sitzt noch draußen, und ich lasse die Hand wieder sinken.

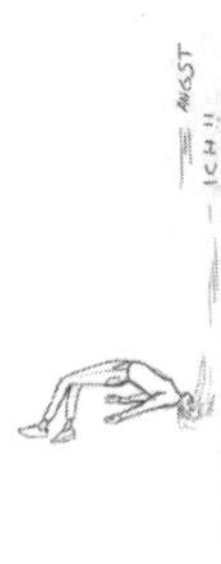

Es klopft. In der Tür erscheint der Kopf der jungen Krankenschwester. »Kann ich das Tablett mitnehmen?«

Ich nicke. Sie läuft auf mich zu, und ich sehe zum Fenster, hoffe, ihre Bewegung

verscheucht meinen neuen Freund nicht. Aber er ist schon weg. Bestimmt war es sowieso nicht derselbe Spatz. Sobald die Schwester die Tür hinter sich geschlossen hat, werfe ich das Papier doch gegen die Scheibe.

Ich sitze auf dem Bett, der Fernseher läuft, und ich sehe nicht wirklich hin. Die Hintergrundgeräusche helfen mir nur, mich von meinen Gedanken abzulenken.

»Und? Läuft was Gutes?« Niklas steht plötzlich im Raum.

Statt dem weißen Kittel trägt er Shirt und Jeans. Das steht ihm viel besser als das Krankenhausoutfit.

»Ist was?«, fragt er, und mir wird bewusst, wie ich ihn anstarre.

»Nichts.« Ich reibe mir über die Stirn. »Hast du geklopft?«

»Natürlich habe ich geklopft. Dreimal, du hast es nicht gehört.« Er sieht zum Bildschirm, auf dem irgendeine Sitcom läuft. »Ich wusste nicht, dass das so gut ist.«

»Ja, total fesselnd.« Ich verziehe den Mund, versuche zu lächeln.

Er wendet sich mir wieder zu, und ich bin froh, nicht mehr allein zu sein. Vielleicht schaffe ich es ja jetzt, das Bild aus meinem Kopf zu bekommen.

»Hast du Lust auf einen Kaffee?«

Kaffee? Keine Ahnung. Mag ich Kaffee? »Musst du nicht arbeiten?«

»Schichtende.« Niklas bückt sich und hebt das zerknüllte Papier auf. »Was ist das denn?«

»Lass das liegen!«, schreie ich ihn an.

Er zieht eine Augenbraue hoch. »Was ist los?«

»Tut mir leid. Ich hab versucht zu zeichnen … Es sieht

furchtbar aus.« Bevor er das Papier auffalten kann, springe ich aus dem Bett und reiße es ihm aus der Hand.

»Lass mich doch mal sehen.«

»Nein.« Ich schließe meine Finger fest um die Zeichnung.

»Bitte?« Er steht genau vor mir und sieht mich mit einer Mischung aus Belustigung und Enttäuschung an.

»Na gut. Aber erwarte nicht zu viel. Keine Ahnung, wieso ich auf die Idee gekommen bin zu zeichnen. Zählt jedenfalls nicht zu meinen Talenten.«

Ich gebe ihm das Papier zurück. Er streicht es auf dem Tisch glatt und betrachtet es eine gefühlte Ewigkeit. Mein Blick wandert über sein Gesicht, die weichen Züge, hin zu den Muskeln, die sich deutlich unter dem Shirt abzeichnen, bis zu seinen Händen.

»Was ist jetzt mit dem Kaffee?«, frage ich, weil er schon viel zu lange auf den überkritzelten Spatz sieht.

»Geht los. Wir können uns was zum Mitnehmen unten in der Cafeteria holen und uns nach draußen setzen. Du bist eingeladen.« Er lächelt mich an und hält mir die Tür auf. »Nach dir.«

»Danke«, sage ich und gehe an ihm vorbei, ohne ihm in die Augen zu sehen.

Auf der Treppe bleibe ich kurz stehen und drehe mich nach ihm um. Was hat er eigentlich mit der Zeichnung gemacht?

Niklas und ich gehen nebeneinander durch die große Tür im Eingangsbereich, er hält einen Kaffeebecher in der Hand und ich eine Sprite. Es fühlt sich an, als würde ich ein Gefängnis verlassen. Draußen scheint die Sonne, und wir prallen gegen eine Hitzewand. Es ist mindestens fünf Grad wärmer als im Gebäude. Ich bleibe einen Moment stehen, schließe die Augen.

»Was ist?« Niklas' Stimme ist genau neben mir.

Zum ersten Mal merke ich, wie sehr ich den Klang seiner Stimme mag. Tief und warm.

»Das tut gut«, sage ich und lächle. »Das Zimmer ist dort oben, oder?«

»Ja, warte, es ist das letzte Fenster von hier aus im zweiten Stock.« Niklas' Arm streift meine Schulter.

Mir fällt ein brauner Fleck zwischen den Büschen direkt hier am Eingang auf. Ich sehe genauer hin. Es ist ein kleiner Vogel, ein Spatz vielleicht, ich kann es nicht mehr ganz erkennen. Die Hälfte des Körpers ist aufgerissen, und ein Flügel hängt weg, als hätte ihn eine Katze erwischt und liegen lassen.

»Wollen wir weiter?« Niklas berührt meinen Arm.

Ich nicke. »Gute Reise, kleiner Freund«, flüstere ich noch, bevor ich mich Niklas zuwende.

Rechts neben dem Weg erstreckt sich die Wiese, über die Elias mich gestern geführt hat. Niklas hält auf drei Bäume zu, die am anderen Ende stehen. Wegen mir hätten wir ruhig ganz außer Sichtweite des Krankenhauses gehen können. Wir setzen uns ins Gras, und ich lehne mich an einen Stamm, mit dem Rücken zur Klinik, will sie nicht sehen, die Ärzte und Schwestern und Pfleger, die sich zwar für mein Gedächtnis, aber nicht für mich interessieren.

Niklas nippt an seinem Kaffee, und für ein paar Sekunden scheint er ganz woanders zu sein. Ich fange seinen Blick auf, und trotz des Schattens in seinen Augen legt sich ein Lächeln auf seine Lippen.

»Alles klar?«, fragt er.

»Nein.« Ich schaue an ihm vorbei über die Wiese.

»Was ist los?«

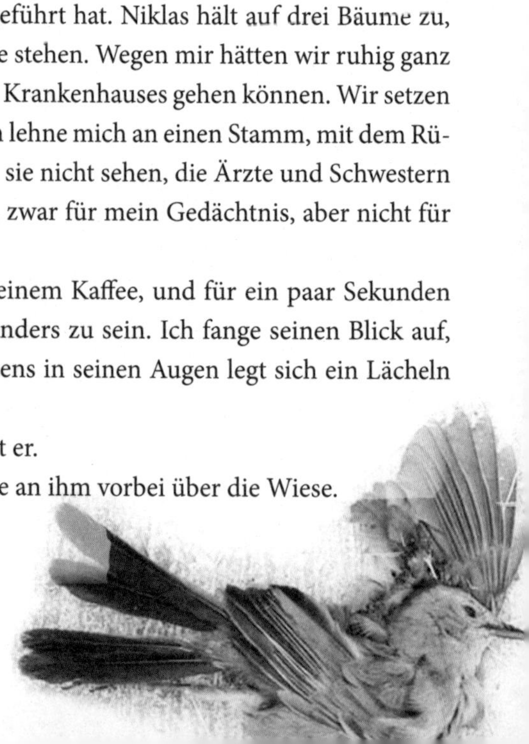

»Du meinst, abgesehen davon, dass mein Leben an mir vorbeigegangen ist und ich nicht den Funken einer Erinnerung habe?« Ich sehe ihn wieder an.

Wo soll ich eigentlich hin, wenn sie mit ihren Untersuchungen fertig sind? Einmal da, setzt die Frage sich in mir fest. Mir ist kalt, trotz der Hitze habe ich eine Gänsehaut. Ich glaube, alle Sonnenstrahlen dieser Welt könnten mich nicht aufwärmen. Ob sie mich überhaupt jemals gehen lassen, wenn ich mich nicht erinnere?

Niklas legt den Kopf schief und mustert mein Gesicht. Als könnte er dort irgendwo eine Antwort finden. Er findet nichts, oder zumindest sagt er es nicht. Wir sehen uns an, und mir ist wieder zum Heulen. Um mich abzulenken, reiße ich Grashalme aus und werfe sie auf den Boden.

Noch immer spüre ich Niklas' Blick. Ich schätze, jemand, der weiß, wer er ist und was er will, kann nicht kapieren, wie es sich anfühlt, wenn du an dich denkst und noch nicht einmal eine Ahnung hast, wann oder wo du geboren wurdest. Ob du Eltern hast oder Geschwister.

»Es kann auch Vorteile haben, alles zu vergessen«, unterbricht er meine Gedanken und schaut an mir vorbei in Richtung Klinik.

»Niklas, ich weiß noch nicht mal, wie ich heiße oder was ich dort am Fluss gemacht habe! Wo soll denn da der Vorteil sein?«

Sein Blick trifft meinen, und mir schlägt eine Welle aus Traurigkeit entgegen. Oder vielleicht ist es auch Verzweiflung. Schnell sieht er auf den Kaffeebecher in seiner Hand. Seine Gesichtszüge verhärten sich, bis nichts mehr von der Traurigkeit zu spüren ist. Da verstehe ich es: Wir sind beide allein. Er hat sich hinter eine Mauer zurückgezogen, irgendwohin, wo

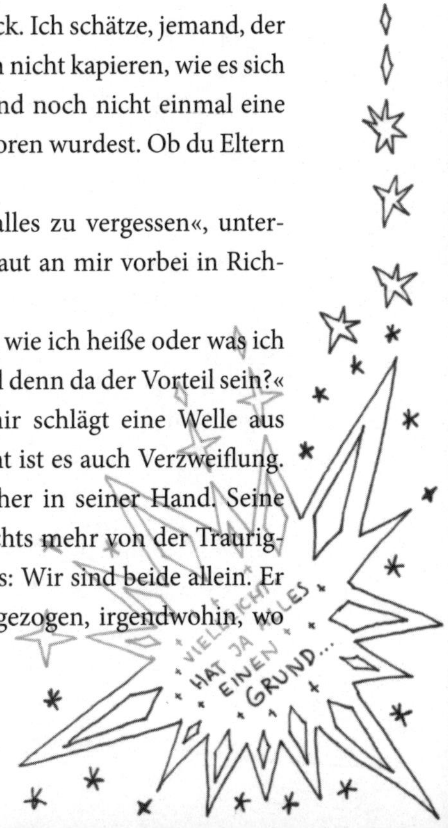

ich ihn nicht mehr erreichen kann. Oder nicht mehr erreichen will. Ich weiß es nicht.

»Und was ist mit den schönen Momenten?«, frage ich.

Er schüttelt den Kopf. Im Sonnenlicht haben seine braunen Haare einen ganz leichten Rotstich. »Welche schönen Momente?«, fragt er, und ich bin mir nicht sicher, ob er mit dem Kaffeebecher oder mit mir spricht.

»Keine Ahnung. All die Sachen, die man irgendwann zum ersten Mal gemacht hat? Träume, die man gelebt hat? Reisen? Die coolen Momente mit Freunden? So was halt. Ich würde dir ein Beispiel geben, wenn ich könnte!«

Er sieht auf. »Ich würde alle diese Momente hergeben, wenn ich mir dafür aussuchen könnte, was ich vergessen will.«

»Und ich würde tausend solcher Erinnerungen nehmen, an die sich keiner erinnern will, wenn ich dafür nur einen einzigen meiner schönen Momente zurückbekäme.«

»Sie würden dir den Schlaf rauben.«

»Das wäre es mir wert!«

Er sieht mich an, als müsse er abschätzen, ob ich das wirklich ernst meine.

Was soll das überhaupt? Auch wenn er sich nicht erinnert, ist es immer noch passiert. Niklas fährt sich mit der Hand durch die Haare. »Vielleicht fragen wir einfach die Fuchs, ob wir tauschen können? Wer weiß, was inzwischen in der Medizin alles möglich ist!«

Diesmal ist sein Lächeln echt. Ich muss zurücklächeln, und obwohl er offensichtlich meinen Zustand im Moment nicht richtig ernst nimmt, kann ich nicht sauer auf ihn sein. Vielleicht will ich mich wirklich nicht erinnern? Der Gedanke gefällt mir, er fühlt sich an, als hätte ich es in der Hand.

Nachrichten

Zum Abschluss des Tages habe ich noch einen Termin bei der Fuchs.

»So etwas haben wir noch nie erlebt. Einen kompletten Gedächtnisverlust ohne hirnorganische Beeinträchtigungen.« Die Fuchs steht vor mir, an der Wand leuchten Scans meines Gehirns. Irgendwo da drinnen muss alles versteckt liegen, was mich ausmacht.

Bevor ich durch die Tür verschwinden kann, hält sie mich am Arm fest und schenkt mir eines dieser routinierten Arztlächeln, bei denen ihre viel zu dunkel geschminkten Lippen besonders zur Geltung kommen. »Keine Angst, wir kriegen das wieder hin. Schritt für Schritt.«

Na, dann brauch ich mir ja keine Sorgen mehr zu machen. Wahrscheinlich glaubt sie, ich bleibe noch für die nächsten zehn Jahre hier, wenn es sein muss.

Die restlichen zwei Stunden bis zum Abendessen verbringe ich auf dem Zimmer, die Station darf ich ja offiziell nicht verlassen. In den Aufenthaltsraum will ich nicht. Heute ist Sonntag, und die meisten haben Besuch. Sonntag, der 16. August, ein Tag nach dem Tag, an dem ich mein Gedächtnis verloren habe. Wobei, so genau weiß ich es nicht. Vielleicht irre ich schon länger herum, ohne zu wissen, wer ich bin? Daran würde ich mich erinnern, oder? Ich meine, jetzt erinnere ich mich auch an gestern.

Mehrere Zettel aus dem kleinen Block liegen in wildem Durcheinander vor mir auf dem Tisch. Mit sinnlosen Wörtern bekritzelt. Wörtern, die mir durch den Kopf gegangen sind, ohne Zusammenhang. Und Namen. Ich stelle mir vor, es sind Erinnerungsfetzen, ich muss sie nur in einem bestimmten Muster anordnen und gewinne meine Vergangenheit zurück. Je länger ich auf die Zettel sehe, umso weniger Sinn ergeben sie. Zwei Buchstaben tauchen immer wieder auf.

M und Z, Z und M. Was bedeutet das?

Ich starre so lange auf die Zettel, bis ich nicht mehr weiß, wo sie aufhören und der Tisch anfängt. Meine Finger tasten nach einem Halt, finden nichts, alles dreht sich, ein Strudel, der mich mitreißt, mitten rein in ein schwarzes Nichts.

Von weit weg höre ich ein Klopfen, will antworten und bekomme keinen Ton heraus.

Niklas kommt durch die Tür, eine weiße Tüte in der Hand. »Alles in Ordnung?«

Sein Blick überfliegt das Chaos auf dem Tisch, das sich in meinem Gesicht widerspiegeln muss. Zum Glück sagt er nichts dazu.

»Ich dachte, du bist erst morgen wieder da?«, stoße ich hervor.

Er stellt die Tüte mitten auf die Zettel. »Ich hab dir was mitgebracht.«

»Was?«

»Guck nach, dann weißt du's.« Ohne zu fragen, setzt er sich auf den zweiten Stuhl und nickt mir zu.

Ich sehe ihn an. »Wieso machst du das?«

»Was mache ich?«

»Dich um mich kümmern?«

»Tu ich das?«

»Ich glaube?«

Bilde ich mir das nur ein? Der Gedanke sticht in meinen Magen, und ich komme mir blöd vor. Habe gehofft, ich bin ihm nicht egal.

Niklas beugt sich vor und stützt die Arme auf dem Tisch auf. »Wenn ich hier liegen würde und den ganzen Tag nur fernsehen könnte, würde ich einen Koller kriegen.« Er lacht mich an.

Als ob das alles keine große Sache wäre. Ist es aber. Er ist der Einzige, den ich habe. Sagen kann ich ihm das nicht, sonst hält er mich für komplett bescheuert.

»Jetzt guck schon rein.« Er schiebt die Tüte zu mir rüber.

Ich ziehe sie auf. Drei Bücher. Eines davon ist komplett schwarz, mit Spiralbindung, die anderen beiden sind Taschenbücher, Dystopien, den düsteren Covern nach zu urteilen. Ich ziehe das schwarze aus der Tüte und schlage es auf. Milchig weiße Seiten strahlen mir entgegen, alle leer. Komplett leer. Mein Blick trifft Niklas' Augen, die mich gespannt ansehen.

»Es ist ein Skizzenbuch.« Er beugt sich nach vorne, wühlt in der Tüte und zieht ein Filzmäppchen raus. Auch schwarz, mit einem weißen Reißverschluss, der sich von einer Seite zur anderen um das Mäppchen zieht. »Hier, das gehört dazu.«

Im Mäppchen sind Bleistift, Spitzer und ein Radiergummi, auf dem meine Finger Dellen hinterlassen.

»Was soll das?«, frage ich, meine Hand wird heiß, es kommt mir vor, als ob ich statt dem Radiergummi ein Stück glühende Kohle hielte.

»Du hast dich geirrt.« Niklas' Blick schweift zum Fenster.

»Womit?« Ich lasse ihn nicht mehr aus den Augen.

»Ich glaube, du hast in deinem Leben schon verdammt viel gezeichnet.« Jetzt sieht er mich an.

Das Mäppchen rutscht mir aus der Hand, in meinem Bauch flimmert es. Der Drang, nach dem Stift zu greifen, ist fast übermächtig. Ich springe auf und stoße gegen die Wand. Sie ist kühl, ich drücke mich dagegen, bis ich mich sicher fühle.

»Was ist los?« Niklas steht mit so viel Schwung auf, dass sein Stuhl fast nach hinten umkippt.

Ich schüttle den Kopf. »Nichts.« Eine Träne läuft meine Wange hinunter, ich wische sie weg, bloß nicht weinen jetzt!

Mit zwei Schritten ist er bei mir, zieht mich an sich, hält mich. »Hey, ich dachte, du freust dich. Tut mir leid, wenn du willst, kann ich es wieder mitnehmen …«

»Nein, ist gut, danke«, sage ich, obwohl nichts gut ist.

Ich will ihn nicht enttäuschen, er hat sich so viel Mühe gegeben. »Hast du das alles gekauft?«

»Nein, die Bücher sind aus meinem Regal.«

Ich sehe auf die knickfreien Buchrücken und nicke.

Nachdem Niklas gegangen ist, kauere ich mit angezogenen Beinen auf dem Stuhl. Skizzenbuch und Mäppchen liegen immer noch auf dem Tisch, ich traue mich nicht, sie anzusehen. Es ist verrückt, es gibt keinen vernünftigen Grund, davor Angst zu haben.

Ein Klopfen reißt mich aus meinen Gedanken, und bevor ich etwas antworten kann, kommt eine Krankenschwester ins Zimmer. Ihre blonden Haare sind zu einem Zopf gebunden, und vom Alter her könnte sie locker meine Mutter sein.

Meine Mutter … Ob sie sich Sorgen macht? Irgendwo dort draußen? Sich fragt, wo ich bin? Ich stelle mir vor, wie sie am Fenster steht, auf die Straße sieht, wartet und sich fragt, wann ich endlich um die Ecke biege. Ich komme nicht, nicht heute Abend. Vielleicht nie wieder.

»Bist du fertig?« Die Krankenschwester deutet auf das Tablett mit dem Abendessen.

»Ja, danke«, sage ich und nicke.

Ohne ein weiteres Wort geht sie mit dem Tablett aus dem Zimmer. Ich stehe auf und gehe zum Fenster. Die Sonne ist noch nicht untergegangen, obwohl es schon kurz vor acht ist. Vor der Klinik sind keine Menschen mehr zu sehen, die Besuchszeit ist längst zu Ende. Ich schließe die Augen, stelle mir vor, sie wären vorbeigekommen, meine Eltern. Sie wären den ganzen Nachmittag geblieben, hätten mir meine Lieblingsschokolade mitgebracht, und ich hätte ihnen Löcher in den Bauch gefragt, so lange, bis ich mich wieder erinnern könnte. Bis ich endlich wüsste, wer ich bin.

Gerade noch rechtzeitig öffne ich die Augen, um einen Typen mit verstrubbelten Haaren zu sehen, der durch den Haupteingang in die Klinik verschwindet. Elias! Sofort bin ich auf den Beinen und drücke mein Gesicht gegen die Scheibe. Was macht er hier? Ich laufe auf den Flur, muss unbedingt mit ihm reden! Das Gebäude ist riesig, bis ich unten bin, ist er längst sonst wo. Zurück ins Zimmer gehen und so tun, als hätte ich ihn nicht gesehen, kann ich auch nicht. Ich muss ihn finden. Ich *muss* wissen, wovon er gesprochen hat und warum er an meinem Bett saß. Was jetzt?

Am anderen Ende des Flurs kommt jemand durch die Schwingtür. Im ersten Moment denke ich, es ist die Krankenschwester, auf den zweiten Blick erkenne ich Elias. Im weißen Kittel. Wir sehen uns an, er stockt einen Moment, ehe er mit schnellen Schritten zum Stationszimmer läuft.

»Hey!« Ich renne den Flur entlang, schaffe es vor ihm zur Tür und stelle mich ihm in den Weg.

Er weicht mir aus, fixiert die Tür, das ganze Gesicht angespannt. In meinem Hals sitzt ein dicker Kloß.

»Hast du kurz Zeit?« Ich drücke mich gegen die Tür, habe Angst, er könnte mich einfach wegschieben.

Jetzt sieht er mich doch an, und in seinen Augen liegt etwas, das ich nicht verstehe. Eine Schwere, Angst vielleicht, oder … Wut? Ich halte den Blick nicht aus und schaue auf meine Füße. Was ist los? Er ist so anders als gestern.

»Nein, ich muss arbeiten. Lässt du mich bitte durch?« Selbst seine Stimme klingt seltsam gepresst.

Ich spüre meinen Herzschlag bis in den Hals, meine Beine fangen an zu zittern. Es geht nicht, echt nicht. Alles, was ich fragen wollte, ist weg. Ich bin total bescheuert. Laufe einem Typen hinterher, den ich nicht kenne. Nur weil er mich gefunden hat. Rede mir ein, er muss etwas über mich wissen. Ich bin ein Idiot.

Weg hier! Langsam, Schritt für Schritt, mich wenigstens jetzt nicht noch lächerlicher machen. Ich halte es nicht mehr aus, werde schneller, renne und knalle die Tür hinter mir zu.

Ich muss arbeiten.

Wenn er hier arbeitet, habe ich es mir nicht eingebildet. Er war an meinem Bett. Shit, shit, shit! Ich nehme keine Schlafmittel mehr, ganz sicher nicht. Nicht, wenn Elias hier auf der Station ist. Das ist total creepy! Bei Leuten am Bett sitzen, die nichts mehr mitbekommen. Ich schüttle mich, werde den Gedanken nicht los.

Was mache ich jetzt? Wenn wenigstens Niklas hier wäre. Ich presse meine Hand gegen den Mund, halte meinen Bauch und drücke mich gegen die Tür.

Stehe, bis ich den Druck in mir nicht mehr aushalte. Wenn ich nicht irgendetwas tue, platze ich. Ich stolpere zum Tisch, schlage das Skizzenbuch auf und greife nach dem Bleistift. Mit jedem Strich werden Verzweiflung und Angst weniger. Als könnte ich sie auf das Papier bannen, weit weg von mir. So lange, bis ich nichts mehr fühle. So lange, bis ich aufhöre zu denken.

Der Stift rutscht mir aus den Fingern, und erst jetzt nehme ich wahr, was ich gezeichnet habe: einen Fluss, in der Dunkelheit ist er kaum vom Weg zu unterscheiden, davor einen Baum. Unter dem Baum liegt etwas Großes, ich kann nicht erkennen,

was, habe aber das Gefühl, jeden Moment springt jemand aus den Schatten direkt auf mich zu. Ich lasse die Zeichnung los, starre nur noch auf den Buchstaben in der Ecke. Ein geschwungenes Z, gefolgt von anderen Zeichen, die ich nicht lesen kann. Auf einmal stehe ich in den Schatten, sehe auf das Große am Boden, liege selbst auf dem Boden, spüre, wie die Schatten näher rücken, mich einschließen und ich mich in ihnen auflöse.

Von weit weg höre ich einen Schrei, einen nicht endenden Schrei.

Jemand packt mich an der Schulter, es ist die Schwester mit den blonden Haaren. »Beruhige dich! Was ist los?« Sie versucht, mich zu halten.

Ich schlage um mich, kann ihre Hände nicht ertragen. Sie packt mich fester. Ich schreie, versuche mich loszureißen.

Ein Mann im weißen Kittel betritt den Raum, er sagt etwas, ich kann ihn nicht hören, höre nur das Blut in meinen Ohren rauschen. Spüre die Spritze in meinem Arm. Es brennt, ich versuche, sie wegzudrücken. Zu spät.

»Niklas!«, brülle ich.

Niklas kommt nicht. Mir wird schwindlig, meine Beine knicken ein, alles dreht sich, ich sehe sie doppelt, die Schwester und den Mann, sehe überhaupt nichts mehr.

Ich brülle etwas, ein Wort, muss es festhalten, es löst sich auf, löst sich einfach auf. Ich will fragen, was es war. Es ist niemand mehr da, den ich fragen könnte.

Hände heben mich hoch und legen mich auf einen weichen Untergrund. Jemand fasst an meine Jeans, öffnet den Knopf.

»Nein, nicht«, murmle ich.

Von weit weg höre ich eine Stimme. »Morgen früh wird es ihr besser gehen.«

TAG 2

nach dem Tag, an dem ich mein Gedächtnis verloren habe.

Ein Piepsen. Viel zu laut. Verschwommen nehme ich das Licht an der Wand wahr. Wie die Fäden eines Spinnennetzes ziehen sich orangene Streifen in den Raum. Davor ein Schatten. Mein Herz schlägt schneller, hier war doch eine Klingel, ich taste, aber sie ist nicht mehr da. Ich öffne den Mund, bringe nur ein »Waaa« raus.

Der Schatten beugt sich zu mir, nähert sich meinem Gesicht. Ich komme nicht weg, bin zu langsam und hebe die Hand, spüre Finger an meiner Stirn. Über mir Regenwolken.

Er weiß alles von mir.

Noch einmal höre ich das Piepsen, von ganz weit weg diesmal, bis ich nichts mehr höre, mich auflöse in der Stille.

»Guten Morgen!« Eine fremde Stimme reißt mich aus dem Schlaf. Ich blinzle und weiß im ersten Moment nicht mehr, wo ich bin. Ein weißer Kittel mit einem angehefteten Namensschild rückt in mein Blickfeld. Krankenhaus, ja, klar, er hat mich ins Krankenhaus gebracht.

»Du hast Post bekommen!« Die Krankenschwester strahlt mich an, klappt mit einem Handgriff die Platte aus dem Nachttisch und stellt ein Tablett darauf ab.

»Post?« Ich richte mich im Bett auf, reibe meinen Oberarm, auf dem sich ein großer blauer Fleck abzeichnet.

Mein Blick scannt ihre Hände, sie sind leer. Wo ist die verdammte Post?

»Ja, ein Brief. Er liegt neben deinem Teller«, antwortet die Schwester und stellt das Kopfteil des Bettes hoch. »Ach, und ich habe dir frische Kleidung mitgebracht. Sie ist aus unserem Fundus, müsste dir passen.«

Sie zwinkert mir zu und legt Unterwäsche, Jeans, Rock und drei T-Shirts auf einem der Stühle ab. Aus dem Fundus? Heißt das, sie sind von Leuten, die hier gestorben sind? Der Umschlag neben dem Teller zieht meine Aufmerksamkeit auf sich, und ich denke nicht weiter darüber nach.

»Wo ist der Brief her?«, flüstere ich.

»Jemand hat ihn unten an der Anmeldung abgegeben.«

»Wer?« Ich sehe sie an.

Sie zuckt mit den Schultern. »Keine Ahnung. Brauchst du noch was?«

»Wann?«

»Ich weiß nicht genau. Kann noch nicht so lange her sein. Brauchst du noch etwas?«, fragt sie wieder.

»Nein danke.« Ich warte, bis sie die Tür hinter sich zugezogen hat, bevor ich aus dem Bett springe. Um den Umschlag kümmer ich mich später! Wenn ich mich beeile, kann ich die Person, die ihn gebracht hat, vielleicht noch erwischen.

Meine alte Jeans hängt über dem zweiten Stuhl. Ich schlüpfe rein, ziehe die Chucks an, mache mir nicht die Mühe, sie zuzubinden, reiße die Tür auf und renne über den Flur. Auf die Schwingtür zu.

»Hey!«, ruft jemand hinter mir, ich reagiere nicht.

Weiter! Schnell, ich darf nicht zu spät sein. Auf der Treppe trete ich auf einen der Schnürsenkel, stürze die letzten Stufen runter und schlage mit dem Knie auf, rappel mich wieder hoch, mein Bein knickt weg. Ich humple trotzdem vorwärts.

Ich weiß nichts ...

In der Halle unten ist noch mehr los als vorgestern. Die Eingangstür geht ständig auf, weil jemand rein- oder rausläuft. Ich bin zu spät! Nein, nein, nein, nein, ich darf nicht zu spät sein. Ohne Rücksicht renne ich quer durch den Raum, an all den Menschen vorbei, stoße beinahe mit einer Krankenschwester zusammen, sie weicht im letzten Moment aus. Es klirrt. »Ey! Vorsicht!«

Keine Zeit, weiter! Erst vor der Anmeldung bleibe ich stehen, kümmere mich nicht um den Mann, der sich mit der Frau in dem Glaskasten unterhält. »Ein Brief, für mich wurde hier ein Brief abgegeben. Bitte, wissen Sie, wer den Brief abgegeben hat?«

»Hallo? Ich unterhalte mich hier gerade mit der Dame!«, unterbricht mich der Mann.

Ich sehe ihn kurz an, versuche zu lächeln. »Entschuldigen Sie, es ist ein Notfall. Ich bin gleich wieder weg!«

Er will etwas antworten, die Frau im Glaskasten mustert mich. Shit, ich habe das Nachthemd noch an.

»Musst du nicht auf Station sein? Wo liegst du? Ich rufe jemanden, der dich abholt.« Sie greift nach dem Telefon.

»Nein, nein, nein. Bitte, Sie müssen mir helfen!« Ich beuge mich vor, damit sie mich wieder ansieht. »Hier wurde eben ein Brief abgegeben. Bitte, können Sie mir sagen, von wem? Ist die Person noch da?«

Sie kneift die Augen zusammen. »Du meinst diesen Umschlag, der an das Mädchen in der Neurologie adressiert war?«

»Ja, genau! Wer hat ihn abgegeben?«

Sie schüttelt den Kopf. »Tut mir leid, ich war kurz hinten, um ein paar Sachen zu sortieren, und als ich wieder nach vorne kam, lag da der Brief.« Sie deutet vor sich auf die Theke, ich

weg
weg
weg

starre die Stelle an, als könnte ich daran ablesen, wer den Umschlag hinterlegt hat.

»Wann?«, flüstere ich.

»Ach je, das ist bestimmt schon eine Stunde her.«

»Danke.« Ich drehe mich weg, fühle mich leer.

Mit nur einem einzigen Satz hat sie meine ganze Hoffnung zerschlagen.

»Soll ich jemanden rufen?«, höre ich ihre Stimme hinter mir.

»Nein, schon gut, danke.«

Ich stolpere mehr, als dass ich laufe, vielleicht ist sie ja trotzdem noch da, die Person, die den Umschlag abgegeben hat? Vielleicht wartet er oder sie auf mich? Ich gehe in Richtung der Leute, die auf den Stühlen sitzen, bleibe stehen, traue mich nicht, näher zu kommen, und mustere sie, hoffe, irgendjemanden zu sehen, der mir bekannt vorkommt. Eine Frau mit einer großen Tasche auf dem Schoß hebt den Kopf. Sekundenlang sieht sie mich an. Kennt sie mich? In dem Moment, in dem ich einen Schritt auf sie zu mache, dreht sie sich weg. Ich habe mich geirrt, sie kennt mich nicht. Ich bin zu spät.

»Hey, was machst du denn hier unten?«

Ich fahre herum, vor mir steht Elias. Es fühlt sich an, als würde ein Blitz in meinen Magen schlagen.

»Du brauchst nicht so zu tun, als ob du dir Sorgen um mich machst!«, sage ich und wische mir übers Gesicht.

Nicht heulen, alles, nur nicht losheulen.

Er mustert mich, seufzt. Sein Blick ist anders als gestern. Sanfter. »Hey, tut mir leid. Ich hatte gestern einen schlechten Tag. Magst du mir sagen, was los ist?«

Ich schüttle den Kopf, beiße mir auf die Lippe, jetzt muss ich doch heulen. Shit.

Elias streckt die Hand nach mir aus, überlegt es sich anders und klemmt den Daumen in die Tasche seiner Jeans. »Soll ich dich hochbringen?«

»Nein, ich muss hierbleiben, ich darf nicht gehen«, sage ich, obwohl es längst zu spät ist.

Er setzt zum Sprechen an, sein Blick wandert über meine Schulter, und er bleibt still. Ich drehe mich um. Niklas kommt auf uns zu. »Was denkst du dir dabei, einfach von der Station abzuhauen?«, fragt er, noch bevor er neben uns zum Stehen kommt, und sieht von mir zu Elias und zurück. »Oben war die Hölle los.«

»Dann bist du ja jetzt in guten Händen.« Elias lächelt mich an, nickt Niklas zu. »Kannst du dich um sie kümmern? Ich muss los.«

»Ich bin schon dabei. Was machst du überhaupt noch hier?«

»Professor Dr. Fuchs wollte noch was mit mir besprechen«, sagt Elias und hebt die Schultern.

»Glück gehabt, dass die Fuchs dich vor dem Mittagessen hat gehen lassen.« Niklas grinst ihn an, sieht zu mir. »Wollen wir?«

»Ich, ich muss hier unten bleiben«, flüstere ich, mir laufen immer noch Tränen übers Gesicht.

Niklas legt mir die Hand auf die Schulter. »Lass uns doch erst mal hochgehen. Dann kannst du mir erzählen, was los ist.«

Ich schaue zu Elias, der schon fast bei der Anmeldung ist. An der Glastür dreht er sich um, unsere Blicke treffen sich. Er nickt mir noch einmal zu, geht durch die Tür und ist verschwunden. Klar, so wie beim letzten Mal. Haut einfach ab. Genau wie die Person mit dem Brief.

»Vergiss ihn«, murmelt Niklas, legt mir den Arm um die Schultern und bringt mich zurück zur Station.

»Okay, ich muss bei einer Untersuchung aushelfen, bin in zehn Minuten zurück. Schaffst du das, ohne wieder wegzulaufen?«, fragt Niklas mich oben.

»Haha, sehr witzig.«

Er grinst mich an. Was soll dieses blöde Grinsen? »Und dann erklärst du mir, warum du abgehauen bist, verstanden?«

Bevor ich ihm antworten kann, ist er durch die Tür.

Der Umschlag liegt noch ungeöffnet auf dem Tablett. Ich greife danach, drehe ihn zwischen den Fingern. Vielleicht steckt in ihm die Antwort auf all meine Fragen? Wer sollte mir schreiben? Wer immer es ist, muss ja wissen, was mit mir los ist.

Für das Mädchen auf Station 3, *Neurologie, Zimmer* 213

Kein Name. Der lange Empfänger ist nicht einmal mit der Hand geschrieben.

Meine Finger rutschen beim Aufreißen ab, ich nehme das Messer zu Hilfe und ziehe eine Karte aus dem Umschlag. Auf die linke Hälfte ist ein Spruch gedruckt, die rechte ziert ein Blatt, mit Tautropfen benetzt. In Schwarz-Weiß. Nur durch zwei der Tropfen schimmert Grün durch. Daneben ein aufgedruckter Spruch:

HINTER DEN TRÄNEN DER TRAUER
VERBIRGT SICH DAS LÄCHELN DER ERINNERUNG

Das Lächeln der Erinnerung? Ich habe keine Erinnerung mehr, an nichts, an niemanden. Ich stelle mir vor, wie der Absender gelacht hat über diesen ach so geistreichen Witz. Auf die Rückseite ist ein Stück weißes Papier geklebt, auch hier ein gedruckter Spruch:

Die Leidenschaften, über deren Ursprung wir uns selbst täuschen, beherrschen uns gerade am heftigsten.

Soll das ein Rätsel sein? Wenn ja, versteh ich es nicht.

»Sag mal, du antwortest auch nie, wenn man klopft, oder?« Niklas kommt um die Ecke, lacht mich an.

Ich weiß nicht, wie lange ich schon auf dem Bett sitze und die Karte anstarre.

In dem Moment, in dem unsere Blicke sich treffen, verschwindet das Lachen aus seinem Gesicht. »Was ist los?«

»Nichts«, sage ich und schüttle den Kopf, will es abschütteln, dieses Scheißgefühl.

»Nichts?« Er setzt sich auf die Bettkante, betrachtet mein Gesicht und wischt mit dem Daumen über meine Wange.

Ich schließe die Augen, lehne den Kopf gegen seine Hand. Er lässt sie da, die Berührung hält mich, ist wie ein Schutz vor dem Sturm, der in mir tobt.

»Und wegen nichts sitzt du hier und weinst?«, flüstert er.

Ich sehe in sein Gesicht. Schimmern Tränen in seinen Augen?

»Halt mich, bitte«, sage ich, und ohne seine Antwort abzuwarten, beuge ich mich vor, lege die Arme um ihn und drücke mein Gesicht gegen seine Schulter.

Er ist der Einzige, den ich habe. Der Einzige, der mich vor dem Absturz bewahren kann. Im ersten Moment fühlt es sich an, als wolle er mich wegdrücken. Ich bekomme Panik, klammere mich fest.

Lass mich nicht allein! Bitte!

Er zögert kurz, legt dann doch die Arme um mich, und ich spüre seine Hand, die mir über den Rücken streicht, lausche auf den Klang seiner Stimme. »Hey, was ist los, Stormtrooper? Komm, sag schon.«

Stormtrooper, ich muss ihm irgendwann sagen, wie bescheuert der Name ist. Aber nicht jetzt. Ich drücke mich an ihn und heule und heule und heule. Irgendwann sind keine Tränen mehr da, nur mein Kopf dröhnt noch.

Niklas ist still. Er hält mich, streicht wieder und wieder über meinen Rücken. Erst als ich ruhig atme, bleibt seine Hand zwischen meinen Schultern liegen. »Besser?«

Ich nicke, lehne mich gegen ihn. Er soll mich nie wieder loslassen.

Er fasst mich an den Armen und schiebt mich ein Stück weg, sieht mich an. Ich muss total rot und aufgequollen aussehen. Und verrotzt. Auf seinem Kittel ist ein großer nasser Fleck.

»Ich glaube, du musst dich umziehen«, sage ich und deute darauf, nur um ihn nicht ansehen zu müssen.

»Ich hab schon schlimmere Flecken auf dem Kittel gehabt.« Ein Lächeln huscht über sein Gesicht. Er fängt meinen Blick ein. »Was ist los? Und warum bist du vorhin abgehauen?«

Ich will ihm antworten, aber ich schaffe es nicht. Wenn ich nur ein Wort sage, heule ich wieder los. Also taste ich nach der Karte und halte sie ihm unter die Nase.

Er nimmt sie, sieht sich beide Seiten kurz an. »Was ist damit?«

»Hm?«

»Warum brichst du deswegen in Tränen aus?«

»Niklas, ist das eine ernsthafte Frage?«

Er sieht mich an und nickt.

»Hast du den Spruch nicht gelesen? Jemand macht sich über mich lustig!«

»Wieso?« Er betrachtet wieder die Karte.

»Hallo? Das Lächeln der Erinnerung? Welche Erinnerung denn bitte schön?«

»Vielleicht will dir der Absender Mut zusprechen? Vielleicht will er dir sagen, du wirst dich ganz sicher wieder erinnern?«

»Ach ja? Warum ist er dann nicht selbst gekommen, um mir dabei zu helfen?«

Niklas zuckt mit den Schultern.

»Ich habe Angst«, sage ich, ziehe die Beine an meinen Körper und halte mich fest. Klein machen, so klein wie möglich.

»Angst?«

»Das ist eine Trauerkarte. Trauerkarten schickt man, wenn jemand gestorben ist.«

»Normalerweise schon.«

»Aber es ist doch niemand gestorben, oder? Und was soll die ominöse Botschaft auf der Rückseite?« Ich reiße ihm die Karte aus der Hand und lese sie ihm vor.

Niklas fasst mich am Arm. »Vielleicht steht der Absender auf Zitate? Wollte nett sein. Mach dich nicht verrückt wegen der Karte!«

»Aber was ist, wenn …« Ich schüttle den Kopf, kann es nicht aussprechen. Wenn ich es ausspreche, ist es Wirklichkeit.

Niklas drückt meinen Arm und bringt mich dazu, ihn anzusehen.

»Was ist, wenn wirklich jemand gestorben ist? Wenn ich etwas damit zu tun habe?«, flüstere ich.

Er schaut mich an und irgendwie auch nicht, seine Augen sehen durch mich hindurch. »Schwachsinn. Niemand schickt einem Mörder eine Trauerkarte.«

»Vielleicht«, antworte ich ohne Überzeugung.

Das Gedankenkarussell hört nicht auf. Was, wenn diese Karte von jemandem ist, der mir sagen will: Völlig egal, was du machst, ich werde dich kriegen – früher oder später?

Die leere Hand kommt mir wieder in den Sinn. Wenn das ich war, warum lebe ich noch?

»Du solltest dich langsam duschen. Die Polizei kommt nachher und will dich sprechen«, unterbricht Niklas meine Gedanken.

»Die Polizei?« Es kommt lauter raus als beabsichtigt, und Niklas kapiert sofort, was los ist.

»Es hat nichts mit der bescheuerten Karte zu tun! Die Polizei kommt, weil sie prüfen müssen, ob du dich an irgendwas erinnern kannst, und weil sie deine Personenbeschreibung aufnehmen wollen.«

»Wozu?«

»Irgendjemand muss dich ja vermissen.«

Wir sehen uns an. Niklas sitzt noch immer auf der Bettkante.

»Bist du da, wenn sie kommen?«

»Soll ich da sein?«

Ich nicke, schaue auf meine Hände, hoffe, er merkt nicht, wie rot ich werde.

»Pass auf, ich klär das mit der Fuchs, und du machst dich schon mal fertig. Sie müssten bald hier sein.« Er steht auf. An der Ecke hält er noch mal an. »Stormtrooper?«

»Hmm …« Ich habe so viel mit einem Stormtrooper zu tun wie der Spatz von gestern mit einem Flugzeug.

»Vergiss die Karte.«

Ich warte, bis er die Tür hinter sich geschlossen hat, bevor ich die Karte in die Nachttischschublade lege.

Vergiss die Karte. Wie stellt er sich das vor?

MILCHGLASANSICHTEN

Nach dem Duschen wühle ich mich durch den Klamottenstapel. Ich brauche ewig, bis ich mich für ein schwarzes Shirt mit weißem Heartbeat-Anzeiger über der Brust entscheide, aus dem sich in der Mitte ein Katzenkopf formt. Sieht stylish aus. Ich versuche, nicht darüber nachzudenken, was genau die Schwester mit Fundus gemeint hat. Außerdem ist alles besser als dieses *Totally-Unique*-Shirt.

Was soll ich der Polizei sagen? Soll ich ihnen die Karte zeigen? Sie müssten herausfinden können, wer sie abgegeben hat, oder nicht? Ob ich die Chance bekomme, mit der Person zu reden? Sie zu fragen, warum sie mir eine Trauerkarte schickt? Ist wirklich jemand gestorben? Wenn ja, was habe ich damit zu tun?

Es sind zu viele Fragen, mir platzt gleich der Kopf. Ich reiße die Schublade auf, statt der Karte fällt mir das Skizzenbuch in die Hand. Meine Finger tasten nach dem Bleistift. Die Spitze des Stifts zittert, und erst bekomme ich keinen geraden Strich hin. Ich kneife die Augen zusammen, will nicht hinsehen. Von Horrorszenarien habe ich genug. Den Stift kann ich trotzdem nicht absetzen. Aus den dunklen Strichen wachsen Buchstaben und formen sich zu einem Wort.

Wer?

Schatten kriechen von den Ecken aus über das Blatt.

Meine Hand hält inne, die Spitze des Stifts kommt wenige Millimeter über dem Papier zum Stillstand, mein ganzer Arm verkrampft sich, nur mit Mühe kann ich die Finger öffnen. Der Stift fällt auf die Bettdecke.

Wer?

Ich fühle mich, als hätte mir jemand die Brust aufgebrochen und mein Herz herausgerissen.

Es klopft. Schnell werfe ich Skizzenbuch und Bleistift zurück in die Schublade und knalle sie zu.

Die Fuchs kommt um die Ecke, ihr routiniertes Arztlächeln auf den Lippen. Hinter ihr laufen ein Mann und eine Frau in Uniform. Sie geben ein komisches Paar ab. Er ist einen halben Kopf kleiner als sie, schmächtig und glatt rasiert. Sie ist doppelt so breit wie er, hat schulterlanges Haar und kleine Augen.

»Guten Morgen! Du hast es ja schon gehört: Herr Riedel und Frau Bergmann von der Polizei würden dir gerne ein paar Fragen stellen.« Die Fuchs deutet auf die Stühle, aber die Polizisten schütteln die Köpfe und stellen sich am Fußende meines Bettes auf.

»Wo ist Niklas?«, frage ich.

»Herr Redecker? Der wird bei einem Notfall gebraucht.« Die Fuchs wendet sich an die Polizisten. »Ein Pfleger von der Station. Er hatte vorgestern und gestern Dienst und hat sich um sie gekümmert.«

Zum Glück weiß sie nichts von unserem Treffen gestern außerhalb von Niklas' Dienstzeit. Ich mustere ihr Gesicht, kann sie nicht einschätzen, vermute aber, sie hätte etwas dagegen. Nur eines sehe ich ganz deutlich: Sie kapiert es nicht. Sie kapiert

17. August

nicht, wie es ist, wenn du in dir keinen Halt findest, weil du aus dir selbst ausgesperrt bist. Und nichts mehr da ist, nichts als ein schwarzes Loch, das alles schluckt. Sie hat keinen Schimmer, wie sehr ich Niklas brauche.

»Kann sie sich mittlerweile an irgendetwas erinnern?«, fragt der Polizist die Fuchs.

Als ob ich nicht hier wäre. Oder taub. Warum fragt er nicht mich? Die Fuchs hat mich seit gestern Nachmittag nicht mehr gesehen.

»Nein, leider noch nicht. Ich würde Sie deshalb auch bitten, sich, wie besprochen, mit Ihren Fragen zurückzuhalten.«

Der Polizist nickt und sieht zu seiner Kollegin.

»Deine erste Erinnerung ist von gestern Morgen, stimmt das?«, fragt diese und beugt sich ein Stück über das Bettgestell am Fußende, beide Hände um die obere Eisenstange gelegt.

»Vom Aufwachen, ja.« Mist! Es kommt viel zu leise heraus, ich habe mich selbst kaum gehört. Dabei wollte ich laut und deutlich sprechen. So nehmen die mich nie ernst.

»Du kannst dich nicht an den Tatort erinnern?«, fragt die Polizistin weiter.

»Welchen Tatort?« Ich sehe von den Polizisten zur Fuchs und zurück.

Tatort. Das Wort legt sich um meinen Hals, schnürt ihn zu, ich ziehe die Knie eng an meinen Körper.

Die Fuchs verzieht keine Miene. »Die Polizei glaubt, dir hat jemand etwas an den Kopf geschlagen. Die Frage hat sich darauf bezogen, ob du dich daran erinnern kannst?«

Ich sehe, wie der Polizist einen Blick mit seiner Kollegin wechselt und sie ganz leicht den Kopf schüttelt.

Meine Hand tastet zu dem Pflaster, hinten, unter den Haaren.

... So heißt er...

(Redecker)???

Ich zucke zurück, betrachte meine Fingerspitzen, sie zittern, in meinen Ohren rauscht das Blut.

Kannst du dich an den Tatort erinnern?

Bilder blitzen für den Bruchteil einer Sekunde in meinem Gedächtnis auf. Der Fluss, die Tasche mit der weißen Zahl, die Hand, die Schatten, die lebendigen Schatten. Ich presse die Fäuste gegen meine Stirn, will die Bilder nicht haben. Mein Herz rast, ich bekomme fast keine Luft mehr.

»Nein, kann ich nicht«, stoße ich hervor.

Nicht erinnern! Auf keinen Fall erinnern!

»Wenn du versuchst, weiter zurückzugehen, weißt du, wie du an den Neckar gekommen bist?«, dringt die Stimme der Polizistin in meine Gedanken.

»Den Neckar?«

Atmen, ich muss atmen.

»Der Fluss, an dem du gefunden wurdest«, schaltet die Fuchs sich ein. Für einen Moment mustert sie mein Gesicht, runzelt die Stirn.

»Weißt du, wie du zum Neckar gekommen bist?«, fragt die Polizistin noch mal.

Ich schüttle den Kopf. »Nein.«

»Du weißt auch nicht, wo du wohnst oder wie du heißt? Wer zu deiner Familie gehört?«

Ich habe gehofft, *sie* wissen es. Gehofft, *sie* sagen mir, wer ich bin und was passiert ist.

»Nein.« Tränen steigen mir in die Augen.

Wieder tauschen die Polizisten Blicke aus.

»Gibt es sonst irgendetwas Ungewöhnliches, das dir aufgefallen ist?«, fragt der Mann, Herr Bergmann oder wie er heißt.

»Ich … nein.«

»Ich denke, es reicht für heute. Sieh erst mal zu, dass du dich erholst.« Seine Kollegin richtet sich auf. Sie lächelt mich an, eines dieser Lächeln, das schon wieder verblasst ist, noch bevor es bei einem ankommt.

»Wissen Sie, wer ich bin?«, platzt es aus mir heraus.

Sie erstarrt, schaut erst zur Fuchs und dann zu ihrem Kollegen, der genauso hilflos aussieht wie sie.

»Nein, deshalb sind Frau Bergmann und Herr Riedel ja hier, um das herauszufinden und die Vermisstenanzeigen durchgehen zu können«, springt die Fuchs ein.

Die Polizistin fängt sich zuerst. »So ist es. Jetzt erst mal gute Besserung für dich! Und wenn dir noch etwas einfallen sollte, dann melde dich bitte.« Sie kommt auf mich zu und drückt mir eine Visitenkarte in die Hand.

Ich nicke. Gute Besserung, ja, danke. Als hätte ich eine Erkältung oder so. Bestimmt muss ich nur genug Tee trinken und viel schlafen, dann kommt meine Erinnerung sicher von ganz alleine zurück. Sobald sie alle aus dem Zimmer sind, werfe ich die Visitenkarte in die Schublade. Sie landet genau auf der Trauerkarte. Der blöde Spruch fällt mir wieder ein. Ich nehme sie in die Hand, lese ihn noch einmal. Bin mir sicher, der Absender wollte mir etwas damit sagen.

Die Leidenschaften, über deren Ursprung wir uns selbst täuschen, beherrschen uns gerade am heftigsten.

Sie haben von einem Tatort gesprochen. Tatort bedeutet doch, dass irgendetwas passiert ist. Aber was? Bin ich nur knapp dem Tod entkommen? Will jemand mir drohen? Soll die Trauerkarte mich warnen, mir mitteilen, ich werde so oder so sterben, weil ich mich nicht erinnern darf?

Mir wird schlecht bei dem Gedanken. Ich werfe die Karte

zurück in die Schublade und versuche, an nichts mehr zu denken. Aber die Fragen hämmern weiter in meinem Kopf.

Ob das Erinnern mich retten kann? Wenn ich schnell genug bin, schneller, als der Absender es erwartet? Aber was soll ich denn machen, wenn ich nicht hinter diese bescheuerte Mauer komme? Verdammt, mir bleibt nicht mehr viel Zeit, ich muss mich erinnern!

Bis zum Mittagessen sitze ich auf dem Bett und warte, ohne zu wissen, worauf. Erst in dem Moment, in dem eine Krankenschwester mit dem Tablett kommt, wird es mir klar.

Wo ist Niklas? Warum bringt er mir nicht das Essen? Lässt die Fuchs ihn nicht mehr zu mir?

Es ist die junge Krankenschwester, die, die vorgestern meine Hand verbunden hat. Sie grüßt nur kurz und weicht meinem Blick aus. Mir fehlt der Mut, sie nach Niklas zu fragen. Ich sehe ihr zu, wie sie ohne ein weiteres Wort das Tablett auf dem Tisch abstellt und wieder aus dem Zimmer huscht, als wäre hier drin ein gefährliches Virus, das nach zehn Sekunden auf sie überspringt.

Mein Magen knurrt, aber ich will nicht essen. Sie sollen ruhig merken, dass etwas ganz und gar nicht in Ordnung ist.

Es klopft.

»Ja?«, rufe ich und höre, wie jemand die Tür aufschiebt.

Sekundenlang ist es still, ehe Schritte den kleinen Gang entlangkommen. Ein verstrubbelter Haarschopf lugt um die Ecke. »Hey. Stör ich?« Elias kommt ganz ins Zimmer, bleibt vor meinem Bett stehen und tritt von einem Fuß auf den anderen.

»Was willst du?«, flüstere ich.

Er streicht sich über den Nacken und senkt den Blick. Es dauert eine Ewigkeit, bis er endlich was sagt. »Hast du Lust, für eine halbe Stunde mit rauszugehen?«

Das hat er mich jetzt nicht gefragt, oder?

Ich balle die Hände zu Fäusten, reiße mich zusammen, ihn nicht anzuschnauzen. »Warum bist du einfach abgehauen?«

»Ich … es …« Wieder weicht er meinem Blick aus, setzt noch mal an. »Ich erklär dir alles, versprochen. Kommst du mit?«

Ich sehe noch genau vor mir, wie er mich gestern angeschaut oder eben nicht angeschaut hat. Seine Abfuhr war wie ein Schlag mitten auf die Nase.

»Entweder du erzählst es mir jetzt, oder du kannst alleine gehen«, höre ich mich sagen, wie durch eine Wand.

Er schaut mich an, und wieder ist da dieses Gefühl, das sich wie ein Felsblock auf meine Brust legt.

Er weiß etwas, er weiß etwas über mich.

»Okay, sorry für die Störung«, sagt er und dreht sich um, ohne mich noch einmal anzusehen.

»Elias!«, rufe ich. Diesmal lasse ich ihn nicht so einfach gehen!

Er bleibt stehen, dreht den Kopf und sieht mich über die Schulter hinweg an. »Was ist?«

»Wo wolltest du denn hin?«

Ein Lächeln huscht über sein Gesicht. »Kennst du das *Botanik*? Ist drüben bei der Mensa und hat in den Semesterferien offen. Hast du Lust?«

Ich klettere aus dem Bett und gehe auf ihn zu. Direkt vor ihm bleibe ich stehen und sehe in seine Augen. Da ist sie wieder, die Melancholie, die ich so an ihm mag. Ich unterdrücke ein Lächeln, so leicht will ich es ihm nicht machen.

»Ich hoffe, du stehst zu deinem Wort«, sage ich.
Er nickt, und um seine Augen bilden sich kleine Fältchen.

Die Mittagshitze schlägt uns entgegen, nach vier Schritten schwitze ich in der langen Jeans wie verrückt. Super, wahrscheinlich kann man genau sehen, wie die Hose an meinen Beinen klebt. Elias läuft die ganze Zeit einen halben Meter neben mir. Ich probiere es aus und gehe ein bisschen auf ihn zu. Drei Schritte später ist der Abstand zwischen uns wieder der gleiche.

Immer wieder spüre ich seinen Blick von der Seite, aber sobald ich den Kopf in seine Richtung drehe, sieht er zu seinen Füßen oder nach vorne, nur nicht mehr zu mir. Keiner von uns sagt ein Wort. Ich muss an Niklas denken, bin mir sicher, wir hätten schon über alles Mögliche geredet. Die Polizei, die Fuchs, unsere Erinnerungen, was auch immer. Das Schweigen macht mich fertig, krampfhaft überlege ich, was ich sagen könnte. Nichts, außer den tausend Fragen, die ich ihm erst stellen will, wenn ich ihm in die Augen sehen kann.

Elias führt mich zwischen zwei großen Gebäuden hindurch zu einem kleinen Platz, auf dem leicht erhöht ein mit Wasser gefülltes Becken steht. Drumherum sind Steine aufgestellt, eine Handvoll Leute sitzt dort, manche mit den Füßen im Wasser. Sie sind alle nicht besonders alt, die Jüngsten so alt wie Elias oder wie Niklas. Zwischen zwanzig und Mitte zwanzig, schätze ich. Wir gehen in das lang gezogene, flache Gebäude hinter dem Becken und laufen bis zu einem kleinen Café. Dort ist die Decke niedriger als im Rest des Gebäudes, der ganze Raum ist dunkel, aber wenigstens kühl.

»Du hast noch nichts gegessen, oder?«, fragt Elias und steuert die Theke an.

Ich schüttle den Kopf.

»Hast du Hunger?«

»Vielleicht lassen sie mein Tablett stehen?«

»Darauf würde ich mich mal lieber nicht verlassen. Ich bestell uns was.« Er studiert die Tafel hinter der Theke. »Hast du Lust auf Sandwiches?«

»Warum nicht?« Ich kann immer noch nicht glauben, was hier passiert.

Zu den Sandwiches bestellt er noch eine Sprite und eine Cola.

»Raus oder rein?«, fragt er mit dem Tablett in der Hand.

Draußen sind Tische ins Gras gestellt, alle bis auf zwei frei. Drinnen sitzt niemand.

»Raus.«

Er nickt und sucht uns einen Tisch im Schatten einer großen Eiche aus. »Thunfisch oder Chicken?«

»Keine Ahnung. Was willst du?«

Er schiebt mir das Chickensandwich rüber und packt das andere aus.

»Wissen die auf der Station Bescheid? Nicht dass sie einen Suchtrupp losschicken.« Ich pople die Klarsichtfolie vom Sandwich und schiebe sie mit einer Ecke unter das Tablett.

»Keine Angst, ich habe mit Irene gesprochen.«

»Irene?«

»Unsere Stationsleitung, sie schuldet mir eh noch einen Gefallen. Solange du zur Visite wieder da bist, ist das kein Problem.« Er zwinkert mir zu.

Ich hebe die Spriteflasche hoch. »Und woher weißt du, dass ich Sprite trinke?«

Er wollte gerade von seinem Sandwich abbeißen, friert in der Bewegung ein und schaut mich für einen Moment überrascht an. Ich kann mir gerade so einen Lachanfall verkneifen, der offene Mund um das Sandwich sieht total behämmert aus.

»Äh … keine Ahnung, war mehr so eine Gewohnheit.«

»Eine Gewohnheit? Du meinst, immer wenn du mit einem Mädchen irgendwohin gehst, bestellst du ihr eine Sprite?«

Auf seine Lippen stiehlt sich ein Lächeln, seine Wangen werden ein kleines bisschen rot. »So ähnlich, ja.«

»Ahm.« Ich glaube ihm kein Wort. »Warum bist du abgehauen?«

Er hält meinem Blick stand, und für Sekunden nehme ich nichts anderes wahr als seine Augen, habe das Gefühl, er sieht bis auf den Grund meiner Seele, sieht etwas in mir, das noch nicht einmal ich kenne. Stille hüllt uns ein wie in einer Glaskugel. Die Vögel im Baum verstummen, genau wie die Gespräche ein paar Tische weiter. Im Augenwinkel

sehe ich, wie der Wind durch die Blätter streift, aber ich höre das Rauschen nicht mehr. Meine Atmung setzt zusammen mit meinem Herzschlag aus, oder vielleicht bilde ich mir das auch nur ein, vielleicht schlägt es noch, und ich spüre es nur nicht mehr, so wie die Blätter noch rascheln müssen. Wir sehen gleichzeitig weg, und alles ist wieder da. Die Vögel, der Wind, die Stimmen.

Elias räuspert sich. »Das ist total bescheuert. Professor Dr. Fuchs hat mir verboten, mit dir Kontakt aufzunehmen.«

»Warum das denn?« Ich versuche, das Zittern meiner Hände unter Kontrolle zu bringen, sehe ihn nicht an.

»Sie meint, es könnte dich zu sehr aufregen, weil ich dich gefunden habe und du dich dann vielleicht wieder erinnerst …«

Jetzt sehe ich ihn doch an. »Ich dachte, erinnern wäre der Plan?«

»Klar, aber nicht so geballt auf einmal, eher Schritt für Schritt.«

Das klingt nach einer grandiosen Idee. Schritt für Schritt, ja genau. Ich habe ja ewig Zeit. »Weißt du was? Ich scheiß auf euer Schritt-für-Schritt-Programm! Ich habe dir vertraut, und du haust einfach ab. Du warst der einzige Mensch, den ich irgendwie gekannt habe, das verstehst du nicht, oder? Das kannst du nicht verstehen!« Mir ist schon wieder zum Heulen.

Ich weiß nicht, warum ich mich so aufrege. Es ist ja nicht so, als ob Elias irgendeine Verpflichtung mir gegenüber hätte, nur weil er mich zufällig gefunden hat.

War das wirklich Zufall?

Er greift über den Tisch nach meiner Hand. Die unerwartete Berührung jagt wie ein elektrischer Schlag durch meinen Arm. Ich zucke zurück und setze mich auf meine Hand.

»Sorry, ich wollte nicht, ich meine, ich habe nicht … Ach, verflucht! Tut mir leid, okay? Es tut mir ehrlich leid. Ich wollte dich nicht im Stich lassen.« Er zieht seine Hand wieder zurück, umklammert die Cola. Sein Gesicht ist knallrot.

Auf einmal sieht er so verletzlich aus, und meine ganze Wut verraucht. »Du hast dich aber nicht an die Anweisungen der Fuchs gehalten.«

»Wieso?«

»Du warst an meinem Bett.« Ich lasse ihn nicht aus den Augen.

Im ersten Moment reagiert er überhaupt nicht. »Du kannst dich daran erinnern?«, stößt er schließlich hervor.

Ich nicke, und er wird noch röter.

»Ich hatte Nachtdienst, du hast ein starkes Beruhigungsmittel bekommen und gestern die Spritze. Ich musste sicherstellen, dass alles in Ordnung ist«, versucht er sich zu retten und weicht dabei meinem Blick aus.

»Was soll das heißen?« Das ist doch totaler Schwachsinn!

»In seltenen Fällen kann man Krämpfe bekommen. Ich hatte Angst, dir passiert was«, sagt er und sieht mich an.

»Bist du Krankenpfleger?«

Er schüttelt den Kopf. »Medizinstudent, ich verdiene mir in den Semesterferien was dazu.«

Ich trinke einen Schluck von der Sprite, weiß nicht, was ich sagen soll. Er wollte auf mich aufpassen? Wirklich? Wieso hat er dann auf dem Flur versucht, mich loszuwerden?

»Willst du nicht mal was essen?«, fragt er und deutet auf das Sandwich.

»Doch, danke.« Ich nehme es in beide Hände und beiße rein, bin froh, eine Ausrede zu haben nicht sprechen zu müssen.

Er isst auch, ohne den Blick von mir zu lösen.
»Warum bist du mit mir mitgegangen?«

»Ich dachte, ich stelle hier die Fragen!« Ich sehe ihn herausfordernd an.

»Hast du doch. Jetzt bin ich dran.« Er verschränkt die Arme und grinst.

»Wann mitgegangen? Vorgestern? Oder heute?«

Er denkt einen Moment nach, als ob meine Frage ernst gemeint gewesen wäre. Mir ist schon klar, wovon er spricht.

»Vorgestern«, antwortet er, und mir rutscht das Sandwich aus der Hand.

»Ich hatte nicht wirklich eine Wahl, oder?«

»Bereust du's?«

»Was?«

»Dass du mit mir mitgegangen bist?«

Ich sehe sein Lächeln, das traurig ist, so traurig wie ich, und schüttle den Kopf.

»Ich bin froh, dich gefunden zu haben«, flüstert er.

»Wie meinst du das?«

Er antwortet mir nicht, nimmt nur einen Schluck von seiner Cola. Das ist doch verrückt! Erst verhält er sich wie der letzte Freak, und jetzt sagt er mir, er ist froh, mich gefunden zu haben? Sein Blick ist auf den Himmel gerichtet, als hätte er dort oben etwas verloren. Verloren, genau wie ich.

Ich mag den Gedanken, und für eine Sekunde glaube ich, alles zu verstehen. Alles und nichts.

»Ich auch«, rutscht es mir heraus. Ich halte die Hand vor den Mund, zu spät, die Worte lassen sich nicht mehr zurücknehmen.

Elias sieht mich an, in seinen Augen schimmert noch ein

kleiner Rest Traurigkeit. »Ich glaube, wir müssen langsam zurück, wenn du vor der Visite wieder da sein willst.«

Will ich nicht. Wir gehen trotzdem, und dieses Mal läuft er ganz nahe neben mir, unsere Arme berühren sich fast.

Nach der Visite ist es viel zu still im Raum. Ich sehe aus dem Fenster in den Himmel und denke an regenwolkengraue Augen.

Ich bin froh, dich gefunden zu haben.

Bis ich es nicht mehr aushalte, den Fernseher anstelle und die Stille aussperre.

»Sag mal, bist du schwerhörig geworden?« Niklas steht im Zimmer und drückt den Ausschaltknopf. Er trägt wieder Jeans und Shirt. »Willst du den Rest des Tages vorm Fernseher verplempern? Oder dich vielleicht lieber mit dem nettesten Pfleger der Klinik unterhalten?« Breitbeinig baut er sich zwei Meter vor meinem Stuhl auf, die Arme verschränkt.

»Na, da fällt mir die Wahl nicht schwer.« Ich muss grinsen, habe aber das Gefühl, irgendetwas stimmt nicht, so wie er da vor mir steht. »Was ist los?«

»Nichts, außer dass die Fuchs total durchdreht.«

»Warum?«

»Weil sie glaubt, jemand hier würde sich zu viel um dich kümmern.«

Wir wissen beide, von wem er spricht.

»Du musst dich nicht um mich kümmern, wenn du dafür Ärger bekommst.«

Ich weiß nicht, wie ich ohne ihn hier überleben soll.

Er mustert mich, sein Gesicht ist total ernst. »Willst du mich loswerden?«

»Nein«, flüstere ich.

Wir schweigen, ich schaue auf meine Finger, habe keine Ahnung, was ich sagen oder was ich machen soll, und die ganze Zeit spüre ich seinen Blick. Ich muss daran denken, wie er mich heute Morgen gehalten hat, und es kommt mir vor, als ob das in einer anderen Welt gewesen wäre.

»Ich hab gehört, du warst heute mit Elias unterwegs?«, fragt er in die Stille hinein.

Elias. Klar, Elias. Ich sehe zu Niklas, will aufstehen, zu ihm hingehen, trau mich nicht.

»Ich wollte wissen, warum er einfach abgehauen ist«, sage ich, und obwohl es die Wahrheit ist, klingt es falsch.

»Wenn die Fuchs was mitbekommen hätte, hättet ihr beide ein Problem gehabt.« Niklas presst die Lippen aufeinander.

»Irene wusste Bescheid.«

»Irene?«

»Eure Stationsleitung.«

»Ah, unsere Stationsleitung, ja klar. Na, dann ist ja alles gut!«

»Stimmt was nicht?«

»Nein, alles in Ordnung.« Er dreht sich weg. »Also dann …«

»Niklas, warte mal!« Wie konnte das nur so schnell so schieflaufen?

Er wendet sich mir wieder zu, aber da ist kein Lächeln in seinem Gesicht, nicht einmal ein Zwinkern. »Was ist?«

»Elias ist der, der mich gefunden hat, ich musste wissen, warum er mich danach im Stich gelassen hat.«

Niklas zieht die Augenbrauen zusammen, und für einen winzigen Moment sieht er total traurig und verloren aus. »Und? Weißt du es jetzt?«

»Ich glaube schon.« Ich beobachte sein Gesicht, aber da ist keine Gefühlsregung mehr abzulesen.

»Dann ist es ja gut.«

Ich schaue zu meinen Füßen, will, dass alles wie vorher ist, und komme nicht gegen die Mauer an, die plötzlich zwischen uns steht.

»Niklas, kannst du dafür sorgen, dass ich kein Schlafmittel mehr nehmen muss? Bitte?«, sage ich, bevor er wirklich noch geht.

»Ich werde sehen, was ich tun kann, Stormtrooper«, antwortet er und lächelt endlich ein ganz kleines bisschen.

Ich lächle zurück. Es fühlt sich an wie in einem Gangsterfilm. Und weil dieses Gefühl so gut ist, ist es beinahe so, als wäre die Mauer nicht mehr da.

»Na dann, Stormtrooper, sehen wir uns morgen.« Er nickt mir zu und geht.

Minuten später schaue ich immer noch auf die graue Tür, die hinter ihm ins Schloss gefallen ist.

Nach dem Termin bei der Fuchs fällt mir die Trauerkarte wieder ein. Ich gehe zum Nachttisch, reiße die Schublade auf, hole Luft und greife hinein. Sie ist nicht da. Was? Ich zerre das Skizzenbuch raus, schüttle es, werfe es aufs Bett, schaue selbst in dem Mäppchen nach, obwohl die Karte da niemals reinpasst. Taste und klopfe die Schublade ab, reiße das Fach darunter auf.

Nichts.

Ich durchsuche das Zimmer, alles ist da, selbst die benutzte Unterhose. Nur Karte und Umschlag bleiben verschwunden.

Ich setze mich aufs Bett und kralle meine Finger in die Matratze. Jemand war hier, in diesem Zimmer.

Der Gedanke setzt sich in mir fest, wiederholt sich in endloser Schleife. Jemand war hier.

Meine Arme zittern, es geht über auf den Körper, in die Beine. Mir ist kalt, ich greife nach der Decke, wickle sie um mich, aber das Zittern hört nicht auf.

In die Decke gehüllt, kaure ich auf dem Bett, verliere das Gefühl für die Zeit.

Irgendwann betritt ein Pfleger das Zimmer. Er hält ein Tablett in der Hand. »Was ist mit dir?« Er hat einen Schnurrbart, sein Gesicht ist grau, die Haut spannt über den Wangenknochen. Ich habe ihn noch nie gesehen. Er kommt auf mich zu, streckt die Hand nach mir aus, ich schlage sie weg. »Lassen Sie mich in Ruhe!«

Er weicht zurück. »Ich wollte nur sehen, was mit dir los ist.«

»Es ist alles in Ordnung, mir ist nur kalt. Bitte, kann ich alleine sein?«

Er mustert mich, ich kann ihm ansehen, wie er überlegt, versuche, ruhig zu bleiben. Wenn ich panisch werde, werden sie mir wieder eine Spritze geben. Ich will keine Spritze, ich muss wach bleiben.

Jemand war hier im Zimmer, er kann wiederkommen, jederzeit.

Niklas hat sein Versprechen gehalten. Ich muss kein Schlafmittel nehmen. Auf dem Bett liegend, warte ich, bis der Nachtdienst die Runde gemacht hat. Mir ist immer noch kalt. Trotzdem stehe ich auf, lösche das Licht in dem kleinen Gang und versperre den Weg ins Zimmer mit den Stühlen. Wenigstens kurz können sie die Person aufhalten, falls sie wiederkommt.

Wer immer es ist.

Ich lege mich unter die Decke, versuche, die Kälte aus meinen Knochen zu vertreiben, und behalte das Ende des Gangs im Blick.

Erst jetzt, nachdem die Geräusche auf dem Flur verstummt sind, fällt es mir auf. Die Polizisten haben nicht mal ein Foto von mir gemacht. Wie wollen sie ohne Bild jemanden finden, der mich kennt?

ÜBERRASCHUNGEN

TAG 3

nach dem Tag, an dem ich mein Gedächtnis verloren habe.

Die Karte bleibt verschwunden. Am nächsten Morgen bemerkt der Frühdienst meine Blockade, weil ich verschlafe und die Krankenschwester mit dem Tablett in der Hand über die Stühle stolpert. Ab jetzt soll der Nachtdienst mehrmals in der Nacht das Zimmer kontrollieren. Das beruhigt mich kein Stück, das macht immer noch Stunden, in denen der Weg zu meinem Bett völlig freiliegt.

Niklas versucht, mich zu beruhigen, meint, es war bestimmt die Putzfrau. Es ist richtig süß, wie er sich bemüht, und ich möchte ihm glauben. Aber die Karte lag in der Schublade. Wie soll sie da versehentlich weggekommen sein? Er holt mich wieder auf eine Sprite ab. Ich verstehe nicht, warum, bin aber froh, dass er da ist.

Während unserer täglichen Sitzung frage ich die Fuchs, ob die Polizei etwas rausgefunden hat. Sie antwortet mir nur, ich müsse geduldig sein, und macht Körperübungen mit mir und anderes Zeug, von dem sie hofft, es könnte meine Erinnerungen in Gang setzen. Ich erinnere mich nicht. Wieder und wieder renne ich gegen die schwarze Wand, die mir den Zugang zu meinem Gedächtnis versperrt. Zuerst macht mich das wahnsinnig, irgendwann finde ich mich damit ab. Ich habe keine Lust mehr, mir den Kopf blutig zu schlagen. Die Fuchs wirft mir vor, ich würde mich nicht genug anstrengen. In diesem Moment weiß ich, es geht ihr nicht um mich. Es geht allein um sie, sie will der Welt zeigen, dass sie den totalen Gedächtnisverlust heilen kann. Für morgen streicht sie unsere Sitzung, und ich bin froh, wenigstens einen Tag lang meine Ruhe zu haben. Bestimmt wird sie die Zeit nutzen, sich neue Übungen auszudenken, mit denen sie mich gegen die Wand rennen lassen kann. So lange, bis ich zusammenbreche.

»Ich habe morgen frei«, verkündet Niklas bei unserem Mittwochstreffen.

Ich verschlucke mich fast an der Sprite.

»Wenn du willst, kann ich nachmittags vorbeischauen?« Er sieht mich an.

»Nein, ist okay, ist doch dein freier Tag. Den einen Tag schaffe ich schon ohne dich.« Es ist glatt gelogen, aber das kann ich nicht sagen. Er hat schon so viel für mich getan.

»Vielleicht komm ich trotzdem vorbei«, sagt er mit einem Zwinkern, und ich könnte ihm um den Hals fallen.

Elias hat sich wieder in Luft aufgelöst, zum dritten Mal. Ich habe ihn die letzten beiden Tage nicht einmal zu Gesicht bekommen. Er kann mir gestohlen bleiben, echt, warum ist er überhaupt noch mal vorbeigekommen? Wenn Niklas nicht da

TAG 5

nach dem Tag, an dem ich mein Gedächtnis verloren habe.

ist, schleiche ich trotzdem auf dem Flur herum und hoffe, Elias zu treffen. Mir ist auch nicht mehr zu helfen.

Donnerstag. Mein sechster Tag im Krankenhaus. Und der erste, an den ich mich erinnern kann, ohne Niklas. Bei der Aussicht, heute nicht ein einziges Mal das Wort *Stormtrooper* zu hören, würde ich mich am liebsten wieder umdrehen und den ganzen Tag verschlafen. Ich habe dieses Zimmer so satt. In diesem Raum ist genauso wenig von mir wie in mir selbst.

Das ist nur der Schock.

Ja klar. Sechs Tage Schock, das klingt sehr wahrscheinlich.

Ach Mist! Der Tag hat kaum angefangen, und ich fühle mich schon schlecht. Oder immer noch. Es hört nicht auf. Der Druck in mir ist nicht auszuhalten, ich habe Angst, irgendwann einfach zu platzen. Aufgesprengt von einem nicht enden wollenden Schrei, der irgendwo hinter der dunklen Mauer anfängt, immer weiter anschwillt, bis er zu groß für mich wird.

Ich greife nach der Schublade, hole das Skizzenbuch hervor, kann nicht anders, muss zeichnen. Auch wenn ich nicht einmal weiß, was. Die Bewegung des Stifts geht auf mich über, sobald ich mit der Spitze das Papier berühre. Wie in Trance folge ich ihr, ohne auf die Striche zu achten.

Da ist der Ast, der über den Wurzeln liegt. Der Fluss verschwimmt mit den Schatten, und der Baum beugt sich nach vorne, streicht mit den Zweigen über den Boden. Ich sehe die Wurzel, diesmal auch den Körper, den Kopf. Da liegt … ich?

Ich schreie auf und werfe das Skizzenbuch gegen das Fenster. Es ist nur ein Bild. Ich zwinge mich, aufzustehen und das Buch zurück in die Schublade zu räumen, bevor ich mich wieder auf dem Bett zusammenrolle und aus dem Fenster starre. Aber

wenn ich die Augen schließe, sehe ich mich immer noch unter dem Baum auf dem Boden liegen.

Hinter den Tränen der Trauer verbirgt sich das Lächeln der Erinnerung.

Was. Ist. Passiert?

Von draußen strahlt mir die Sonne aus einem wolkenfreien Himmel entgegen. Gibt es auch etwas anderes als Sonnenschein? Etwas, das besser zu mir passt? Ein Sturm vielleicht oder wenigstens ein Regenschauer? Nein, kein Regenschauer. Ein grauer Himmel erinnert mich zu sehr an seine Augen.

Nicht einmal der Spatz hat mich wieder besucht.

»Komm zurück«, flüstere ich und bin mir nicht sicher, ob ich den Spatz oder Elias meine.

Ich quäle mich aus dem Bett, lege die Hand an die Scheibe. In diesem Moment springt die Tür auf.

Eine Frau Anfang vierzig stürmt in den Raum, die Arme ausgestreckt. Das kinnlange wellige blonde Haar ist auf ihrem Kopf fixiert, es bewegt sich keinen Millimeter.

»Zoe!«, ruft sie, ist einen Moment später bei mir und presst mich gegen ihren Körper.

Ein süßer Duft steigt mir in die Nase, ich halte die Luft an. Ich will das nicht, ich kenne sie nicht. Doch ich bin unfähig, mich zu bewegen, stehe stocksteif und warte, bis es vorbei ist.

Die Frau schiebt mich ein Stück weg, betrachtet mich und bemerkt meinen Blick. »Es tut mir leid, ich wollte dich nicht überfallen. Ich bin so froh, dich zu sehen.« Sie fährt sich übers Gesicht. Waren da Tränen in ihren hellen Augen?

Wer ist sie? Was will sie von mir? Krampfhaft versuche ich mich zu erinnern: an die Haare, das Gesicht oder die Augen. Ich weiß nicht, wer sie ist.

An der Tür steht ein schlanker Mann im Anzug. Das Auffälligste an seinem Gesicht ist die große Nase. Unsere Blicke treffen sich, und er nickt mir zu, ein fast unsichtbares Lächeln auf den Lippen.

Wer sind diese Menschen? Haben sie sich im Zimmer geirrt? Ich will etwas sagen, aber mein Mund ist total trocken, und ich bekomme kein Wort heraus.

Die Fuchs erscheint hinter dem Mann, führt ihn ins Zimmer. »Wie es aussieht, haben wir deine Eltern gefunden!« Das Arztlächeln klebt auf ihren Lippen.

Meine *Eltern?* Ich sehe noch einmal zu dem Mann. Jetzt, aus der Nähe, bemerke ich graue Strähnen in seinen kurzen dunklen Haaren und auch in den Augenbrauen. Er macht keine Anstalten, mich in den Arm zu nehmen. Die Frau holt ein Taschentuch aus ihrer Handtasche und tupft sich Tränen aus den Wimpern. In mir wirbelt alles durcheinander. Das hier sollen meine Eltern sein? Ich drücke den Rücken gegen die Scheibe und kralle mich am Fensterbrett fest, muss sie doch wiedererkennen, muss mich doch freuen. Aber da ist nichts, da stehen zwei Fremde, zwei völlig Fremde, die mich mit ihren erwartungsvollen Blicken ansehen. Sie haben sich in der Tür geirrt!

»Ach, Zoe! Wir dachten, wir würden dich nie wiedersehen!«, sagt die Frau mit gepresster Stimme.

Habe ich nicht die ganze Zeit darauf gewartet, endlich jemanden zu finden, der mich kennt? Jemanden, der mich mit meiner Vergangenheit verbinden kann?

Und jetzt?

Ich sehe sie an, beide, schaue von ihr zu ihm und von ihm zu ihr. Nehme die kleine Narbe an seiner rechten Augenbraue wahr und das Muttermal auf ihrer Wange,

links neben der Nase. Sehe in seine braunen Augen, in denen eine unendliche Schwere liegt, obwohl er sich bemüht, sie hinter seinem Lächeln zu verbergen. Bemerke ihren Blick, der mich mustert und versucht, jede meiner Gefühlsregungen zu erfassen.

Horche in mich hinein, suche nach einem Gefühl, einer Verbindung, einem Schlüssel, der die Tür aufsperrt. Und finde … nichts.

Ich löse meine Hände vom Fensterbrett, sehe zur Fuchs.

»Sind Sie sich sicher?«, frage ich, weil ich es nicht glauben kann.

Der Mann dreht sich weg.

»Zoe!« Mit aufgerissenen Augen kommt die Frau wieder auf mich zu, greift nach meinem Arm.

Die Fuchs hält sie fest. »Ich habe Ihnen gesagt, es ist noch zu früh – für *alle* Beteiligten!« Sie wendet sich an mich. »Ja, das sind deine Eltern. Wir stehen schon seit einigen Tagen in Kontakt, aber ich habe es für besser gehalten, das Ganze langsam anzugehen …«

»Frau Professor Dr. Fuchs, das haben wir ja verstanden. Doch mittlerweile sind sechs Tage vergangen, und Zoe erinnert sich immer noch an nichts.« Die Frau sieht mich an. »Wir dachten, es hilft dir, wenn du nach Hause kommst.«

Was meint die Fuchs mit einigen Tagen? Heißt das, alle hier haben Bescheid gewusst, und keiner hat mir was gesagt?

»Sie sehen ja, was dabei herauskommt, Frau Mendel. Zoe ist völlig überfordert. Ich möchte Sie bitten, Ihren Entschluss noch einmal zu überdenken.« Die Fuchs sieht die Frau eindringlich an.

Die schüttelt den Kopf. »Das haben wir nun schon oft genug diskutiert. Was soll es bringen, Zoe künstlich hier festzuhalten? Glauben Sie nicht, zu Hause wird sie sich am ehesten erinnern?«

Zu Hause. Ich sollte mich freuen, stattdessen legen sich die Worte um meine Kehle, ich kann kaum mehr schlucken. Warum freue ich mich nicht, verdammt? Wollte ich nicht eben noch endlich raus aus diesem Zimmer?

»Bitte, überlegen Sie es sich noch einmal. Herr Mendel, bringen Sie Ihre Frau doch zur Vernunft«, wendet sich die Fuchs an den Mann.

Der sieht mich an, und für einen kurzen Moment blitzt Wärme in seinen Augen auf. »Was denkst du, Zoe?«

Was ich denke?

Tränen laufen mir übers Gesicht. Ich bin nicht in der Lage, etwas zu denken. Ich will mich so gern erinnern, will glauben, sie sind meine Eltern. Aber ich erinnere mich nicht.

»Sie sehen doch, dass sie mit der Situation überfordert ist. Bitte lassen Sie sie hier! Es wäre fatal, wenn sie von ihren Erinnerungen überwältigt wird. Begreifen Sie das nicht?« Die Fuchs versucht, seine Aufmerksamkeit zu bekommen, doch er sieht immer noch zu mir.

»Wir haben das bereits diskutiert, Frau Professor Dr. Fuchs. Meine Frau arbeitet von zu Hause aus, sie kann sich um Zoe kümmern. Ich sehe nicht ein, warum es ihr hier in der Klinik besser gehen sollte.« Er hält mir die Hand hin und lächelt mich an. »Komm, Zoe. Pack deine Sachen zusammen, wir bringen dich nach Hause.«

Einen Moment zögere ich, bis das Lächeln langsam aus seinem Gesicht verschwindet und ich nach der Hand greife. Sie ist warm. Warm und groß, und es fühlt sich sicher an, sie zu halten. Er drückt meine kurz, bevor er mich wieder loslässt. Diesmal lächeln auch seine Augen für einen Moment. Die Frau beobachtet uns.

Sie bemerkt meinen Blick, eilt zu mir, streicht über meinen Arm. »Soll ich dir packen helfen?«

Ich schüttele den Kopf. »Danke.«

Es sind sowieso nicht viele Sachen, eigentlich nur das, was Niklas mir gegeben hat.

Niklas – verdammt, was mach ich denn jetzt?

Meine Hand zittert beim Packen von Büchern, Mäppchen und Skizzenbuch. Nicht einmal eine Tasche habe ich. Ich stehe mit dem Rücken zu ihnen, stopfe alles in die weiße Tüte. Die Visitenkarte der Polizistin fällt mir in die Hände. Ich halte sie einen Moment zwischen den Fingern und stecke sie dann in die Hosentasche. Die Klamotten lasse ich liegen. Sind ja nicht meine. Aber die Frau kommt und sammelt sie zusammen. »Das gehört auch dir, Zoe«, sagt sie.

Ich sehe sie an. Heißt das, sie haben mir die Klamotten ins Krankenhaus geschickt? Es sind meine?

Die Fuchs seufzt. »Gut, wenn Sie sich nicht abhalten lassen. Ich erwarte Zoe einmal in der Woche zum Check-up, bis sich ihr Zustand sichtbar gebessert hat.«

»Wie wir bereits besprochen haben, Frau Professor Dr. Fuchs. Komm, Zoe.« Der Mann legt die Hand auf meinen Arm und führt mich zur Tür.

Die Frau hält mich am anderen Arm. Als hätten sie Angst, ich könnte ihnen davonlaufen. Ich komme mir eingequetscht vor zwischen ihnen. Sie sind mir viel zu nah.

Bevor wir gehen, drückt die Fuchs mir einen Zettel in die Hand. »Hier, dein Termin. Komm direkt in mein Büro.«

Ich nicke, schaue kurz drauf, ehe ich ihn zu der Visitenkarte stecke: Montag, 24. August, 10:30 Uhr.

»Und denken Sie an unsere Vereinbarung!«, sagt sie noch.

»Ja, wir machen alles wie besprochen.« Der Mann beschleunigt seine Schritte, und ich komme fast ins Stolpern.

An der Schwingtür drehe ich mich noch einmal um. Die Fuchs ist auf dem Gang stehen geblieben, die Augenbrauen zusammengezogen, den Mund verkniffen. Es sieht aus, als ob sie sich Sorgen macht. Aber warum? Wenn sie sich so sicher ist, dass das hier meine Eltern sind, warum will sie nicht, dass ich mit ihnen gehe?

Auf dem Weg zum Parkplatz muss ich wieder an Niklas denken. Was ist, wenn er heute Nachmittag wirklich kommt und ich nicht mehr da bin? Mir wird schlecht. Ich hätte ihm eine Nachricht hinterlassen müssen. Sonst denkt er vielleicht, ich will ihn nicht mehr sehen. Ich bleibe für einen Augenblick stehen, kann nicht noch einmal alles verlieren, nicht auch noch Niklas. Der Check-up. Montag, ich kann Montag vor dem Termin zur Station gehen. Ich werde ihn wiedersehen. Immerhin habe ich ihn nicht vergessen, so wie den Rest meines Lebens. So wie die beiden Menschen neben mir, die meine Eltern sein sollen. In vier Tagen, das ist kürzer als die Zeit, die ich Niklas insgesamt kenne. Und damit noch nicht einmal so lange wie mein neues Leben.

Wir laufen zu einem beigen BMW, die hellen Sitze sehen so sauber aus, als würde nie jemand die Rückbank benutzen. Der Mann hält mir die Tür auf, und ich steige ein. Die Luft hier drinnen ist von der Sonne schon ganz aufgeladen, aber ich traue mich nicht, das Fenster aufzumachen. Sobald der Mann den Zündschlüssel dreht, geht das Radio an. Die Frau beugt sich vor und schaltet es aus. Jetzt ist es total still im Auto, und ich sehe aus dem Fenster, will mich auf die Umgebung konzentrieren. Es geht nicht. Die ganze Zeit denke ich krampfhaft darüber nach, was ich sagen könnte. Die beiden sprechen kein Wort. Hätten sie bloß das Radio angelassen, die Stille ist lauter, als es jeder noch so nervige Popsong sein könnte. Ein Weg rauscht vorüber, ich erkenne ihn wieder. Elias hat mich hier entlanggeführt. Vor sechs Tagen. Ich denke an die Melancholie in seinem Lächeln und könnte heulen. Die Stirn gegen die Scheibe gepresst, schaue ich in die andere Richtung, versuche mich abzulenken, denke an das Krankenhausessen, das ich sicher nicht vermissen werde. Der Mann setzt den Blinker und biegt auf eine breite Straße ein, in deren Mitte eine Straßenbahnschiene verläuft. Ich halte es nicht mehr aus, das Schweigen, den Gedanken an Niklas, den ich erst in vier Tagen wiedersehen soll, genauso wenig wie den an Elias, der mich im Stich gelassen hat. Wenn eine Straßenbahn hierherfährt, könnte ich vielleicht zurück zur Klinik kommen.

»Kann ich, also, darf ich heute Nachmittag noch mal raus?«, frage ich.

Der Mann schaut in den Rückspiegel, ich kann nur seine braunen Augen sehen. Sie leuchten nicht mehr. »Das geht …«

Die Frau legt ihm die Hand aufs Bein, er stockt, sieht sie an. Sie dreht sich zu mir um, ein Lächeln im Gesicht.

»Du kannst dich ganz bald wieder frei bewegen, aber heute noch nicht. Dr. Fuchs hätte dich nicht mit uns mitgelassen, hätten wir ihr nicht versprochen, alles ganz langsam anzugehen. Verstehst du?«

Nein, verstehe ich nicht. Ich nicke, warte, bis sie wieder nach vorne schaut, und konzentriere mich auf den Weg. Ich will ihn mir einprägen. Wir fahren an einer S-Bahn-Haltestelle vorbei, und ich versuche, die Nummern der Straßenbahnlinien zu lesen. Ich muss wieder hierherfinden.

Was, wenn die Fuchs sich geirrt hat?

Würde Niklas nach mir suchen, wenn er nichts mehr von mir hört? Ich presse die Lippen aufeinander und klammere mich in der Tür fest.

Schwachsinn! Das hier sind meine Eltern, die wollen doch nur, dass es mir gut geht. Ich sage es mir wieder und wieder. Der Druck auf meiner Brust bleibt.

Der Mann setzt die Frau und mich in einem Wohnviertel ab. In der Straße stehen fast nur Altbauvillen.

»Ich bring das Auto in die Tiefgarage und komme nach«, sagt er, bevor wir die Türen zuschlagen.

Sie führt mich zu einem gusseisernen Tor, und wir gehen zwischen zwei Fahrradständern auf ein Haus zu. Ein zweistöckiger Altbau mit einem Garten, der um das Haus herumführt. Gehört das ihnen? Alleine? Die Frage beantwortet sich an der Tür, an der vier Klingeln angebracht sind. Mendel steht auf der untersten.

Zoe Mendel – warum löst der Name nichts in mir aus?

Zoe.

Zoe und … was? Zoe und die Mauer, durch die sie nicht brechen kann?

Zoe.

Wenn ich mir den Namen oft genug vorsage, fühlt es sich fast an, als wäre es meiner.

»Wir wohnen hier sehr zentral. Keine zehn Minuten von der Fußgängerzone entfernt. Du kannst dich nicht erinnern, oder?«, fragt die Frau mich im Hausflur, eine Treppe mit acht Stufen führt zu den Wohnungen im Erdgeschoss.

Sie steuert auf die Tür direkt vor uns zu. An der rechten Wand ist noch eine zweite, über der mit Kreide Zahlen und Buchstaben gezeichnet sind. Ich schüttle den Kopf. Sie nickt, schaut durch mich hindurch. Bis sie merkt, dass ich sie ansehe. »Entschuldige, ich habe geträumt«, murmelt sie und stellt ihre Schuhe links von der Wohnungstür ab, deren obere Hälfte in buntes Glas gefasst ist.

Ich mache es ihr nach, deute auf die zweite Tür. »Und wer wohnt da?«

Sie sieht auf. »Bettina, unsere Nachbarin. Du wirst sie leider erst in zwei Wochen treffen. Sie ist gestern in den Urlaub gefahren.«

Bettina.

»Willst du dich umziehen? Ich habe dir frische Kleidung ins Bad gelegt«, fragt die Frau mich im Flur.

»Später«, antworte ich.

Ich kann jetzt nicht in völlig fremde Klamotten schlüpfen. Das schwarze Shirt mit dem Heartbeat und der Katze fühlt sich mittlerweile wirklich so an, als würde es zu mir gehören.

Du kannst dich nicht erinnern, oder?

Was hat sie damit gemeint? Die Wohnung? Sich selbst?

Der Flur ist schmal. Von der Wand gegenüber der Wohnungstür gehen vier Türen ab. Ich folge der Frau durch den fensterlosen Flur direkt ins Wohnzimmer. An der linken Wand ist nur eine Tür. Sie steht offen, und im Vorbeilaufen sehe ich eine Küchenzeile. Das Wohnzimmer ist groß und hell. Eine Tür

führt zu einer überdachten Veranda. Gartenmöbel stehen dort, und auf dem Tisch liegt eine Zeitung neben einer Tasse.

»Der Garten ist für alle«, erklärt sie mir.

Ich nicke, gehe zur Verandatür und suche draußen nach einem Fixpunkt, nach irgendetwas, woran ich mich erinnere. Vor dem grünen Maschendrahtzaun am Ende des Gartens steht ein Laubbaum. Unter einem Astloch hängt eine Vogelfutterstation. Sie ist leer, logisch, es ist ja Sommer. Und selbst gebaut. Haben wir das aufgehängt?

Wir.

Ein Schlüssel klappert in der Wohnungstür, ich drehe mich um. Der Mann kommt den Flur entlang, die Holzdielen knarzen unter seinem Gewicht. Er sieht müde aus und traurig.

Warum ist er traurig? Müsste er sich nicht freuen, mich gefunden zu haben?

Sobald er meinen Blick bemerkt, legt sich ein Lächeln auf seine Lippen. »Und? Schon etwas wiedererkannt?«

»Lars!« Sie sieht ihn kopfschüttelnd an.

»Was? Hätte ja sein können.«

Einen Moment begegnen sich ihre Blicke, die Anspannung im Raum steigt. Keine Ahnung, warum. So schlimm fand ich die Frage nicht, und wenn, dann müsste ich sauer sein, oder?

»Ich mach uns etwas zu essen, ihr habt sicher Hunger«, sagt sie und verschwindet im Flur.

Ich stehe mit dem Rücken zur Verandatür. Rechts vor mir ist ein dunkler, runder Esstisch mit sechs schwarzen Stühlen. Die Wand mir gegenüber macht rechts von der Tür zum Flur noch mal einen kleinen Knick nach hinten. Dort steht ein weißes Klavier, direkt neben einer zweiten Tür, die zur Küche abgeht. Sie steht offen, und ich kann die Frau sehen, die Schüsseln aus

einem Schrank holt. Links von mir stehen ein rostbraunes Ledersofa, zwei Sessel und ein Couchtisch vor einem Lowboard mit Flatscreen, einer Spielkonsole und einer Stereoanlage. Ich komme mir vor, als würde ich zum allerersten Mal in diesem Raum stehen. Das kann nicht sein, ich habe doch noch vor einer Woche hier gewohnt. Wenn das hier mein Zuhause ist, warum kommt mir nichts bekannt vor?

Mein Blick streift wieder das Klavier. Ich höre eine Melodie, leise, von ganz weit weg.

Damm dadri damm da damm damm.

Und für einen winzigen Augenblick ist es, als ob jemand dort sitzen würde. Ich blinzle, und es ist vorbei. Meine Hände fangen an zu zittern, aber mir ist nicht kalt, in meinem Bauch wird es warm. Im nächsten Moment fühlt es sich an, als würde ihn jemand wie einen Schwamm ausdrücken, und ich könnte heulen.

Der Mann geht zu einem der Sessel und lässt sich darauf nieder. »Willst du dich setzen? Dann kannst du alles in Ruhe auf dich wirken lassen.«

»Danke.« Ich kann meinen Blick nicht mehr von dem Klavier lösen. »Spiele ich Klavier?«

Er denkt einen Moment nach, fährt mit der Hand durch seine kurzen Haare. »Ja. Ich glaube, seit du sechs warst oder sieben. Wir wollten am Anfang nicht, du hast uns ein halbes Jahr lang in den Ohren gelegen.«

Er spricht weiter, ich höre nicht mehr hin. Wie hypnotisiert laufe ich zum Klavier, öffne den Deckel, lege meine Finger auf die Tasten und suche nach dem richtigen Ton. Dem Ton, mit dem die Melodie begonnen hat, an die ich mich schon nicht mehr wirklich erinnern kann. Ich drücke auf eine der Tasten, schließe die Augen, horche dem Klang nach.

Die Tür knallt gegen die Wand, ich reiße die Augen auf. Vor mir steht die Frau. Sekundenlang starrt sie mich an. Ich höre auf zu atmen, will die Hände wegnehmen, kann mich nicht bewegen.

»Finger weg von dem Klavier«, flüstert sie.

»Stefanie!« Er springt auf, läuft zu ihr und hält sie, bis sie ihm in die Augen sieht. »Ich habe ihr erzählt, dass sie Klavier gespielt hat.«

Für Sekunden sieht es aus, als würde ihr Gesicht auseinanderfallen. »Warum hast du ihr das gesagt?«

»Ich dachte, es würde …«

Sie würgt ihn mit einer Handbewegung ab, schüttelt den Kopf, sieht zu mir, zwingt sich, zu lächeln. »Ich wollte dich nicht erschrecken. Es ist nur … es ist, ich ertrage den Klang nicht mehr. Das Klavier ist verstimmt, verstehst du? Wir müssen jemanden kommen lassen, bevor …«

Sie bricht ab, legt die Hände über ihr Gesicht. Er nimmt sie in den Arm, vergräbt sein Gesicht in ihren Haaren.

Ich stehe immer noch vor dem Klavier. Im ganzen Raum breitet sich eine Schwere aus, ich kann hier nicht bleiben, ich muss raus, sonst ersticke ich noch.

»Kann ich duschen?«, flüstere ich.

Er sieht mich an, seine Wangen sind feucht, die Augen gerötet. »Ich zeige dir, wo das Bad ist.«

Im Rausgehen streift mein Blick ihr Gesicht. Es ist versteinert. Sie sieht wieder zum Klavier.

Ich lasse lauwarmes Wasser über meine Haut laufen, schließe die Augen und stelle mir vor, woanders zu sein. Im Schwimmbad vielleicht oder bei einer Freundin.

Irgendwo, nur nicht hier. Ich fühle mich so fremd wie die verstimmten Töne auf dem Klavier.

Ich ertrage den Klang nicht mehr …

Ich weiß nicht, wie lange ich unter der Dusche stehe, das Gesicht in den Wasserstrahl halte und versuche, nichts zu denken. Bestimmt wäre ich noch länger so stehen geblieben, für immer vielleicht, aber es klopft an der Tür.

»Zoe?« Es ist die Stimme von dem Mann.

»Ja?«

»Geht es dir gut?«

»Ja … ich komme gleich.«

»Okay.«

Er geht, und diesmal höre ich das Knarzen der Dielenbretter. Einmal noch einatmen, das Wasser abstellen und mich ins Handtuch wickeln. Es ist weich und riecht nach Blumen. Ich schließe die Augen und wünsche mir, einfach stehen bleiben zu können.

HEY ZOE! REMEMBER ANYTHING?
NEIN!

STEFANIE

Ich höre sie streiten. Ihr Gemurmel dringt bis auf den Flur, und ich bleibe stehen. Wenn ich vorsichtig bin, kann ich vielleicht nahe genug an die Wohnzimmertür kommen, um zu lauschen. Ich habe Pech. Er sieht mich, bevor ich in Hörweite bin.

»Ah, Zoe, da bist du ja! Komm rein, Stefanie hat ein paar Snacks vorbereitet.« Er läuft mir von der Verandatür aus entgegen.

Das Lächeln in seinem Gesicht wirkt angestrengt, seine Augen sind noch immer rot. Er legt den Arm um meine Schultern und führt mich zu einem Stuhl am Esstisch. Ich setze mich, den Rücken zum Klavier. Vor mir auf dem Tisch stehen Blätterteighörnchen, Salzbrezeln, Essiggurken, Käsewürfel und Weintrauben. Sie sitzt mir direkt gegenüber und strahlt mich an. Als wäre ihr Gesicht nicht eben vor meinen Augen zerfallen. »Steht dir gut, das Shirt.«

Ich erinnere mich nicht, es gekauft zu haben. Vielleicht betont sie es deshalb. Das Shirt ist grau, vorne sind mit dicken schwarzen Strichen verschiedene geometrische Formen aufgedruckt. Sie setzen sich zu einem Hasen zusammen. Es gefällt mir, auch wenn Grau eine langweilige Farbe ist.

»Hier, nimm dir doch was.« Er setzt sich links von mir hin und schiebt mir die Hörnchen zu.

DAD ≈ LARS

Ich lege eines auf meinen Teller. »Gibt es irgendwas, das ich nicht esse?«

Sie sehen sich an, er schüttelt ganz leicht den Kopf.

»Nein, mein Schatz«, antwortet sie. »Du hast immer alles gegessen, warum?«

Mein Schatz. Wie kann ich ihr Schatz sein, wenn sie eine vollkommen Fremde für mich ist? Ob sich das für die beiden genauso scheiße anfühlt wie für mich?

»Nur so.« Ich beiße in das Hörnchen.

Sie lächelt mich immer noch an, er starrt auf sein Glas. Das einzige Geräusch im Raum ist unser Kauen. Ich versuche es zu ignorieren, so zu tun, als sei alles normal. Nichts ist normal, und das macht mich wahnsinnig. »Wie … also, wie habe ich euch eigentlich genannt? Bevor … bevor ich …«

Bevor ich meinen Verstand verloren habe. Wieder sehen sie sich an, er seufzt. »Wie jedes Kind. Ganz früher hast du Mama und Papa zu uns gesagt, aber seit ein paar Jahren bist du auf Mom und Dad umgestiegen, das fandest du cooler.« Er lächelt, und aus seinen Augen strahlt Wärme. »Und wenn du willst …«

»Wenn du willst, kannst du Lars und Stefanie sagen«, fällt sie ihm ins Wort.

Er holt tief Luft, zuerst wirkt es, als wolle er etwas sagen, doch dann nickt er nur.

»Es fühlt sich für dich vielleicht im Moment komisch an, uns Mom und Dad zu nennen?« Sie zieht fragend die Augenbrauen hoch.

»Lars und Stefanie dann?« Ich sehe von ihm zu ihr.

»Gut«, sagt sie und reibt sich die Stirn.

Lars und Stefanie. Besser als Mom und Dad. Lars' Blick trifft

MOM ≈ STEFANIE

auf meinen, und diesmal spüre ich sie deutlich, die Schwere, die von ihm ausgeht.

»Magst du noch was?« Stefanie schiebt mir die Käsewürfel hin.

Ich nehme drei und lege noch eine Handvoll Weintrauben auf meinen Teller. »Danke.«

Wieder wird es still im Raum. Ich versuche, so geräuschlos wie möglich zu kauen. Stefanie sieht zu mir, wenn sie denkt, ich würde es nicht bemerken. Sobald ich den Kopf hebe, lächelt sie.

Ich hole Luft. »Kann ich euch ein paar Fragen stellen?«

»Sicher, mein Schatz. Wir werden versuchen, dir alles zu beantworten. Nicht wahr, Lars?«

Er schreckt auf, nickt.

»Wie alt bin ich?« Ich beiße mir auf die Lippe.

Stefanie legt das Hörnchen aus der Hand, im ersten Moment glaube ich, sie will aufspringen und mich in den Arm nehmen. Sie bleibt sitzen. Ich atme auf.

»Du kannst dich an überhaupt nichts erinnern?«, fragt sie.

Ich schüttle den Kopf, ihr durchdringender Blick hinterlässt ein unangenehmes Gefühl in meinem Magen.

»Du bist siebzehn, am 18. Juli war dein Geburtstag, kurz vor den Sommerferien. Ich glaube, wir haben ein paar Bilder gemacht. Du hast nicht groß gefeiert.«

»Dann gehe ich noch zur Schule?«

Wieder sieht sie zu Lars, der sich gerade Wasser einschenkt und wirkt, als würde er nicht mehr zuhören.

»Ja, nächstes Jahr machst du Abitur«, beantwortet sie schließlich meine Frage.

»Und dann?«

»Was meinst du mit ›dann‹?«

OKAY, DA MUSS ICH JETZT DURCH

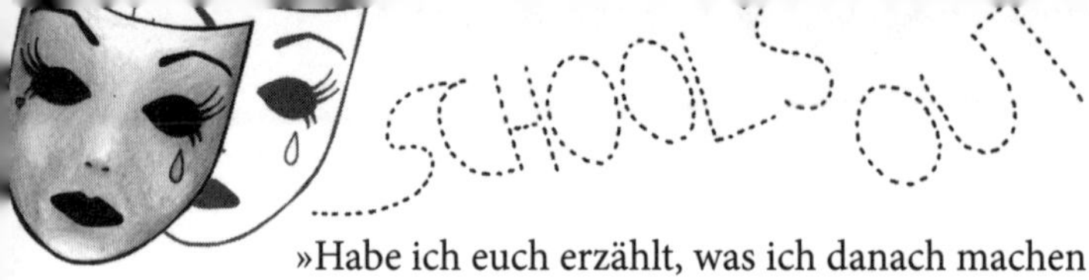

»Habe ich euch erzählt, was ich danach machen will?«

»Du wolltest immer …«, fängt Lars an.

»Du wolltest viele Sachen machen«, unterbricht Stefanie ihn. »Pilotin, Ärztin, Ingenieurin. Zum Schluss hast du dich vor allem für erneuerbare Energien interessiert, habe ich recht, Lars?«

Er schüttelt den Kopf. »Weiß ich nicht.«

Erneuerbare Energien? Wirklich? Kenne ich mich so gut mit Physik aus? Oder braucht man dafür keine Physik?

»Und auf welche Schule gehe ich?«

»Das hat doch erst mal noch Zeit. Dr. Fuchs meint, wir sollten bis nach den Herbstferien warten, bevor wir an die Schule denken«, winkt Stefanie ab, und das Lächeln gefriert auf ihren Lippen, wird zu einer Maske, die alle Gefühle verbirgt.

»Aber irgendwann muss ich ja wieder hin. Welche Schule ist es denn?«

»Wieso fragst du?«, schaltet Lars sich wieder ein.

»Ich muss doch Freunde haben. Vielleicht hilft es mir, mich mit ein paar Freunden zu treffen?«

Er räuspert sich, wir schauen beide zu ihm, aber dann weist er nur mit einer Hand zu Stefanie und schüttelt den Kopf.

»Freunde?«, fragt sie und zieht das Wort endlos in die Länge. »Weißt du, wir wohnen erst seit ein paar Monaten hier, und zu den Leuten an deiner neuen Schule hast du noch keinen richtigen Draht gefunden.«

»Und meine alten Freunde? Was ist mit denen?«

Stefanie dreht ihr Wasserglas und sieht zu, wie die Flüssigkeit den Rand hinaufschwappt. »Da ist der Kontakt abgebrochen, soweit ich weiß. In etwa: aus den Augen, aus dem Sinn.« Sie zuckt mit den Schultern. Lars schaut auf seinen Teller. Ist das

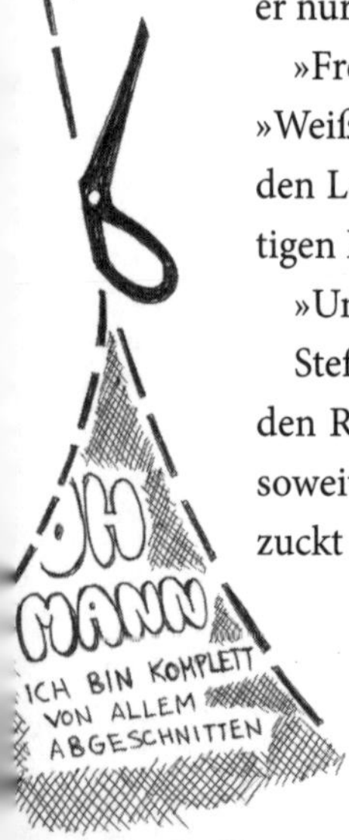

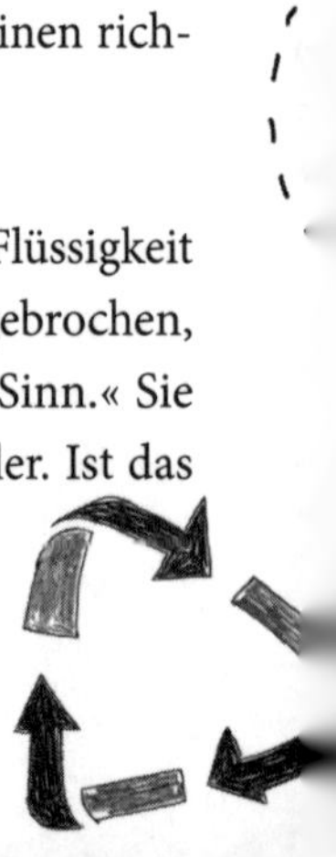

ihr Ernst? Außer Stefanie und ihm gibt es niemanden mehr, der mir etwas über mich sagen kann?

»Aber ich könnte mich doch wieder bei ihnen melden, oder nicht?«

»Das ist im Moment keine gute Idee. Und wirklich, du hattest mit deinen alten Freunden seit Monaten keinen Kontakt mehr.«

Ich sehe Stefanie an, kann nicht glauben, was sie mir sagt. Oder will es nicht glauben. »Und in der neuen Schule, da hatte ich nur Ärger mit den Leuten, oder was?«

Kurz sagt niemand etwas, dann ist es Lars, der antwortet. »Nein, überhaupt nicht. Es war mehr ein leben und leben lassen. Deine Mitschüler haben ihr Ding gemacht und du deines.«

Ich war also eine totale Außenseiterin dort? Ein Freak? Die, neben der niemand sitzen will?

»Ich könnte doch nach den Sommerferien wieder in die Schule gehen …«

Vielleicht kann ich neu anfangen? Vielleicht läuft es dieses Mal besser, und ich finde Leute, die zu mir passen. Wobei, sollte ich nicht erst mal versuchen, rauszufinden, wo meine alten Freunde sind?

»Nach den Herbstferien. Bis dahin können wir jemanden zur Nachhilfe organisieren, wenn du möchtest. Damit du nicht zu viel Stoff verpasst«, sagt Stefanie, und es klingt wie eine beschlossene Sache.

Bitte nicht! Ich will nicht die nächsten Wochen hier eingesperrt sein. Ich muss raus, muss wissen, wer ich bin. Leute treffen, mit ihnen reden und versuchen, mich wiederzufinden.

»Bist du fertig?«, fragt Lars.

Fertig. Ich nicke.

»Okay, dann zeigen wir dir mal dein Zimmer, was meinst du?« Er steht auf.

Stefanie und ich tun es ihm nach, und ich trotte zwischen ihnen den dunklen Flur entlang, auf die hinterste der vier Türen zu.

Lars öffnet sie, geht einen Schritt zur Seite und lässt mich in den fast quadratischen Raum. Uns direkt gegenüber steht ein Schreibtisch vor einem großen Fenster. Sonnenstrahlen fallen durch das Glas auf den dunklen Dielenboden, der in ihrem Licht ein kleines bisschen glänzt. An der rechten Wand steht ein blauer Schrank, links ein schwarzes Futonbett. Mein Blick bleibt bei dem Bild über dem Bett hängen. Ein schwarzer Druck mit dünnem weißem Rand. Die untere Hälfte füllen weiße Großbuchstaben aus:

TO ALL
THE LADIES
IN THE PLACE
WITH STYLE
& GRACE

Rechts neben dem Schrank ist die Raufasertapete mit Werbepostkarten gepflastert, solche, die es in Kneipen kostenlos gibt. Ich sehe von dem Druck zu den Postkarten und weiß nicht, was ich davon halten soll. Zwischen Bett und Schrank liegt ein flauschig weißer Teppich. Ansonsten ist der Boden leer. Ich schlucke, halte mich am Türrahmen fest. Das soll mein Zimmer sein?

Sobald ich einen Schritt in den Raum mache, fängt mein Nacken an zu kribbeln. Auf dem Teppich bleibe ich stehen, der weiche Untergrund gibt mir Sicherheit. Die Augen zusammengekniffen, blinzelnd, versuche ich, die Ausstrahlung der Person zu spüren, die dieses Zimmer bewohnt. Ich will anknüpfen an die Zeit vor sechs Tagen, an den Moment, in dem ich zuletzt hier war, aber ich spüre nichts. Ich sehe zu Lars und Stefanie. Ihre Gesichter sind starr. Erst als sie meinen Blick bemerken, kommt Leben in sie, und fast synchron verziehen sie die Münder zu einem Lächeln.

»Erkennst du es wieder?«, will Stefanie wissen.

»Nein.« Mit den Zehen streiche ich die Teppichkante entlang. Wie lange machen sie das alles mit, bevor sie mich aufgeben?

»Auf dem Schreibtisch liegt dein Handy, und daneben steht deine Tasche.« Lars deutet zum Fenster.

»Sollen wir dich ein bisschen alleine lassen? Es war ganz schön viel heute, oder?« Stefanie klingt so fürsorglich, ich fühle mich richtig schlecht, weil ich sie enttäusche. Sollte ich sie umarmen? Erwartet sie das? Würde ich das normalerweise tun?

»Ja, danke.« Ich kann nicht, ich meine, ich will, aber es geht nicht. Allein bei der Vorstellung, sie jetzt in den Arm zu nehmen, werden meine Hände schwitzig, und meine Füße fühlen sich an, als wären sie plötzlich mit dem Teppich verwachsen.

»Gut, wir sind im Wohnzimmer, wenn du uns brauchst, ja?«

Das ist zu viel Verständnis, ich ertrag's nicht. Sie soll es mir doch einfach sagen, verdammt. Sagen, sie hält es nicht aus mit einer Tochter, die sich nicht erinnern kann. Ich versuche zu lächeln, wenigstens, bis sie gegangen sind.

Mein Zimmer. Wenn ich die Augen schließe, kann ich es mir fast vorstellen, doch sobald ich sie wieder öffne, spüre ich es ganz deutlich: Etwas stimmt nicht. Aber ich kapiere nicht, was.

Ich gehe zum Schreibtisch, dessen Platte bis auf das Handy

und die Minikopfhörer leer ist. Nicht einmal Stifte liegen rum oder ein Lineal oder irgendetwas, das auf Hausaufgaben hindeutet.

Das Handy hat keine PIN, ich klicke mich durch und stelle eine ein. 150815, der Tag, an dem ich mein Leben verloren habe.

Die Augen geschlossen, atme ich einmal tief durch. Hier könnte mein ganzes Leben drinstecken. Mein Finger zittert, ich treffe kaum die richtigen Stellen auf dem Display. Kontakte, ich fange mit den Kontakten an.

Zu den Leuten an deiner neuen Schule hast du noch keinen richtigen Draht gefunden.

Noch kein Draht zu den neuen Leuten und die alten schon aus den Augen verloren. Da muss doch trotzdem jemand sein!

Es sind nur zwei Kontakte eingespeichert: *Mom* und *Dad*.

Ich versuche runterzuscrollen, vielleicht habe ich etwas übersehen. Nichts. Ich schließe das Telefonbuch, öffne es wieder. Es bleibt dabei: *Mom* und *Dad*.

Mein Blick fixiert die beiden Namen. Es ist, als ob mir jemand mit voller Wucht in den Magen schlägt. Das darf nicht wahr sein, es *muss* noch jemanden in meinem Leben gegeben haben außer diesen beiden Menschen, die vielleicht meine Eltern sind. Man tauscht doch mit irgendwem Nummern aus, falls man mal krank ist und den Unterrichtsstoff braucht!

Ich benenne *Mom* und *Dad* in *Stefanie* und *Lars* um, öffne meine Nachrichten, finde auch hier nur welche von Stefanie und Lars. Nach ein paar Minuten gebe ich es auf, sie zu lesen. Es ist nur belangloses Zeug. Wann ich heimkomme, was es zu essen gibt, wann die nächste Klausur ansteht, sonst nichts. Das

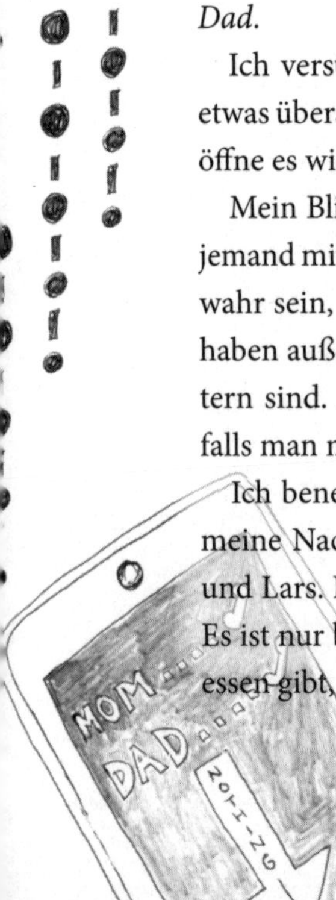

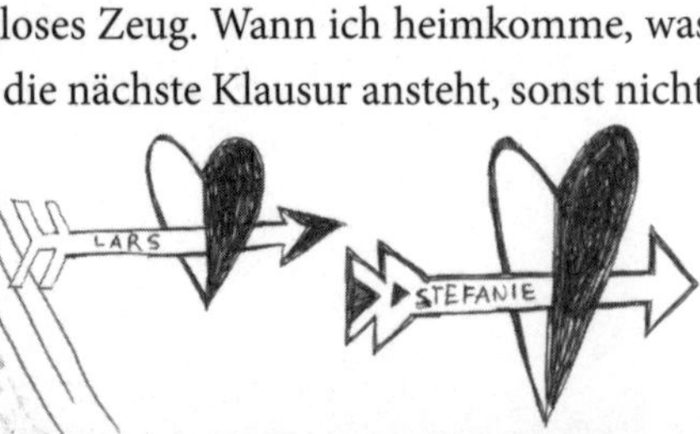

einzig Auffällige sind die Abstände zwischen den Nachrichten. Sie variieren von wenigen Stunden bis hin zu mehreren Wochen. Als hätten wir uns dazwischen nichts zu sagen gehabt. Das kann nicht sein, ich habe doch hier gewohnt.

Außer … außer sie haben welche gelöscht, weil ich sie nicht lesen soll. Ich sacke auf den Boden, starre ungläubig auf das Display. Das kann nicht der Grund sein, oder?

Ich will nicht aufgeben, ich muss doch irgendetwas von Bedeutung in diesem Handy finden. Fotogalerie, genau!

Nichts. Vollkommen leer. Noch nicht mal ein Selfie. Ich habe das Gefühl, schreien zu müssen, und will das Handy gegen die Wand knallen. Als ob das helfen würde.

WhatsApp!

Ich drücke und wische mich wieder durch, suche, finde nichts, kein WhatsApp, kein anderer Messenger, keine E-Mail, nichts. Versuche, mich mit dem Internet zu verbinden, geht nicht, Internetzugang deaktiviert, ich brauche einen Code. Shit! Shit, Shit, Shit!

Vielleicht finde ich wenigstens Musik? Ich habe Glück. Es sind mehrere CDs drauf, eine davon ist als Favorit auf der Playlist: *The Unauthorized Biographie of Reinhold Messner, Ben Folds Five*. Daneben ein einzelnes Lied: *AnnenMayKantereit, Barfuß am Klavier.*

Allein der Titel *Barfuß am Klavier* löst ein komisches Gefühl aus, und ich bin nicht sicher, ob ich es hören will. Erst mal das andere!

Ich stöpsle die Kopfhörer ein, mache das Album an und stecke das Handy in die Hosentasche. Das erste Lied fängt richtig dramatisch an, der Sound irritiert mich. Sind da vereinzelte

Klaviertöne? Nach dem Intro ist das Klavier deutlich rauszuhören. Es klingt schön und seltsam zugleich, und ich muss einfach zuhören. Der Sound ist ganz anders, als ich es erwartet hätte.

Ein halbes Lied später habe ich mich an die Musik gewöhnt und konzentriere mich auf das Zimmer. Mein Blick fällt auf die Umhängetasche. Sie lehnt am Schreibtisch, das weiße Kunstleder auf der Rückseite und der schwarze Boden fallen mir sofort auf. Ich knie mich hin, nehme sie in die Hände und drehe sie um. Auf der schwarzen Klappe verläuft schräg ein heller Streifen, und in der Ecke ist eine weiße Drei aufgenäht.

Auf einmal ist das Bild wieder da: die aufgeklappte Tasche auf dem Boden, in der Dunkelheit, Handy und Schlüssel daneben, im Matsch. Die Hand, direkt vor mir. Greift sie nach meinem Bein? Ich stoße einen Schrei aus, lasse die Tasche fallen und springe auf.

Mein Herz rast, will weg, genau wie ich, aber ich kann den Blick nicht mehr von der Tasche lösen. Mir ist heiß, es fühlt sich an, als würde mein ganzer Körper brennen. Minutenlang starre ich auf die weiße Drei, blinzle, erwarte jeden Moment, wieder die Hand zu sehen. Ich sehe sie nicht.

Wenn das meine Tasche ist, dann …

Ich zerre das Skizzenbuch aus der Tüte, blättere hektisch durch die Seiten, kann das Bild nicht mehr finden. Ich werde verrückt, total verrückt. Ich gehe die Seiten noch mal durch, langsamer diesmal, da fällt es mir ein: Ich kann es nicht finden, weil ich es nie wirklich gezeichnet habe.

Eine Gänsehaut überzieht meine Arme, und für einen Moment kann ich mich nicht mehr bewegen. Der Sänger singt:

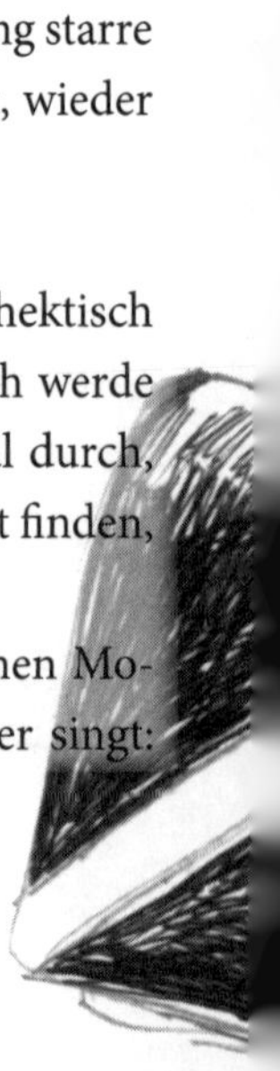

Don't change your plans for me. Ich setze mich zurück auf den Boden. Mein Blick wird von der Drei magisch angezogen, und ich versuche, den Matsch nicht zu sehen oder das Handy mit dem Schlüsselbund und auf keinen Fall die Hand. War das meine Hand?

Auf der CD fängt das dritte Lied an.

Dammm Damm Damm - Dammm Damm Dammm

Schon der erste Ton lenkt meine ganze Aufmerksamkeit auf sich. Ohne mich zu bewegen, lausche ich auf das Klavier, lasse mich von seinen Klängen verführen und in ihren Bann ziehen. Noch bevor der Sänger einsetzt, kenne ich die Lyrics. Die Augen geschlossen, flüstere ich mit: »There was a time when I had nothing to explain. Oh, this mess I have made.«

Mein Brustkorb fühlt sich an, als würde er jeden Moment zerreißen, Tränen steigen mir in die Augen. Ich weiß nicht, warum. Ich sitze, höre auf jedes Wort, glaube, es ist wichtig, muss genau hinhören, um es zu begreifen. Und begreife nichts.

There are rooms in this house that I don't open anymore
dusty books and pictures on the floor...
she'll never see that part of me.

Ich halte es nicht aus, schalte die Musik ab. Der Titel passt zu meinem Leben: *Mess.*

Noch einmal sehe ich auf die Favoriten, verharre mit dem Finger über *Barfuß am Klavier*, tippe auf *Play* und schließe die Augen.

Damm dadri damm daa damm damm

Die Töne schwingen durch meinen ganzen Körper. Das ist die Melodie, die ich vorhin am Klavier gehört habe! Ich setze mich auf, konzentriere mich auf den Klang, versuche, das Bild in mir zu finden, das ich am Klavier viel zu kurz gesehen habe,

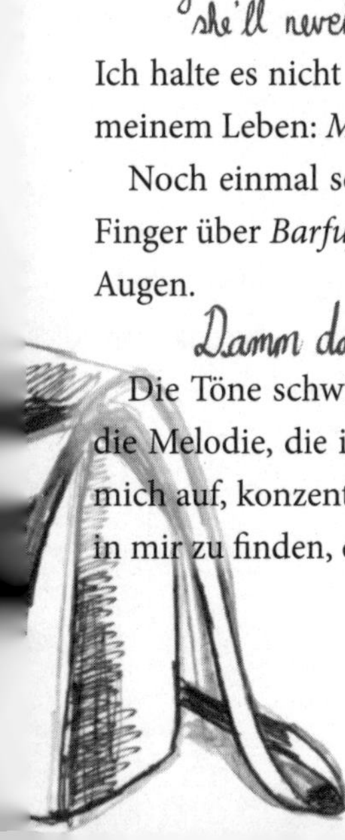

und finde es nicht. Verliebe mich vom ersten Moment an in die kaputt-rauchige Stimme des Sängers.

Ich träume Liebeslieder
und sing dabei von dir
DU & ICH
das war zu wenig

Für Sekunden glaube ich, eine zweite Stimme zu hören. Dann kapier ich es. Ich bin das, ich singe mit. Nur diese eine Textstelle. Tränen laufen über mein Gesicht. In meinem Bauch breitet sich Wärme aus, wandert von dort durch meinen Körper bis hin zu den Fingerspitzen. Mit einem Mal bin ich mir sicher. Mir fehlt etwas. Genau wie dem Sänger. Nur weiß ich nicht, was.

Lange nachdem das Lied vorbei ist, sitze ich immer noch auf dem Boden, sehe durch den Schreibtisch hindurch zu einem Punkt, den ich nicht kenne. Ich spüre die Tränen auf meinen Wangen und habe trotzdem das Gefühl, das bin nicht ich, die da sitzt und heult, ich bin längst woanders. Nur weiß ich nicht, wo.

Langsam rückt das Zimmer wieder in mein Bewusstsein, und mir fällt ein, was ich hier wollte. Ich muss Hinweise auf mich und mein Leben suchen.

Ich greife nach der Umhängetasche und fange an, die Fächer zu durchwühlen. Obwohl locker ein Block oder sogar ein Laptop hineinpassen würde, ist die Tasche fast leer. Erst im hintersten Fach finde ich einen dunkelgrünen Ledergeldbeutel mit einem eingeprägten Gesicht. Es sieht aus wie ein Samuraikämpfer, nur ohne Bart, die Züge erinnern eher an ein Mädchen. Das Portemonnaie ist abgegriffen. Immerhin finde ich 34,83 Euro und einen Zettel, der zusammengeknüllt hinter dem Kleingeldfach klemmt. Ich streiche ihn glatt: *Fr.* PSV,

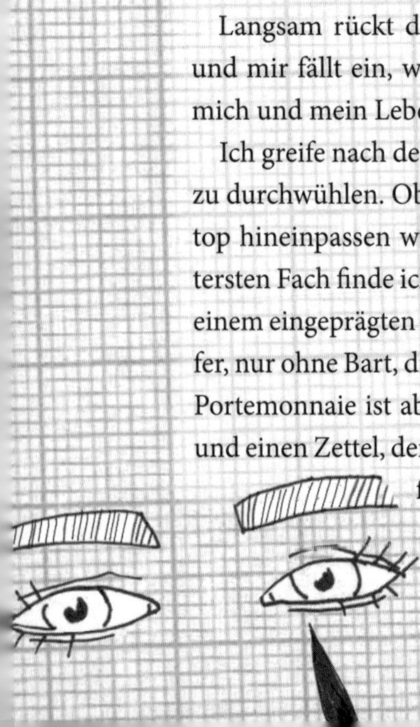

Training 20:00. Jemand, der zu einem Training geht, zu welchem auch immer, muss doch noch andere Menschen kennen als seine Eltern!

Auch die Schreibtischschubladen sind bis auf ein paar Steampunk-Zeitschriften und Graphic Novels leer. Wo sind meine Schulsachen? Ich durchsuche das ganze Zimmer, finde sie nicht. Auch sonst finde ich nichts Persönliches mehr. Keine beschriebenen Postkarten, keinen Schmuck, noch nicht einmal alte Kinokarten oder Kassenbons. Erst recht kein Tagebuch. Ich hebe sogar die Matratze hoch und klopfe Schrank und Schreibtisch nach Geheimfächern ab. Nichts.

Auf dem Bett sitzend, sehe ich mich um. Ich muss stinklangweilig gewesen sein. Oder … oder Lars und Stefanie haben jeden Hinweis aus dem Zimmer entfernt, der mich an mein Leben erinnern könnte.

Quatsch! Warum sollten sie das tun?

Nach dem Abendessen täusche ich Kopfschmerzen vor und gehe ins Zimmer. Ich ertrage es nicht mehr, wie freundlich und verständnisvoll Lars und Stefanie immer noch sind.

Erst als ich das Skizzenbuch in die Hand nehme, fällt es mir auf: Im ganzen Zimmer ist nicht ein Hinweis darauf, dass ich gezeichnet habe. Dabei kann ich nicht leben, ohne zu zeichnen. Selbst wenn Niklas mir kein Skizzenbuch geschenkt hätte, hätte ich gezeichnet, zur Not auf die Bettwäsche.

Niklas. Ob er enttäuscht war, keine Nachricht von mir zu finden? Oder bin ich ihm egal? Vielleicht ist er heute Nachmittag ja doch nicht gekommen.

Wir stehen schon seit einigen Tagen in Kontakt.

Wenn die Fuchs Kontakt zu Lars und Stefanie hatte, muss

Niklas auch gewusst haben, wer meine Eltern sind und wie ich heiße. Obwohl … das kann nicht sein, er hätte mir etwas gesagt. Wenn einer wusste, wie schlimm es für mich ist, mich an nichts zu erinnern, dann er. Er hätte mich nicht hängen lassen.

Ich sage es mir wieder und wieder, bis ich fast daran glaube, aber ein Teil von mir weiß, dass Niklas mich verraten haben muss, genau wie alle anderen. Ich presse die Lippen zusammen, bin kurz davor, laut zu schluchzen oder zu schreien. Auf keinen Fall sollen Stefanie oder Lars mich hören und reinkommen.

Bevor ich echt noch losheule, konzentriere ich mich wieder auf das Zimmer und alles, was ich gefunden oder nicht gefunden habe. Je mehr ich darüber nachdenke, umso seltsamer kommt es mir vor.

Ich werfe mich aufs Bett und vergrabe mein Gesicht im Kissen. Muss plötzlich an Elias denken und fühle mich gleich noch einsamer. Warum ausgerechnet an ihn? Ich stecke die Kopfhörer in die Ohren, schalte *Barfuß am Klavier* ein und versuche, an überhaupt nichts mehr zu denken.

Nach dem Intro drehe ich mich wieder um und hole mir Skizzenbuch und Stift aufs Bett. Endlich ist das Bild da. Schon mit den ersten Strichen schaffe ich es, das Gefühl auf das Papier zu übertragen, das in mir ist, seit ich das Klavier berührt habe. Und je deutlicher es wird, umso stärker droht das Ziehen in meiner Brust, mich zu zerreißen.

Ich von hinten am Klavier. Nur steht es an einem anderen Ort. Er kommt mir bekannt vor, aber wirklich erinnern kann ich mich nicht.

Ich kann nicht länger hinsehen, klappe das Skizzenbuch zu und schalte das Lied aus. Mir ist schon wieder zum Heulen.

Jemand klopft, ich werfe Skizzenbuch und Mäppchen in die Umhängetasche, bevor ich antworte. »Ja?«

Die Tür geht auf, Stefanie schaut ins Zimmer. »Kann ich noch irgendetwas für dich tun?«

»Nein, danke, alles gut.« Ich versuche, möglichst überzeugend zu lächeln.

»Hast du immer noch Kopfschmerzen?«

»Ein bisschen. Ich glaube, ich leg mich hin.«

»Wenn etwas ist, Lars und ich sind im Wohnzimmer, und unser Schlafzimmer ist gleich nebenan.«

Ich nicke, mein Gesicht tut schon weh vom Lächeln, und ich bin froh, dass sie nach dem Gute-Nacht-Wünschen endlich geht.

Erst nachdem ich bis hundert gezählt habe, schalte ich das Licht aus und schiebe leise die Tür auf. Der Flur ist leer, die Wohnzimmertür angelehnt, Motorengeräusche, von schneller Musik begleitet, hallen bis zu mir vor. Ich schleiche aus dem Zimmer, will nur kurz raus in den Garten, brauche Luft. Mit drei schnellen Schritten stehe ich an der Wohnungstür und drücke vorsichtig die Klinke hinunter. Nichts tut sich. Ich versuche es noch einmal. Nichts. Sie haben mich eingesperrt. Den Rücken gegen die Wand gepresst, stehe ich im Flur und weiß nicht, was ich denken soll. Das ist bestimmt völlig normal. Sie wollen Einbrecher draußen halten, nicht mich drinnen. Plötzlich geht der Fernseher aus. Ich laufe los, schaffe es in zwei Sätzen bis zu meiner Tür, schlüpfe ins Zimmer und lausche. Alles bleibt still.

LARS

TAG 7
nach dem Tag, an dem ich mein Gedächtnis verloren habe.

Stimmen dringen vom Flur bis zu mir ins Zimmer und reißen mich aus dem Schlaf. Samstag. Vor genau einer Woche bin ich orientierungslos am Neckar aufgewacht. Heute ist der dritte Tag bei diesen beiden Menschen, die behaupten, meine Eltern zu sein, und ich weiß immer noch nicht, wer ich bin. Ich schleiche aus dem Bett und presse das Ohr gegen die Tür, kann aber nur Wortfetzen auffangen.

»… alleine lassen, ich … mit ihr! … Das kannst du nicht …« Stefanie.

»Ich … Firma ist erst … Das sind … Ich weiß nicht, wie du …« Lars.

»Wie ich mir das vorstelle? Ich halte … verstehst du?«

»Stefanie … sie ist …«

»Beruhigen? Sie ist …«

»Sei still! Ich muss jetzt …«

»Ja, geh du nur! Ich konnte mich nie … außer auf …«

Die Wohnungstür schlägt zu, und sekundenlang ist es vollkommen still. Sind sie beide gegangen? Schritte kommen den Flur entlang, genau auf mich zu. So schnell ich kann, lege ich mich wieder ins Bett und ziehe mir die Decke halb über den Kopf, gerade noch rechtzeitig, bevor sich die Tür aufschiebt. Ist das Stefanie? Bloß nicht blinzeln, besser sie glaubt, ich schlafe noch. Ich zwinge mich, gleichmäßig zu atmen, aber die Tür geht nicht mehr zu, und ich kann ihren Blick spüren, der sich in meine Haut brennt. Es knarzt. Kam das aus dem Flur, oder hat sie das Zimmer betreten? Läuft sie etwa zum Bett? Alle Muskeln angespannt, versuche ich, still zu liegen und zu atmen, einfach weiterzuatmen. Fühle mich ihr total ausgeliefert. Scheiß drauf, ich reiße die Augen auf, sehe aber nur noch die Tür ins Schloss fallen. Ein metallischer Geschmack breitet sich in meinem Mund aus. Shit! Meine Zunge fährt über eine offene Stelle an der Wange.

Gestern war Lars die ganze Zeit weg. Ich habe ihn nur abends für fünf Minuten gesehen, als er kurz nach zehn in mein Zimmer geschaut und mir eine gute Nacht gewünscht hat.

»Er hat gerade eine Menge zu tun, weil Anfang der Woche so viel liegen geblieben ist«, hat Stefanie mir erklärt.

Ich wollte fragen, was los war, aber ein Blick in ihr versteinertes Gesicht hat mich die Frage schlucken lassen. Den ganzen Tag war sie da und doch nicht da. Sie hat ständig vorbeigeschaut, mir was zu essen oder zu trinken hingestellt, gefragt, ob alles in Ordnung ist, nur um gleich wieder zu verschwinden. Ich hatte keine Chance, mit ihr zu reden.

Mein Blick fällt auf das Handy: 8:12. Draußen scheint die Sonne, und im Zimmer sind es mindestens zwanzig Grad, obwohl ich das Fenster über Nacht auf Kipp hatte. Ich bleibe lieber noch fünf Minuten liegen. Auf keinen Fall soll sie merken, dass ich was von ihrem Streit mitbekommen habe.

Ob ich Stefanie heute überreden kann, mich rauszulassen? Gestern Nachmittag wollte ich mir das Viertel ansehen. Sie hat es mir nicht erlaubt. »Professor Dr. Fuchs meint, zu viele Eindrücke sind nicht gut für dich. Wir mussten ihr versprechen, dass du die ersten Tage in der Wohnung bleibst«, war die Begründung.

Das nehme ich ihr nicht ab, sie will mich nur im Auge behalten.

Den Rest des Tages habe ich auf der Veranda verbracht, in der Hoffnung, einen unserer Nachbarn im Garten anzutreffen. Erfolglos. Um mir die Zeit zu vertreiben, habe ich eins von Niklas' Büchern angefangen. Aber kein einziges Wort ist hängen geblieben.

Ob er am Wochenende arbeiten muss? Ich wünschte, ich hätte seine Nummer, dann könnte ich ihn anrufen oder wenigstens eine Nachricht schreiben. Ihn fragen, warum er mir nichts gesagt hat.

Während Stefanie gestern dabei war, das Abendessen zu kochen, wollte ich mich in den Hausflur schleichen. Die Wohnungstür war wieder abgeschlossen. Und das tagsüber. Das macht man doch nicht wegen Einbrechern.

8:20. Ich stehe auf und brauche weitere fünf Minuten, um mich für ein schwarzes Shirt mit lose fallendem V-Ausschnitt zu entscheiden. An einer Seite ist es offen, darunter schimmert ein türkises Spaghettiträger-Top. Trotz Hitze schnappe ich mir eine Jeans, habe keine Lust einen Rock anzuziehen.

Nach dem Duschen gehe ich an der halb geschlossenen Tür von Stefanies Arbeitszimmer vorbei ins Wohnzimmer. Sie hat den Tisch gedeckt, und noch bevor ich mich setzen kann, steht sie in der Tür, die neben dem Fernseher zum Arbeitszimmer führt. »Guten Morgen, hast du gut geschlafen, mein Schatz?«

Sie lächelt, aber ihre Augen sind gerötet. Hat sie geweint? Ich fühle mich schlecht bei dem Gedanken. Weint sie, weil ich immer noch nicht weiß, wer sie ist? Oder wegen ihrem Streit mit Lars?

»Ja, danke.« Ich schaue wieder zum Tisch, ertrage ihre roten Augen nicht.

»Du kommst zurecht? Es ist noch ein Auftrag reingekommen, den ich möglichst schnell übersetzen muss.«

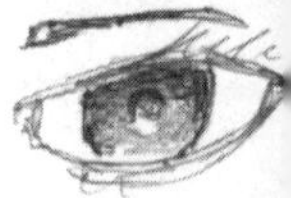

Ich nicke.

Nach dem Frühstück räume ich die Sachen in die Küche, was Stefanie von ihrem Arbeitszimmer aus mit einem »Danke, mein Schatz!« quittiert. Ich wünschte, sie würde mich nicht ständig »mein Schatz« nennen.

Zurück im Wohnzimmer, bleibe ich vor dem Klavier stehen, den Blick auf die eingerahmten Fotos gerichtet, die darüber an der Wand hängen. Das größte ist ein Hochzeitsfoto von Lars und Stefanie, in einem Bogen drum herum sind vier von mir in verschiedenen Altersstufen angeordnet, und ein fünftes steht auf dem Klavier, ganz am Rand. Ich nehme es in die Hand. Es ist das einzige, das etwas in mir wachruft. Ich bin darauf vielleicht acht Jahre alt, habe einen Bob und halte mit strahlenden Augen ein Meerschweinchen in die Kamera. Auch wenn ich mich nicht an die Situation erinnern kann, erkenne ich mich in dem Bild wieder. Die anderen Fotos sind seltsam. Ich sehe mich, weiß, das muss ich sein, und kann es mir doch nicht vorstellen.

Im Augenwinkel nehme ich eine Bewegung wahr und schiele, ohne den Kopf zu drehen, zur Tür. Stefanie. Sie beobachtet mich, den Mund verkniffen. All die Freundlichkeit ist verschwunden. Mir stockt der Atem. Langsam stelle ich das

Foto zurück, drehe mich zu ihr und weiche einen Schritt nach hinten. Meine Hand tastet nach einem Halt am Klavier.

ICH ERTRAGE DEN **KLANG** NICHT MEHR

Sofort lasse ich es wieder los, gehe noch einen Schritt zurück. Längst liegt wieder ein Lächeln auf ihren Lippen. Und über das durchdringende Stechen in ihren Augen schiebt sich ein Vorhang aus glanzloser Gleichgültigkeit. »Erkennst du dich wieder?«

Ich zögere einen Moment. »Kannst du mir etwas über die Fotos erzählen?«

Sie kommt zu mir ans Klavier, ihr Gesicht ist ernst, fast schon traurig. Nur ihre Augen leuchten plötzlich. So, als wäre es gleichzeitig schön und schmerzhaft, sich zu erinnern. Es ist alles meine Schuld. Alles wäre anders, wenn ich, verdammt noch mal, nicht alles vergessen hätte.

Sie nimmt eines der Bilder von der Wand. Ich bin vielleicht zehn Jahre alt, trage einen Reiterhelm und sitze mit breitem Grinsen auf einem braun gescheckten Pferd.

»Ach, das.« Stefanie streicht über das Bild, und ein Lächeln huscht über ihr Gesicht. Nachdem es verblasst ist, tritt die Traurigkeit noch deutlicher hervor. »Eine Zeit lang bist du geritten, du warst richtig talentiert. Und glücklich. Ich habe dich selten so glücklich gesehen. Vielleicht noch, wenn …« Sie bricht ab und schüttelt den Kopf, Tränen schimmern in ihren Augen. »Jedenfalls kam mit der Zeit Stress in der Schule dazu, und schließlich hielten wir es für besser, dass du aufhörst.«

Ich sehe von ihr zu dem Bild. Es klingt ganz danach, als wären Reitstall und Pferde mein Leben gewesen. Aber allein der Gedanke, auf ein Pferd zu steigen, löst eine diffuse Angst in mir aus.

»Ich wünschte, wir hätten es dir nicht verboten.« Sie presst die Lippen zusammen und hängt das Bild zurück an die Wand.

Ich finde es überhaupt nicht schlimm, kann mir nicht vorstellen, jemals wieder Spaß am Reiten zu haben. Ich will es ihr sagen, sehe sie an und bleibe still. Habe das Gefühl, ihren Schmerz damit nur zu verschlimmern.

»Und das hier ist ein Schnappschuss von einem Sonntagsausflug. Ich habe ihn gemacht, weil ich dich so schön fand mit der Blume im Haar.« Stefanie deutet auf das nächste Bild.

Darauf bin ich vielleicht zwölf oder so und sitze auf dem Rand eines Springbrunnens. Das herabstürzende Wasser glitzert in den Strahlen der Sonne. Ich sehe nicht in die Kamera, sondern lache jemanden dahinter an. Es fühlt sich an, als würde ich mich aus dem Bild heraus selbst anlachen. Verrückt.

Mein Blick wandert weiter. »Und das da ganz rechts?«

Darauf bin ich um die vierzehn und stehe Arm in Arm mit Stefanie vor einem großen Tor aus Stein.

»Da waren wir ein paar Tage in Berlin. Von dem Trip gibt es eine Menge Bilder von uns beiden vor allen möglichen Sehenswürdigkeiten.« Sie lacht. »Lars war richtig eifersüchtig, weil du ständig mit mir ein Foto machen wolltest.«

»Vielleicht können wir ja irgendwann noch mal nach Berlin fahren?« Ich will anknüpfen an eine Zeit, in der wir alle glücklich gewesen sein müssen.

Ihr Blick streift mich nur kurz, bleibt wieder an dem Foto hängen. »Schöne Erinnerungen kann man nicht wiederholen, Zoe«, sagt sie, und der Klang ihrer Stimme jagt mir einen Schauer über den Rücken.

Zoe – zum ersten Mal seit der Begrüßung benutzt sie meinen Namen. Sie hat ihn ausgesprochen, als wäre er ein Schimpfwort.

Ich will nicht darüber nachdenken und deute auf das Foto mit dem Meerschweinchen. »Was ist mit dem da?«

Stefanie verzieht den Mund, was sie schlagartig fünf Jahre älter wirken lässt. »Keine Ahnung. Lars wollte das Bild unbedingt hier aufstellen. Ich weiß nicht, was er daran findet.« Sie dreht sich weg und geht zur Tür, schaut von dort aus noch einmal über die Schulter zu mir. »Ich muss den Auftrag fertig machen. Du weißt ja inzwischen, wo alles ist, was du brauchst.«

Ich nicke, sehe ihr nach und bin unfähig, mich auch nur einen Millimeter zu bewegen. Das einzige Foto, das in mir eine Spur von Erinnerung weckt, macht sie wütend. Warum?

In ihrer Stimme schwang so viel Traurigkeit mit, als wären die glücklichen Zeiten für immer verloren. Aber das stimmt doch nicht, sie dürfen nicht verloren sein. Wenn ich blinzle und lange genug hinsehe, bin ich es wieder, dieses Mädchen auf den Bildern. Ein Zwinkern später gleitet das Gefühl davon, verschwindet hinter der Mauer und versteckt sich bei dem Rest meiner Erinnerungen.

Mittags ist Stefanie wie ausgewechselt. Sie hat uns Reissalat gemacht, riesige Portionen, und während wir essen, lacht sie und erzählt mir von ihrem aktuellen Auftrag. Sie übersetzt die Anleitung für einen Küchenmixer vom Spanischen ins Deutsche. Von der Traurigkeit ist nichts mehr zu spüren, nur wenn wir einen Moment schweigen, gleitet ihr Blick ins Leere.

Eine Stimme flüstert mir zu, vorsichtig zu sein, nicht alles zu glauben. Aber das Gefühl ist zu diffus, blitzt nur ganz kurz auf, und sobald ich hinsehe, taucht es ab hinter meinen Wunsch, Stefanie zu vertrauen.

Das macht mich wahnsinnig. Was, wenn die Fuchs sich irrt

und Stefanie nicht meine Mutter ist? Vielleicht ist ihre Tochter verschwunden, und ich sehe ihr einfach nur verdammt ähnlich?

Das ist zu abgefahren, um wahr zu sein.

Will ich überhaupt, dass sie meine Mutter ist?

Ich weiß, ich bin ungerecht gegenüber Lars und Stefanie. Sie bemühen sich wirklich, obwohl es echt hart sein muss, wenn einen die eigene Tochter vergessen hat.

Wahrscheinlich arbeitet Lars deshalb lieber, als zu Hause zu sein: weil er es genauso wenig aushält wie Stefanie, die jetzt zum ersten Mal länger als fünf Minuten alleine mit mir in einem Raum bleibt.

Das muss ich ausnutzen. »Ich habe versucht, mit meinem Handy ins Netz zu kommen, aber der Zugang ist gesperrt«, sage ich und schiebe mir Reis auf die Gabel.

Für einen Moment friert sie in ihrer Bewegung ein, bevor sie ihr Glas zurück auf den Tisch stellt. »Ja, dein Handy ist schon ein wenig älter. Der Zugang ist nicht gesperrt, er ist einfach kaputt. Wir müssen dir bald ein neues kaufen.«

Was soll das heißen, kaputt? Deaktiviert bedeutet deaktiviert, oder etwa nicht?

»Hatte ich eigentlich eine E-Mail-Adresse oder einen Facebook-Account oder so was?« Ich weiß nicht, warum ich überhaupt noch frage.

Sie denkt einen Moment nach, schüttelt schließlich den Kopf. »Nein, davon hast du nichts gehalten. Du hattest einen E-Mail-Account, aber soweit ich weiß, hast du ihn nur für die Schule benutzt.«

»Habe ich einen Laptop? Oder ein Tablet? Ich meine, jeder hat doch heutzutage sowas. Es steht keiner in meinem Zimmer. Wenn mein Handy kaputt ist,

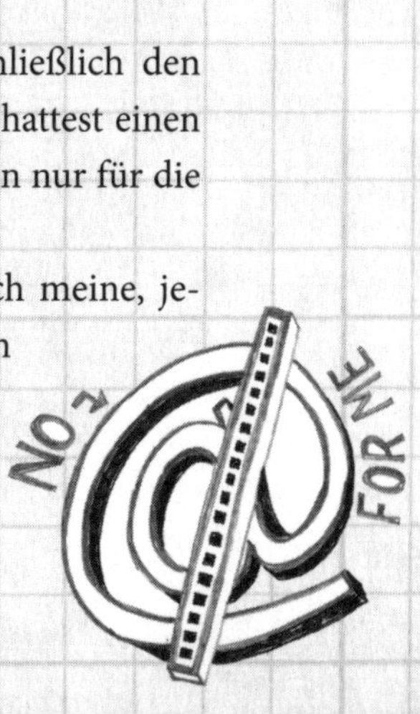

muss ich doch irgendwie anders ins Netz gegangen sein?« Ich lege das Besteck neben meinen Teller.

»Du wolltest nie einen. Manchmal bist du abends an meinen PC gegangen, um im Internet zu surfen.«

Ich habe also weder Tagebuch geführt noch gern im Internet gesurft und nie meine Mail-Adresse benutzt? Aber wir haben eine Spielkonsole im Wohnzimmer, und ich wollte erneuerbare Energien studieren? Das passt doch alles nicht zusammen! Langsam finde ich die Person, die ich gewesen sein soll, richtig ätzend.

»Kann ich nachher meine E-Mails auf deinem PC checken?« Natürlich wird sie eine neue Ausrede finden, nur damit ich nicht an den Computer gehe.

Sie stockt, und ich glaube, ihre Augen blitzen kurz auf, dann senkt sie den Blick, seufzt. »Tut mir leid, Schatz. Ich weiß dein Passwort nicht.«

»Aber du kennst die Adresse?«

»Nicht exakt, wir haben uns nie E-Mails geschrieben. Irgendetwas mit Zoe eben.«

Mit Zoe. Da wäre ich jetzt nie drauf gekommen.

Sie greift über den Tisch und drückt meinen Arm. »Wir finden das raus, keine Sorge.«

Ich sehe in ihre hellen Augen. Nein, Stefanie, *wir* werden es nicht rausfinden.

Ich muss es rausfinden. Alleine.

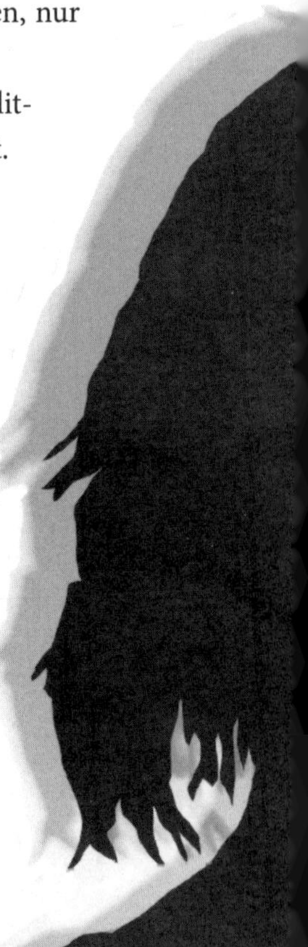

Lars kommt erst zum Abendessen nach Hause. Obwohl Stefanie sich bemüht, sich ihren Ärger nicht anmerken zu lassen, ist er nicht zu übersehen. Selbst wenn ich die Gesprächsfetzen heute Morgen nicht mitbekommen hätte, hätte ich es kapiert.

»Ich muss morgen früh zu einer Freundin«, verkündet sie zwischen zwei Bissen Nudelauflauf, und Lars verschluckt sich beinahe an seinem Wasser.

»Morgen ist Sonntag!« Er sieht sie an, sein Tonfall klingt, als wolle er uns vor einer Katastrophe warnen.

»Na und? Gegen zwölf bin ich wieder da. Wir könnten essen gehen, was haltet ihr davon?« Stefanie strahlt uns an.

Lars zupft an der Tischdecke. Ich bemühe mich, zu lächeln.

Morgen Vormittag also nur Lars und ich. So wie er aussieht, muss er Angst haben, ich falle ihn an, sobald wir alleine in einem Raum sind.

Ich gehe früh ins Bett, kann aber nicht schlafen. Gegen Mitternacht legen sich auch Lars und Stefanie hin. Ihr Bett muss an der gleichen Wand stehen wie meins. Ich kann sie streiten hören, auch wenn ich kein Wort verstehe.

Warum haben sie mich hierhergebracht, wenn keiner der beiden mich haben will?

Nach ein paar Minuten

habe ich genug von dem Streit und stecke mir die Kopfhörer in die Ohren. Damm dadi damm daa damm damm

Ich sehe mich am Klavier, schließe die Augen, und für einen winzigen Moment habe ich das Gefühl, eine Hand liegt in meiner. Für diesen einen Moment ist alles gut. Bis ich blinzle und nur die Decke zwischen den Fingern halte. Jetzt bin ich richtig allein.

Ich träume Liebeslieder
und sing dabei von dir.
Du und ich.

Du und ich … Ich presse die Hände gegen die Stirn, will nicht losheulen und sehe sie wieder, Elias' regenwolkengraue Augen, die mich ernst, nein, traurig anschauen, so als könne er mich verstehen. Na klar! Wie verständnisvoll kann einer sein, der mich dreimal hintereinander hängen lässt? Ich vergrabe mein Gesicht im Kopfkissen, damit sie mich auf der anderen Seite nicht hören, und heule und weiß noch nicht einmal, warum. Vermisse die Hand, die eben noch da war. Aber das war nicht Elias, ganz sicher nicht.

TAG 8

ach dem Tag, n dem ich mein Gedächtnis verloren habe.

Sonntagmorgen, 7:20. Ich schleiche mich aus dem Zimmer. Auf dem Flur begegnet mir niemand. In der Wohnung ist es so still, als hätten sie mich einfach hier zurückgelassen. Stefanies Handtasche steht nicht neben der Eingangstür, ist sie so früh zu ihrer Freundin gegangen? Die Schlafzimmertür ist geschlossen, die vom Bad steht offen. Heißt das, Lars ist noch im Bett? Auf Zehenspitzen schleiche ich ins Wohnzimmer. Leer. Einen Moment lang weiß ich nicht, was ich tun soll. Wenn die Wohnungstür nicht verschlossen ist, könnte ich raus und nach einem Bäcker suchen. Lars würde sich vielleicht freuen, wenn er nachher aufwacht und es frische Brötchen gibt. Ich könnte zumindest den Tisch decken – oder … Ich laufe zu Stefanies Arbeitszimmer. Die Tür ist nur angelehnt, das Zimmer leer.

Noch einmal sehe ich den Flur entlang, bevor ich hineinschlüpfe und direkt auf den PC zugehe. Jetzt oder nie! Ich schalte ihn ein. Bitte, lass ihn nicht passwortgeschützt sein, bitte, bitte nicht!

Es dauert ewig, bis sich das Ding hochgefahren hat. Die ganze Zeit lausche ich auf die Geräusche der Wohnung, zucke bei jedem Knacken zusammen. Ich versuche, sowohl die Tür zum Wohnzimmer als auch die zum Gang im Blick zu behalten. Mein Herzschlag ist viel zu laut, wahrscheinlich wird Lars allein davon wach. Endlich erscheint das Hintergrundbild. Ich sehe in mein eigenes Gesicht, nur jünger, mit Strohhut. Im Hintergrund sitzen Lars und Stefanie auf einer Decke unter einem Baum und lachen an mir vorbei in die Kamera. Das Bild ist schwarz-weiß. Ich bin fasziniert von meinen Augen, die einen richtig anstrahlen, und kann den Blick nicht mehr lösen. Ich sehe so verdammt glücklich darauf aus, *wir alle* sehen so verdammt glücklich aus, und wenn ich mich konzentriere, kann ich die Vögel im Baum singen hören, spüre die warmen Sonnenstrahlen auf meiner Haut und eine Hand, die meine hält.

Ach, verdammt! Ich fang gleich wieder an zu heulen. Schnell klicke ich auf den Internetbrowser und öffne ein Inkognitofenster. Zuerst Facebook! Ich gebe meinen Namen in das Suchfeld ein. Wenn ich nicht angemeldet bin, zeigt es nicht alle Ergebnisse. Und um mich anzumelden, brauche ich eine E-Mail-Adresse. Na toll. Ich horche wieder in den Flur, alles ist still. Die Uhr am PC zeigt 7:30, hoffentlich wacht Lars nicht auf.

Und was, wenn Stefanie noch nicht bei ihrer Freundin ist, sondern nur kurz zum Bäcker, um Brötchen zu holen? Meine Hand fängt an zu zittern, so sehr, dass ich mit der Maus fast nichts mehr treffe.

Okay, durchatmen, mir bleibt nicht viel Zeit. Was will ich noch wissen?

Hinter den Tränen der Trauer. Die Karte! Hektisch gebe ich den Spruch ein, der sich in mein Hirn gebrannt hat.

Die Leidenschaften, über deren Ursprung wir uns selbst täuschen, beherrschen uns gerade am heftigsten.

Nach drei Sekunden habe ich das Ergebnis: Oscar Wilde aus *Das Bildnis des Dorian Gray*. Ich überfliege die Beschreibung des Buchs, halte die Luft an. *Dorians unbedachter Pakt mit dunklen Mächten hat grausame Folgen.* Der Satz dreht sich in meinem Kopf, ich stürze, ohne Halt.

Unbedachter Pakt mit dunklen Mächten.

Die Skizzen blitzen auf. Die Tasche, der Ast, die Hand.

Das Gefühl beim Zeichnen, der Stift, der über das Papier kratzt.

Ich zittere am ganzen Körper, höre nichts außer einem Rauschen in oder um meine Ohren. Stehe in einem Sturm und muss die Augen schließen, bekomme keine Luft, weil der Wind sie mir mit voller Wucht ins Gesicht bläst.

»Was tust du da?« Lars, in der Tür steht Lars. In Unterhose und T-Shirt.

»Ich … ich …«

Er kommt auf mich zu. Bevor er auf den Bildschirm sehen kann, schließe ich das Inkognitofenster. Shit, wie soll ich ihm das erklären?

Statt sich aufzuregen, nimmt er mich in den Arm, und für

VERLAUF LÖSCHEN

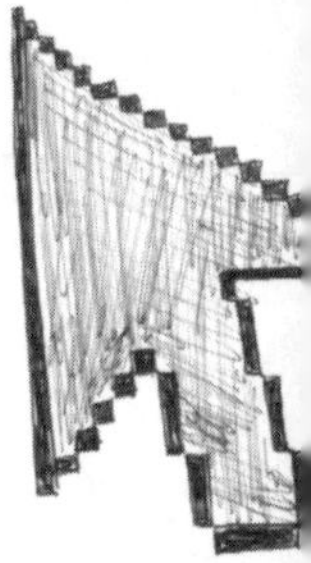

diesen einen Moment fühlt es sich wirklich so an, als wäre er mein Vater. »Du zitterst und bist total blass, was ist los?«

Ich halte mich an ihm fest. »Ich wollte … ich habe …«

»Hast du Stefanies E-Mails gelesen?« Er packt mich an den Schultern, sieht mir in die Augen, sein Gesicht voller Sorge.

»Nein, wieso?«

»Was dann?« Sein Blick hält mich erbarmungslos fest.

»Nichts«, flüstere ich und schaue auf meine Hände. Ich kann ihm doch nicht von einer Karte erzählen, die es nicht mehr gibt.

»Ist gut«, murmelt er, nimmt mich wieder in den Arm und streicht mir über den Rücken. »Du wirst dich wieder erinnern, ich bin mir sicher.«

Ich will ihm so gern glauben.

»Wir werden Stefanie nichts hiervon erzählen, sonst regt sie sich unnötig auf. Aber ich will nicht, dass du noch einmal an ihren PC gehst, verstanden? In anderer Leute Sachen schnüffelt man nicht.« Er drückt mich weg und sieht mir ins Gesicht.

Ich nicke, obwohl es ein blöder Spruch war. Als ob ich ein kleines Kind wäre und tatsächlich in Stefanies Sachen gewühlt hätte.

»Ich gehe jetzt duschen, und danach verlieren wir kein Wort mehr über das, was hier passiert ist. Einverstanden?«

Ich nicke erneut und stehe auf. An der Tür drehe ich mich noch einmal zu ihm um und sehe, wie er sich durch den Browserverlauf wühlt. Er atmet tief durch, bevor er den Computer herunterfährt.

»In einer halben Stunde im Wohnzimmer?«, fragt er lächelnd und kommt zur Tür.

Was haben sie zu verbergen?

8:20. Frisch geduscht verlasse ich das Bad. Durch die halb geöffnete Wohnzimmertür sehe ich eine Schüssel mit Croissants auf dem Tisch stehen, daneben ein O-Saft und eine Müslipackung. Auf Lars' Platz ist eine Zeitung ausgebreitet, aber er sitzt nicht auf seinem Stuhl. Erst als ich das Wohnzimmer betrete, sehe ich ihn vor dem Klavier stehen. Er hält den Bilderrahmen mit dem Meerschweinchenfoto in der Hand.

»Kannst du mir etwas über das Bild sagen?« Ich stelle mich neben ihn.

Einen Augenblick lang schaut er auf das Foto, ehe er es zurückstellt, mich anlächelt und sich an den Tisch setzt. »Was willst du wissen?«

Was will ich wissen? Ich habe keine Ahnung. »Alles, was dir dazu einfällt?«

»Setz dich erst mal. Da gibt es nicht viel zu sagen. Eines Tages bist du mit einem Meerschweinchen im Arm von einer Freundin heimgekommen.«

»Wollte sie ihr Meerschweinchen loswerden?« Ich ziehe den Stuhl ihm gegenüber heraus und lasse mich darauffallen.

»Nein. Ihre haben ein Junges bekommen, und *das* musste sie loswerden. Die erste Nacht hat das Meerschwein in einem Karton unter deinem Bett verbracht. Wir wussten ja von nichts.«

Die Geschichte klingt so normal. Warum wollte Stefanie nicht darüber reden? »Hatte Stefanie etwas gegen das Meerschweinchen?«

Lars winkt ab. »Ach, begeistert war sie am Anfang nicht. Sie hat's nicht so mit Tieren. Aber sie hat es auch nicht geschafft, dir den Wunsch abzuschlagen. Du hattest dir sogar schon einen Namen ausgesucht …«

Rosetta

»Rosetta!«, flüstere ich.

Auf einen Schlag ist es vollkommen still im Raum. Ich höre ein Lachen, eine Kinderstimme, weiß, das bin nicht ich. Wir streicheln das Meerschweinchen, und ich sage: *Sie wird Rosetta heißen!*

Wir – meine Freundin und ich? Ich muss wieder an die Hand denken, die sich in meine schiebt, und bin mir sicher: Da war jemand, der mir verdammt nahestand. Es ist unmöglich, wir können uns nicht aus den Augen verloren haben. Ich sehe zu Lars. Warum haben sie meine Freundin mit keinem Wort erwähnt? Haben wir uns zerstritten?

»Du, du kannst dich erinnern?« Lars sieht mich durchdringend an, ich schaue schnell zum Fenster, höre ihn trotzdem weiterreden. »Kannst du dich noch an mehr erinnern?«

Vor meinen Augen formt sich ein Zimmer, mein Zimmer. Es sieht anders aus. »Das mit Rosetta war noch in unserer alten Heimatstadt, oder?«

»In Bamberg, genau.« Lars' Stimme ist belegt.

Haben wir uns doch aus den Augen verloren, sie und ich? Ich sehe zu Lars, er weicht meinem Blick aus und schenkt sich Kaffee nach.

FAKT

»Kannst du mir etwas über die anderen Bilder erzählen?«

Eine Ewigkeit schaut er auf die Fotos an der Wand. Gebannt behalte ich ihn im Blick, warte, bis er endlich anfängt zu sprechen. »Das ganz rechts ist von unserem Trip nach Berlin vor ein paar Jahren. Ich kann mich noch erinnern, wie lange ich dich überreden musste, bis du zu diesem Foto bereit warst.« Er lächelt.

»Was? Wieso?«

»Du hast immer lieber hinter als vor der Kamera gestanden.«

Ein Stich jagt quer durch meinen Brustkorb, für Sekunden bekomme ich keine Luft.

Von dem Trip gibt es eine Menge Bilder von uns beiden vor allen möglichen Sehenswürdigkeiten.

»Was ist?« Lars sieht mich an, ich schüttle den Kopf, täusche einen Hustenanfall vor und ringe mir ein Lächeln ab. »Nichts. Erzähl weiter, bitte.«

»Das Bild mit dem Pferd war ein Glückstreffer. Eine halbe Stunde später hat es dich abgeworfen, und du hast dich geweigert, jemals wieder auf ein Pferd zu steigen.« Er kratzt sich am Kopf und sieht mich an. »Dabei hättest du Talent gehabt, glaube ich.«

Mein Mund ist trocken. Ich schenke mir Saft ein, verschütte einen Teil auf die Tischdecke, weil ich das Zittern meiner Hände nicht unter Kontrolle bringe, und leere das Glas in einem Zug.

Lars erzählt völlig andere Geschichten. Ich meine, selbst wenn das auf den Fotos nicht ich, sondern ihre verschwundene Tochter wäre, müssten die Geschichten dieselben bleiben. Aber ich bin es, daran gibt es keinen Zweifel mehr. Wie hätte ich mich sonst an Rosetta erinnern können?

»Hm, und das Bild mit dem Brunnen? Lass mich überlegen.« Er legt die Stirn in Falten.

Bevor er weiter nachdenken kann, unterbreche ich ihn: »Ist gut, danke.«

»Willst du nichts mehr hören?«

Ich schüttle den Kopf, versuche zu lächeln. Er sieht mich lange an, und auch nachdem er sich scheinbar in seine Zeitung vertieft hat, habe ich das Gefühl, er beobachtet mich. Mein Blick verfängt sich bei der Vogelfutterstation im Garten, und während ich ganz still sitze, die Hände um das Saftglas geschlossen, überschlägt sich alles in mir.

Die Mauer, an der ich mir seit einer Woche den Kopf blutig schlage, hat Risse bekommen. Ein Lachen dringt hindurch, eine Stimme, die meinen Namen ruft und mein Herz schneller schlagen lässt. Eine Stimme, deren Klang mich gleichzeitig froh und traurig macht, bis ich glaube, zwischen beiden Gefühlen zerrissen zu werden. Und ein Flüstern. Es warnt mich, droht, versucht, die Stimme zu übertönen.

Ich sitze und schweige und warte, bis die Risse in der Wand von den vielen Eindrücken verstopft sind und nichts mehr nachkommt. Bis ich wieder alleine bin, alleine mit dem Chaos, das jetzt vor der Mauer liegt.

Wahrheit und Lüge

Schatten von allen Seiten, sie greifen nach mir, kommen hinter den Bäumen hervor. Dazwischen ich auf einem Fahrrad, ich strample einen Weg hoch. Sie wollen mich halten, aber ich muss es schaffen. Ich muss.

Ein unbedachter Pakt mit dunklen Mächten …

In meinem Bauch ist ein Flimmern. Trotzdem schließe ich meine Finger fest um den Stift und lasse die Striche auf das Papier fließen, versuche, die Bilder der Nacht sichtbar zu machen.

Ganz deutlich spüre ich die Pedale unter meinen Füßen und den Wind in meinen Haaren. Weiß, ich muss mich beeilen. Bevor es zu spät ist.

Zum Glück sehen mich Lars und Stefanie nicht. Draußen dämmert es erst, aber ich konnte nicht mehr schlafen, ich musste zeichnen. Ist das nur ein Traumeindruck oder eine wirkliche Erinnerung? Keine Ahnung. Ich schiebe das Skizzenbuch zurück in meine Tasche und rapple mich auf. Statt in Panik zu verfallen, sollte ich mich lieber auf den einzigen Lichtblick heute konzentrieren: Montag, der Tag, an dem ich Niklas wieder treffe.

TAG 9

nach dem Tag, an dem ich mein Gedächtnis verloren habe.

Ich bin total nervös, weil ich nicht weiß, woran ich mit ihm bin.

Lars und ich stoßen an der Badezimmertür fast zusammen.

»Du bist schon auf?« Er gähnt und reibt sich mit einer Hand übers Kinn.

»Ich habe doch den Check-up-Termin im Krankenhaus«, sage ich und versuche, so neutral wie möglich zu klingen.

Was wohl passiert, wenn er oder Stefanie kapieren, wie wichtig der Termin für mich ist? Lars überlegt einen Moment, nickt. »Ah, stimmt. Hoffentlich ist alles in Ordnung. Stefanie wird

dich fahren, wir sehen uns später«, murmelt er und will ins Wohnzimmer gehen.

»Sie muss mich nicht fahren, ich kann doch die Straßenbahn nehmen.«

Er bleibt stehen und schüttelt den Kopf. »Nein, Zoe. Du wirst nicht alleine gehen, dafür ist es noch viel zu früh.«

»Aber …«

»Hast du schon vergessen, wie sehr du gestern durch den Wind warst?«, fragt er mich, so leise, als hätte er Angst, Stefanie könnte uns hören.

Ich öffne den Mund, will ihm widersprechen.

»Stefanie wird dich fahren«, wiederholt er und lässt mich einfach stehen.

Im Bad trete ich gegen die Duschwand. Das Einzige, was ich erreiche, ist ein pochender Zeh. So ein Mist! So ein verdammter Mist! Ich ertrage es nicht mehr, ständig mit Stefanie zusammen zu sein. Seit gestern will ich ihr jedes Mal »Lügnerin« ins Gesicht schreien, wenn ich sie sehe. Was, wenn sie merken, dass sie mir beide von den Bildern erzählt haben? Ob sie mir eine dritte Geschichte auftischen, die die anderen zwei vereint?

Bis ich mich angezogen habe, ist Lars schon gegangen.

Stefanie sitzt am Frühstückstisch und wartet auf mich. Natürlich wartet sie, Lars hat sicher alles mit ihr abgeklärt. Ich könnte schreien.

»Wann ist dein Termin?«, kommt sie direkt zum Punkt und lässt das *Guten Morgen* einfach aus.

Ich ziehe den O-Saft zu mir rüber. »Um kurz vor zehn.« Es ist gelogen, aber ich brauche Zeit. Sie wird schon nicht den Terminzettel sehen wollen. Hoffe ich.

»Ich bring dich hin.«

»Das musst du nicht.« Ich sehe, wie sie die Augenbrauen hochzieht, und füge hinzu: »Ich meine, dann sitzt du da rum, wenn Dr. Fuchs mit mir redet, und kommst nicht zum Arbeiten. Ich kann doch die Straßenbahn nehmen oder ein Fahrrad.«

»Kommt nicht infrage! Professor Dr. Fuchs hat uns gesagt, wir sollen dich nicht alleine lassen.«

Professor Dr. Fuchs. Klar. Als ob sie sich bisher an das gehalten hätte, was die Fuchs wollte.

»Ich komme klar, ehrlich. Das Krankenhaus kenn ich. Und wenn was ist, kann ich mich doch melden. Ich nehme das Handy mit, okay?«

»Ich fahre dich, und damit Schluss!« Als müsste sie das noch unterstreichen, steht sie auf und geht in ihr Arbeitszimmer.

Ich greife nach dem Brotmesser, drücke es, so fest ich kann. Wie soll ich zur Station gehen und Niklas treffen, wenn Stefanie dabei ist? Sie wird mich nie und nimmer mit ihm reden lassen. Verdammt, was mach ich jetzt? Mein Kopf fühlt sich an, als würde er jeden Moment explodieren. Ich presse die Hände gegen die Stirn. So lange, bis der Schmerz nachlässt.

Um 9:55 sind wir in der Klinik. Vor dem Büro der Fuchs bittet uns eine Schwester, im Wartebereich Platz zu nehmen.

»Tut mir leid, ich habe mich vertan«, murmle ich und schlage eine Zeitschrift auf.

»Schon gut.« Stefanie presst die Lippen zusammen und holt ihr Tablet aus der Tasche.

Ich beobachte den Sekundenzeiger der Wanduhr, warte zwei Minuten, länger halte ich es nicht aus, lege die Zeitschrift auf den Tisch und stehe auf.

»Was ist los?« Stefanie sieht von ihrem Tablet hoch.

»Ich muss mal eben auf Toilette«, antworte ich und drehe mich weg, sonst merkt sie noch, was ich vorhabe. »Bin gleich wieder da.«

Ich höre, wie sie Luft holt, und schaue über die Schulter.

»Gut, bis gleich«, sagt sie nur.

Bleibt ihr ja jetzt auch nichts anderes übrig, mitgehen und mir auf der Toilette die Hand halten wäre wohl keine Option.

Auf der Treppe nehme ich zwei Stufen auf einmal. Völlig außer Atem komme ich im zweiten Stock an, laufe direkt zum Stationszimmer und klopfe. Mein Herz schlägt bis zum Hals, und ich bin mir nicht sicher, ob das nur vom Rennen kommt. Ob Niklas sich freut, mich zu sehen?

Die Tür geht auf, und mir stockt der Atem. Ich sehe in ein graues Augenpaar, in dem sich meine Überraschung spiegelt. Für Sekunden steht die Zeit still.

»Darf ich?« Eine Krankenschwester schiebt sich an mir vorbei.

Die unerwartete Berührung holt mich zurück in die Wirklichkeit. »Hallo«, presse ich hervor und kann den Blick nicht von Elias abwenden.

Ein Lächeln stiehlt sich auf seine Lippen. Was gibt es hier zu lächeln? »Hey, Zoe. Wie geht es dir?«

Zoe? Wusste er also auch Bescheid? Mir fällt das Schild an seinem Kittel auf. *Herr Lopau.* Der Name kommt mir bekannt vor. Habe ich ihn schon mal gehört, oder bilde ich mir das ein?

»Warum sollte das jemanden interessieren, der sich noch nicht einmal verabschiedet, bevor er verschwindet?«, fauche ich ihn an.

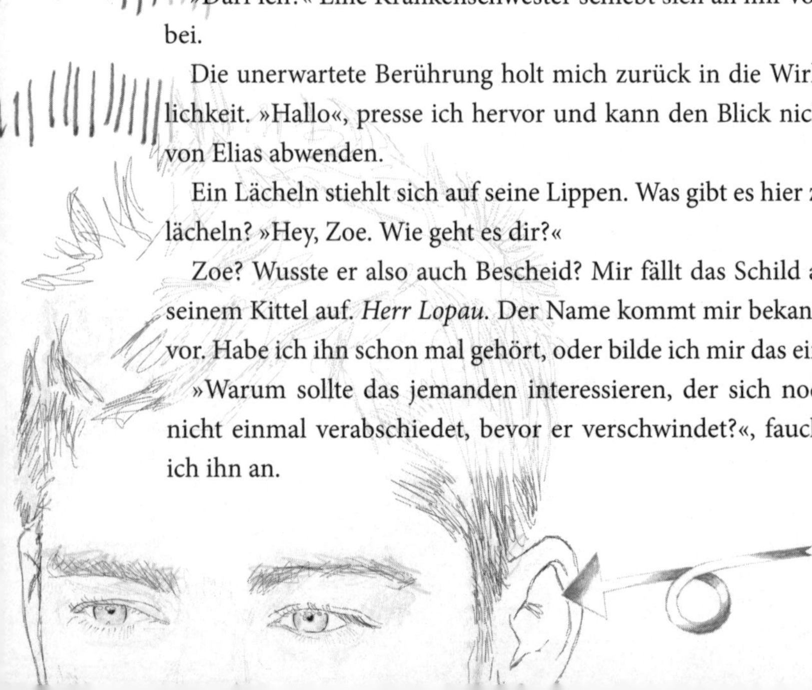

ELIAS LOPAU

Er mustert mich, ich funkle ihn an, und er sieht zu Boden. »Sorry, du denkst bestimmt, ich bin der letzte Idiot … ich, ich würde es dir gerne erklären, ehrlich«, flüstert er.

Was hält ihn ab?

Er sieht auf, und wieder zieht ein Lächeln an seinen Mundwinkeln, das macht mich noch wütender.

»Wie kann ich dir weiterhelfen?«, fragt er, da ich nichts sage. Das Lächeln wirkt jetzt traurig. Was hat er für ein Recht, traurig zu sein? *Er* hat *mich* hängen lassen, nicht umgekehrt.

»Willst du nicht mehr mit mir reden?« Er legt den Kopf schief, sieht mich immer noch an.

»Ich suche Niklas«, antworte ich endlich.

Auf sein Gesicht legt sich ein Schatten, und sofort tut es mir leid. Ich glaube, ich habe mit diesem einen Satz alles kaputt gemacht. So ein Schwachsinn! Es gibt nichts kaputtzumachen!

»Niklas hat heute Spätschicht. Ich kann ihm bei der Übergabe was ausrichten, wenn du willst.« Das Lächeln ist jetzt endgültig aus seinem Gesicht gefallen.

»Kannst du ihm meine Nummer geben? Ich möchte mich bei ihm bedanken, weil er für mich da war, als ich nicht wusste, wer ich bin.«

Eigentlich bin ich seitdem noch keinen Schritt weiter. »Was weißt du über mich?«, rutscht es mir raus.

Auf seiner Stirn erscheint eine Falte. »Wie kommst du darauf, dass ich etwas über dich weiß?«

Ich hätte nichts sagen sollen, jetzt hält er mich garantiert für durchgeknallt. »Hast du Zettel und Stift? Für die Nummer?«, frage ich, weil ich keine Ahnung habe, was ich ihm antworten soll.

WAS WEIẞT DU?

KOMM SCHON, HILF MIR!

Er braucht einen Moment, ehe er nickt und beides aus seiner Brusttasche zieht. Beim Schreiben fällt mir Stefanie ein. Sie fragt sich bestimmt, wo ich bleibe. Ich muss mich beeilen.

»Hier.« Ich strecke Elias den Zettel entgegen. »Richte Niklas Grüße von mir aus.«

Er nickt, will den Zettel nehmen. Ich halte seine Hand fest.

Eine gefühlte Ewigkeit sieht er auf meine Finger. »Was ist?«, fragt er endlich und schaut mir direkt in die Augen.

»Was hast du dem Arzt erzählt?« Ich kann fühlen, wie meine Wangen heiß werden.

»Wann?«

Als ob er nicht wüsste, von wann ich spreche! »Bei der Aufnahme«, sage ich trotzdem, und meine Stimme zittert. Shit! So wird er mir nie die Wahrheit sagen!

Er fasst sich an die Nase. »Bei der Aufnahme? Keine Ahnung, nichts Dramatisches jedenfalls.« Einen Moment hält er inne, reibt sich die Stirn zwischen den Augenbrauen. »Ich glaube, wo ich dich gefunden habe und dass du am Kopf verletzt bist.«

Sekundenlang sehe ich ihn an, bis mir bewusst wird, dass ich immer noch seine Hand halte. Die Luft fängt an zu flirren, und ich lasse los.

Er lügt. Und er weiß, dass ich es weiß.

»Tschüs«, murmle ich und drehe mich um, ohne seine Reaktion abzuwarten.

An der Schwingtür halte ich eine Millisekunde inne, warte, ob er ruft. Er bleibt stumm, genau wie ich. Ich laufe an dem kleinen Gang vorbei, der nach rechts abbiegt, und erst an der Treppe drehe ich mich noch einmal um, bin sicher, er ist längst weg. Aber er steht noch genau da, wo ich ihn zurückgelassen habe. Bevor unsere Blicke sich treffen, renne ich die Treppe hinunter. Mein Herz rast, und diesmal ist es ganz sicher nicht vom Laufen.

»Wo warst du?«, empfängt mich Stefanie. Ihr Tablet liegt neben ihr auf dem Stuhl.

»Ich hab die Toilette auf dem Stockwerk nicht gefunden«, sage ich und setze mich.

»Wir sind doch direkt daran vorbeigelaufen!«

»Sind wir?« Ich versuche mein unschuldigstes Lächeln aufzusetzen, werde rot und nehme schnell eine Zeitschrift.

Stefanie öffnet den Mund, kommt aber zum Glück nicht mehr dazu, etwas zu sagen. Eine Schwester steht vor uns.

»Wenn du mir bitte folgen würdest?«

Perfektes Timing. Bis ich fertig bin, hat Stefanie das Thema hoffentlich vergessen. Eigentlich habe ich keinen Bock auf die Fuchs und ihre Übungen, aber vielleicht kann ich sie wenigstens fragen, ob sie sich wirklich sicher ist mit Lars und Stefanie.

»Darf ich bitte mitkommen?« Stefanie steht auf.

Ich erstarre. Das ist jetzt nicht wahr, oder?

Die Schwester lächelt ein unverbindliches Krankenhauslächeln und nickt. »Natürlich, Professor Dr. Fuchs wird nichts dagegen haben.«

»So, dann wollen wir mal sehen.« Die Fuchs zieht sich Einweghandschuhe an und greift nach sterilen Tüchern. Wahrscheinlich will sie zuerst – autsch!

Ohne Vorwarnung reißt sie das Pflaster von meinem Kopf. Was für eine Superärztin!

»Sieht gut aus. An der Narbe selbst werden keine Haare mehr wachsen. Aber sie lässt sich leicht von den anderen überdecken«, sagt sie, und die Stelle wird plötzlich kalt und nass.

Ich zucke zusammen.

»Keine Sorge, ich mache nur das alte Blut um die Wunde weg. Der Kleber fällt von selbst ab, wenn sich die Haut darunter erneuert hat. Bitte nicht abzupfen, ja?«

Warum sagt sie nichts, bevor sie mir irgendwas an den Kopf sprüht? Wo sie schon mal dabei ist, entfernt sie auch noch den Verband an meiner Hand. Dabei kann ich sie wenigstens beobachten, und die Reinigung ist mit einmal ordentlich Händewaschen getan, was ich glücklicherweise alleine hinbekomme.

Die Fuchs zieht die Handschuhe aus und deutet auf den Stuhl vor ihrem Schreibtisch. »Nimm Platz!«

Ich setze mich neben Stefanie, überlege, etwas zu sagen, und bleibe still.

»Wie geht es dir?« Die Fuchs sieht von mir zu Stefanie.

»Geht schon.«

Sie stellt uns ein paar Fragen, nichts wirklich Wichtiges, macht sich Notizen. Stefanie beantwortet die meisten. Nur die nach meinen Erinnerungen nicht. Ich erzähle nichts von dem Lachen, dem Meerschweinchen oder der Kinderstimme. Nicht, wenn Stefanie danebensitzt. Wie ist das eigentlich mit der Schweigepflicht? Habe ich kein Recht darauf, alleine mit meiner Ärztin zu sprechen?

»Was ist los, Zoe?«, fragt die Fuchs, als könne sie plötzlich Gedanken lesen.

Wenn ich ihr schon nichts erzählen kann, kann sie mir vielleicht wenigstens in einer Sache weiterhelfen. »Stefanie sagt, Sie wollen nicht, dass ich alleine rausgehe. Aber es könnte mir doch helfen, mich zu erinnern. Meinen Sie nicht?«

»Stefanie?« Die Fuchs klingt, als wisse sie nicht, von wem ich rede.

»Für Zoe ist es leichter, uns beim Vornamen zu nennen, da sie sich noch immer nicht an uns erinnert«, mischt Stefanie sich ein. »Und eben weil sie kaum Erinnerungen hat, glauben wir, es könnte ihr schnell alles zu viel werden.«

Von wegen der Vorschlag kam von der Fuchs!

»Verstehe.« Die Fuchs denkt einen Augenblick nach, bevor sie betont ruhig weiterspricht. »Sie können sie nicht ewig von allem fernhalten, Frau Mendel!«

»Haben *Sie* uns nicht gesagt, wie gefährlich es ist, wenn etwas unkontrolliert getriggert wird?« Stefanie richtet sich auf.

»Das ist richtig. Aber sie künstlich von allen Einflüssen fernzuhalten macht keinen Sinn. Wir möchten ja, dass ihre Erinnerungen langsam zurückkehren. Sie ist voll orientiert und kann problemlos für ein paar Stunden das Haus verlassen.«

Danke, wenigstens das traut die Fuchs mir noch zu.

Ich höre nicht mehr hin, sie diskutieren ja eh nur miteinander, als wäre ich nicht anwesend. Also sehe ich zu dem sonnenbeschienenen Baum vor dem Fenster.

Erinnern, ich muss mich erinnern, und ich muss rausfinden, wer mir diese Karte geschrieben hat. Rausfinden, was wirklich passiert ist. Ich halte es nicht mehr aus neben den Menschen, die über mich entscheiden und sich viel zu sehr für mich interessieren, ohne mich zu fragen, was *ich* will.

Stefanie verliert kein Wort mehr über die Diskussion bei der Fuchs, obwohl sie bestimmt sauer ist. Zum Mittagessen lädt sie mich in ein Bistro mit Garten am Rande unseres Wohnviertels ein. »Damit du mal rauskommst.«

Wir sind die einzigen Gäste. Glaubt sie, so alles wiedergutzumachen? Von wegen! Ich will nicht mit Stefanie in ein Bistro gehen. Ich will alleine in die Stadt. Menschen begegnen, hoffentlich jemanden treffen, der mich kennt, oder einen Ort finden, an den ich mich erinnere. Endlos lange kaue ich auf einem Stück gegrillten Ziegenkäse herum und sage nichts.

Zurück in der Wohnung ist Stefanie schon auf dem Weg in ihr Arbeitszimmer, als mein Handy klingelt. Ich zerre es aus der Tasche, das Display zeigt nur eine Nummer an. Niklas! So schnell ich kann, laufe ich in mein Zimmer. Ich spüre Stefanies Blick im Rücken, höre ihre unausgesprochene Frage.

Ich hätte nicht gedacht, dass Niklas sich direkt zum Schichtanfang meldet. Darf er das Handy überhaupt während der Arbeit benutzen? Wenn er sofort versucht, mich zu erreichen, ist das ein gutes Zeichen. Oder?

Ich lasse mich mit dem Rücken gegen die Tür fallen und hebe ab. »Hallo?«

»Zoe? Bist du's?« Das ist nicht Niklas' Stimme.

»Ja?«

»Hey, ich bin's, Elias.«

»Elias?« Mir fällt fast das Handy aus der Hand.

»Tut mir leid, dass ich dich so überfalle. Im Krankenhaus konnte ich nicht richtig reden.«

»Das heißt?«

»Das heißt, ich beantworte dir deine Frage, wenn du die Antwort noch wissen willst.«

»Welche Frage?«

Für zwei Atemzüge ist es still am anderen Ende. Wenn ich

die Augen schließe, kann ich seinen Blick sehen, der mich mustert, um herauszufinden, ob ich wirklich nicht weiß, wovon er spricht.

»Warum ich mich nicht von dir verabschiedet habe«, sagt er schließlich.

Ich warte, aber er fügt nichts mehr hinzu. »Das war nicht meine Frage.«

»Sondern?«

»Ich will wissen, was du über mich weißt.«

Wieder dauert es einen Moment, ehe er antwortet. »Nicht am Telefon.«

Will er mich verarschen?

»Zoe? Bist du noch dran?«

»Ja.«

»Können wir uns heute Abend treffen? Auf ein Bier in der Unteren Straße?«

Erst will ich Nein sagen, aber dann erinnere ich mich wieder an unser Treffen im *Botanik*. An seinen Blick, der sich in den Wolken verliert, als würde er dort etwas suchen.

Ich bin froh, dich gefunden zu haben.

»Okay«, rutscht mir heraus, bevor ich darüber nachdenken kann.

Shit. Das war keine gute Idee … Aber jetzt kann ich schlecht noch einen Rückzieher machen.

»Cool! Weißt du, wo du hinmusst?« So überrascht, wie er klingt, hat er selbst nicht daran geglaubt, dass ich mich mit ihm treffe.

»Nein.«

»Soll ich dich abholen?«

»Nein.« Bloß nicht!

»Dann treffen wir uns vielleicht besser am Marktplatz, vor der Kirche, okay?«

»Okay. Wann?«

»Um halb neun?«

Die Tür drückt gegen meinen Rücken, ich gehe einen Schritt zur Seite. Stefanie steht vor mir.

»Passt, bis später«, sage ich schnell und lege auf.

Stefanie sieht mich mit verschränkten Armen an. Jetzt, wo ich es ihm versprochen habe, muss ich hier irgendwie rauskommen.

»Ihr könnt mich nicht ewig einsperren!«

Lars und Stefanie sitzen auf dem Sofa, ich habe mich vor ihnen aufgebaut.

»Wir sperren dich nicht ein, Schatz. Es geht hier um deine Sicherheit, nichts anderes. Sobald es dir bessergeht, kannst du auch mal abends alleine weg.« Stefanie sieht mich mit siegessicherem Blick an, als hätte sie das ultimative Argument gefunden.

»Was soll das denn heißen? Ich bin kein Kind mehr. Andere Siebzehnjährige können immer weggehen.«

»Andere Siebzehnjährige wurden auch nicht vor einer guten Woche mit einer Kopfverletzung und ohne Gedächtnis aufgefunden«, mischt Lars sich ein.

»Ich bin ja nicht alleine. Ich treffe mich mit einem Freund.«

»Freund ist gut.« Stefanie schnaubt. »Du kennst ihn gerade mal eine Woche!«

»Also länger als euch!« Das saß! Um mein schlechtes Gewissen zu überspielen, rede ich direkt weiter: »Er hat sich im Krankenhaus um mich gekümmert.«

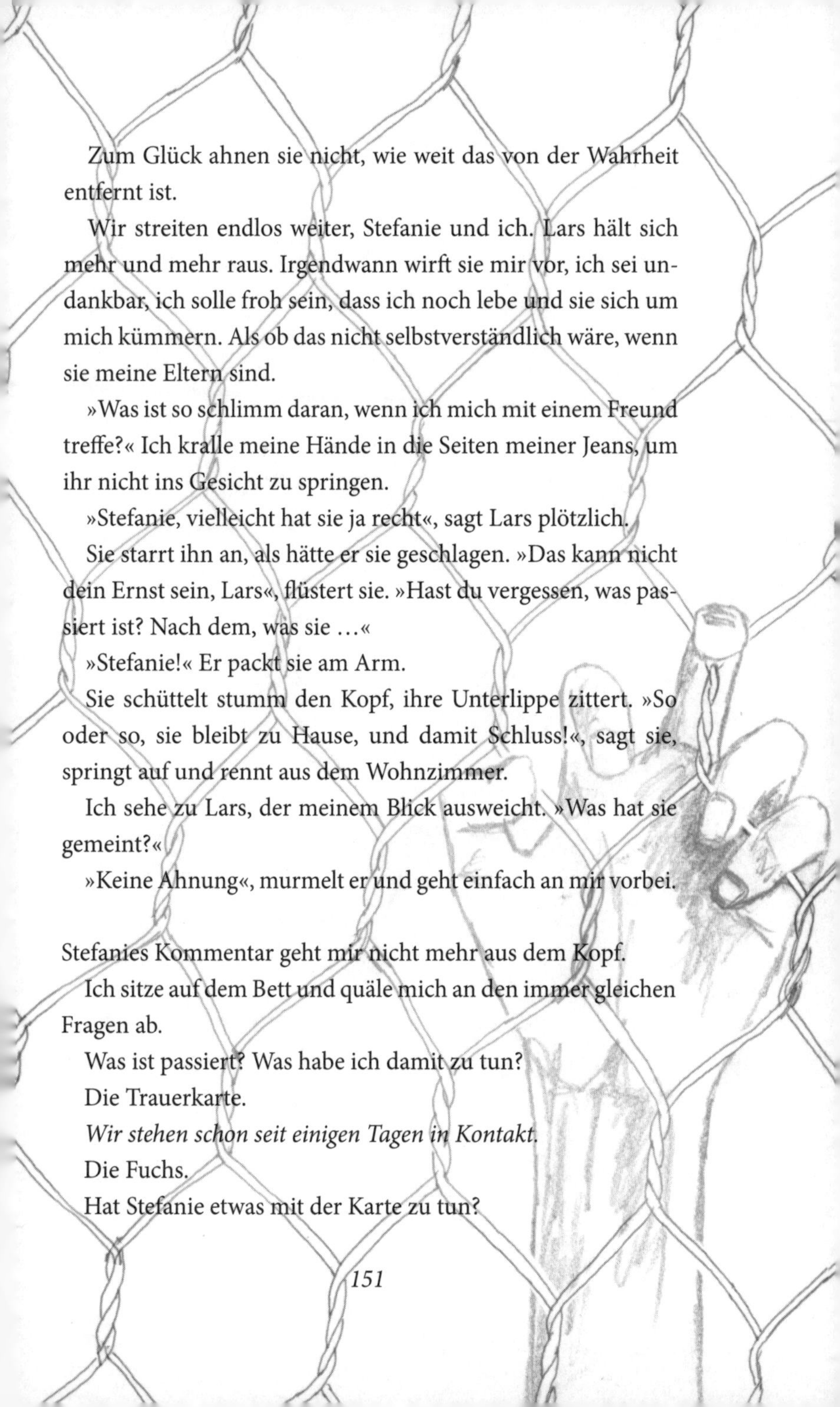

Zum Glück ahnen sie nicht, wie weit das von der Wahrheit entfernt ist.

Wir streiten endlos weiter, Stefanie und ich. Lars hält sich mehr und mehr raus. Irgendwann wirft sie mir vor, ich sei undankbar, ich solle froh sein, dass ich noch lebe und sie sich um mich kümmern. Als ob das nicht selbstverständlich wäre, wenn sie meine Eltern sind.

»Was ist so schlimm daran, wenn ich mich mit einem Freund treffe?« Ich kralle meine Hände in die Seiten meiner Jeans, um ihr nicht ins Gesicht zu springen.

»Stefanie, vielleicht hat sie ja recht«, sagt Lars plötzlich.

Sie starrt ihn an, als hätte er sie geschlagen. »Das kann nicht dein Ernst sein, Lars«, flüstert sie. »Hast du vergessen, was passiert ist? Nach dem, was sie …«

»Stefanie!« Er packt sie am Arm.

Sie schüttelt stumm den Kopf, ihre Unterlippe zittert. »So oder so, sie bleibt zu Hause, und damit Schluss!«, sagt sie, springt auf und rennt aus dem Wohnzimmer.

Ich sehe zu Lars, der meinem Blick ausweicht. »Was hat sie gemeint?«

»Keine Ahnung«, murmelt er und geht einfach an mir vorbei.

Stefanies Kommentar geht mir nicht mehr aus dem Kopf.

Ich sitze auf dem Bett und quäle mich an den immer gleichen Fragen ab.

Was ist passiert? Was habe ich damit zu tun?

Die Trauerkarte.

Wir stehen schon seit einigen Tagen in Kontakt.

Die Fuchs.

Hat Stefanie etwas mit der Karte zu tun?

Hast du Stefanies E-Mails gelesen?

Und Lars?

Ich verstehe nichts mehr. Nur eins weiß ich: Ich lasse mich nicht von ihnen einsperren. Ich muss wissen, was vorletztes Wochenende passiert ist. Ich muss Elias treffen und herausfinden, was er weiß. *Ob* er wirklich etwas weiß. Bis halb neun schaffe ich es niemals zum Marktplatz. Bevor Lars und Stefanie nicht in ihren Film vertieft sind, kann ich nicht verschwinden. Ich ziehe das Handy aus der Tasche.

Ich stecke das Handy wieder in die Tasche, berühre das Skizzenbuch. Nein, bloß nicht zeichnen jetzt. Zu spät. Der Stift liegt schon in meiner Hand. Wenn ich ihn einfach fallen lasse, keinen einzigen Strich mache? Aber ich kann ihn nicht fallen lassen. Ich muss zeichnen, habe keine Ahnung, was ich da eigentlich zeichne. Einfach immer nur weiter. Bis aus den Strichen und Kurven ein Bild entsteht.

Der Baum, ich. Am Boden. Der Ast, Schatten, die nach mir

Ich schließe die Augen, spüre die Wärme und halte ihn fest, diesen Moment, solange ich kann.

DANKE. OKAY, BIS MORGEN. ABER DIESMAL BIST **DU** EINGELADEN — ICH

ELIAS HAT SICH ÜBRIGENS GEMELDET, ER WILL SICH HEUTE ABEND MIT MIR TREFFEN.

Ich lasse das Display nicht aus den Augen, warte auf seine Antwort. Es kommt nichts. Verdammt, Niklas, lass mich nicht hängen! Um mich abzulenken, fange ich an, den Schrank zu durchsuchen. Wenn ich nicht an meine Chucks komme, muss ich andere Schuhe finden. Es ist wie verhext. Ich bin mir sicher, ganz unten standen Flipflops, doch ich finde sie nicht. Verzweifelt schaue ich mich um. Vielleicht auf dem Schrank? Auf dem Schreibtischstuhl balancierend, sehe ich nach. Leer. Bis auf eine Folie. Was ist das? Sieht aus, als wäre ein weißes Papier reingeschoben. Ich greife danach und drehe es um.

Eine Zeichnung in einer Klarsichthülle. Farbig. Ein Kopf mit Brille und einer Denkblase. Über dem Kopf die Worte: *So There.* In der Ecke ein Z, darunter ganz kleine Buchstaben, sie verschmelzen mit dem Hintergrund.

Für M – 12. August, London, wir kommen!

Für M … für Mom? Nein, die Zeichnung passt nicht zu ihr.

Für M … wer ist das? Eine Freundin? Ein Freund?

Ich schlucke. Eine Freundin, bestimmt eine Freundin.

Zu den Leuten an deiner neuen Schule hast du noch keinen Draht gefunden.

Mein Handy brummt.

UND? TRIFFST DU DICH MIT IHM?

ICH

JA. HOFFE, EIN PAAR ANTWORTEN ZU BEKOMMEN.

Ich muss barfuß gehen. Super, die Leute werden mich für durchgeknallt halten, und Elias schickt mich garantiert zurück ins Krankenhaus, wenn ich ohne Schuhe auftauche. Ich trete gegen den Schrank, und für ein paar Sekunden fühle ich mich besser.

Zur Tarnung gehe ich ins Bad, putze Zähne, schaue kurz ins Wohnzimmer und sage Lars und Stefanie Gute Nacht. Im Zimmer empfängt mich das blinkende Handy.

PASS AUF DICH AUF, DU SPIELST MIT DEM FEUER …

NIKLAS! WAS SOLL DAS?

Ich warte eine Minute ab. Es kommt keine Antwort. Verdammt! Kaum habe ich das Fenster geöffnet, kommt mir der Gedanke, ob es vielleicht besser wäre, das Zimmer abzuschließen. Falls sie noch mal nach mir sehen. Aber hier steckt kein Schlüssel, ich kann mich nicht einsperren. Schnell ziehe ich den Schreibtischstuhl ran und klemme ihn unter die Klinke. Das muss ausreichen.

Meine Hände auf dem Fenstersims, atme ich tief ein. Die Luft riecht nach Erde und heißem Asphalt. Es dämmert bereits. Bis zum Boden sind es über zwei Meter, mit Schuhen wäre das kein Problem. Hoffentlich liegen keine Zweige unter dem Fenster. Ich habe Schiss. Nicht denken, einfach springen! Schnell stoße ich mich ab. Mit einem Fuß lande ich im weichen Gras, in den anderen bohrt sich etwas Hartes. Um nicht zu schreien, beiße ich mir auf die Zunge. Bin genau auf einem Stein gelandet, es tut höllisch weh.

Ich drehe mich um und schaue zum Fenster. Keine Ahnung, wie ich da wieder hochkommen will. Das Handy brummt.

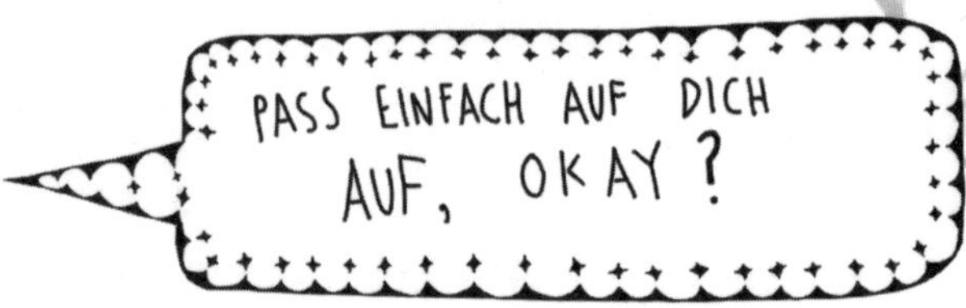

Na toll, jetzt spricht Niklas auch noch in Rätseln. Ich fange an zu tippen, stecke das Handy aber doch wieder weg. Lieber schnell nach vorne zur Haustür laufen, als zu lange hier rumzustehen. Nicht dass Lars oder Stefanie noch was merken. Ich versuche, die Haustür aufzudrücken. Vergeblich. Wäre ja auch zu schön gewesen.

Nichts ist, wie es war

Dank des nutzlosen Handys ohne Internetzugriff muss ich mich durchfragen, um zum Marktplatz zu finden. Sobald ich in der Fußgängerzone bin, geht es zum Glück nur noch geradeaus. Es sind unglaublich viele Menschen unterwegs, die meisten in Gruppen. Ich versuche, unsichtbar zu werden, und hoffe, niemand spricht mich an. Das mit dem Nichtansprechen klappt immerhin, aber meine nackten Füße ziehen immer wieder Blicke auf sich. Bei jedem dritten oder vierten Schritt knicke ich weg, weil ich auf einen Stein trete. Wenn das so weitergeht, kann ich gleich wieder umdrehen.

Die Fußgängerzone zieht sich endlos, ich komme erst ein paar Minuten nach halb zehn vor der riesigen Kirche an und sehe Elias in dem Moment, in dem auch er mich entdeckt. Von einer Sekunde zur nächsten strahlt sein ganzes Gesicht. Er kommt auf mich zu, als wären wir alte Freunde. Direkt vor mir bleibt er stehen, und ich atme aus, hatte schon befürchtet, er nimmt mich in den Arm.

»Hallo, Zoe, schön, dich zu sehen.«

»Hey.« Ich nicke ihm zu, merke, wie er zu meinen Füßen sieht, und spüre die Hitze in meinen Wangen.

»Ist alles in Ordnung? Was ist mit deinen Schuhen passiert?«

Super. Es gibt nichts, was ich jetzt sagen könnte, das nicht bescheuert klingt.

»Äh, ich hatte einfach Lust, barfuß zu gehen. Ist ja total warm heute …« Okay, das war mit Abstand das Bescheuertste, was ich hätte antworten können. Da wäre die Wahrheit ja noch besser gewesen.

»Echt jetzt?«

Ich würde mich am liebsten in Luft auflösen. Leider ist das keine Option. Vielleicht kann ich ihn wenigstens ablenken. »Wartest du schon lange?«

»Du willst mir also nicht sagen, was los ist?«

Blitzmerker. »Ich laufe gerne barfuß, da gibt es nichts zu erzählen, okay?«

Wir sehen uns an, und für Sekunden vergesse ich, wo wir sind. Sein Blick ist so forschend. Was soll das? Ich strecke den Rücken durch, er blinzelt. Melancholie schimmert durch das Regenwolkengrau, und ich bin versucht zu vergessen, wie er mich hat hängen lassen.

»Na dann. Was hältst du von einem Cocktail to go, und wir gehen runter zur Alten Brücke?«, fragt er.

Wenn dort weniger Licht ist und die fehlenden Schuhe nicht mehr auffallen. »Warum nicht?«

Elias führt mich zu einer Bar, bestellt uns zwei Cocktails und drückt mir einen davon in die Hand. »Der geht auf mich.«

Wir schlendern eine Gasse entlang in Richtung Neckar. Mittlerweile ist es zwischen den Laternen schon ziemlich dunkel geworden, und ich muss aufpassen, wo ich hintrete.

»Ich hätte auch selbst zahlen können«, sage ich und setze den Strohhalm an die Lippen. Der Cocktail schmeckt herb. Fruchtig und herb.

»Hättest du?« Er schielt zu mir rüber und grinst.

»Ja, hätte ich.«

»Beim nächsten Mal lasse ich dich zahlen, versprochen.«

»Klar. Wie ich dich kenne, bist du ab morgen sowieso wieder untergetaucht und hast deine Handynummer gewechselt.«

»Zoe … nein, ach Mist!« Er bleibt stehen, hebt die Hand. »Ehrlich, es tut mir leid. Ich musste nach Regensburg fahren, wegen meinem kleinen Bruder. Und am Freitag warst du schon entlassen …«

»Wegen deinem Bruder? Was war denn mit ihm?« Ich glaube ihm kein Wort! Trinke lieber noch einen großen Schluck von dem Cocktail und laufe weiter.

Sofort ist er wieder neben mir. »Das ist eine lange Geschichte und jetzt nicht so wichtig. Jedenfalls bin ich froh, dass ich dich wiedergefunden habe.«

»Wieso? Ihr hattet doch meine Adresse im Krankenhaus, oder nicht?« Ich beobachte ihn aus dem Augenwinkel.

Inzwischen sind wir am Neckar angekommen. Vor dem Brückentor steht eine Affenfigur. Ein Betrunkener steckt gerade seinen Kopf in den Affen und lässt sich von seinem Kumpel fotografieren.

»Die hätte mir aber auch nicht geholfen«, sagt Elias. »Ich kann ja schlecht einfach bei euch klingeln und reinplatzen, oder?«

»Warum nicht? Das wäre wenigstens mal eine Abwechslung gewesen.«

Wir gehen durch das Tor auf die Brücke und stellen uns in eine der Ausbuchtungen, die alle paar Meter links und rechts abgehen wie kleine Balkone mit Blick aufs Wasser. Ich stütze meine Arme auf die Mauer und sehe den Neckar hinunter. Elias stellt sich neben mich. In den meisten Häusern am Ufer brennt schon Licht in den Fenstern. Es sieht schön aus, das Licht, das sich im Fluss in langen Streifen spiegelt. Unsere Ellbogen berühren sich, und ich muss kichern. Überhaupt fühlt sich alles viel leichter und unkomplizierter an.

»Was ist?« Elias dreht mir den Kopf zu.

Einen Moment sehe ich ihn an, bevor ich wieder auf das Wasser schaue. Mir ist total heiß, ich bin bestimmt knallrot. Zum Glück ist es selbst unter dem milchig gelben Schein der Laterne zu dunkel, um Farben zu erkennen.

»Nichts. Du bist mir noch eine Antwort schuldig«, sage ich und nehme einen großen Schluck.

»Stimmt.« Er bewegt sich, sein Arm liegt jetzt genau neben meinem. Die Härchen kitzeln meine Haut, und ich beiße mir auf die Lippe.

»Also?«, frage ich, ohne den Blick von seinem Arm zu lösen.

»Was willst du wissen?«

Ich drehe den Kopf. Sein Gesicht ist so nahe, dass ich seinen Atem riechen kann, fruchtig-herb wie der Cocktail, den wir trinken. »Was hast du gemeint, als du zu mir gesagt hast, es sei vielleicht besser so?«

Er nimmt den Arm weg, reibt sich über die Stirn. »Keine Ahnung, du warst einfach so durch den Wind. Ich habe mich gefragt, was dir wohl passiert ist, und mir gedacht, es ist vielleicht im Moment besser, wenn du dich nicht erinnern kannst«, murmelt er, schaut hinunter auf das Wasser und stützt seinen Arm wieder neben mir auf. »Kann ich dich was fragen?«

»Klar, frag mich, soviel du willst. Im Fragen bist du offensichtlich besser als im Antworten.«

»Warum triffst du dich mit mir, obwohl du mich für einen

Freak halten musst?« Er schaut mich an, und für einen Moment sehe ich bis auf den Grund seiner Seele, dann sehe ich nichts mehr. Nichts außer dem Grau in seinen Augen. Er hebt die Hand. Will er mich berühren? Mein Magen macht einen Satz, und mir fällt fast der Becher in den Fluss. Elias kratzt sich nur am Kopf. Mann, bin ich panisch. Wenn es nicht so peinlich wäre, könnte ich lachen über meine eigene Blödheit.

»Ich habe nicht mehr viel zu verlieren, verstehst du?«, sage ich schließlich.

»Du hast verdammt viel zu verlieren. Du weißt es nur nicht.«

»Wie meinst du das denn jetzt schon wieder?«

Hat er mir eben gedroht?

»Jeder Mensch hat etwas zu verlieren. Nur weil du dich im Moment nicht erinnern kannst, heißt das nicht, dass du nichts zu verlieren hast.« Er lächelt mich an und sieht gleichzeitig traurig aus.

»Du machst immer einen Schritt vor und zwei zurück!«

»Was?« Er stößt sich vom Geländer ab und dreht sich mir komplett zu.

»Du redest, als wüsstest du, was ich zu verlieren habe, und dann tust du so, als ob es nur ganz allgemein gemeint war. Und du redest, als wüsstest du, was mir passiert ist, und weichst der Frage sofort aus!«

Er schüttelt den Kopf, lehnt sich wieder auf die Mauer. »Es war mehr allgemein gemeint, ich wollte dich nicht verrückt machen.«

»Ach ja? Und du? Hast du schon mal was verloren?« Ich glaube ihm nicht.

»Etwas verloren und jemanden gefunden«, sagt er, mehr zu sich selbst, und dreht den Cocktailbecher in der Hand.

»Wie romantisch.« Ich muss kichern.

Er zieht die Schultern hoch und beißt sich auf die Lippe. Ich trinke noch einen Schluck von dem Cocktail, lehne mich so gegen den Stein, dass ich Elias im Blick habe. Durch meine Bewegung schwankt die Welt um mich, als käme sie mir nicht mehr hinterher. Ich bin froh, den Stein im Rücken zu haben, und setzte den Strohhalm wieder an die Lippen. Mein Becher ist fast leer.

»Weißt du mittlerweile, wer du bist?«, fragt er.

Ich muss lachen. Ausgerechnet er fragt mich das …

»Alles in Ordnung?« Elias berührt mich an der Schulter.

»Ja.« Ich kichere. Er sieht total süß aus. Vor allem jetzt, mit der Sorgenfalte auf der Stirn.

»Verflucht! Du bist betrunken!«

»Quatsch, ich find's nur lustig, dass du mich fragst, wer ich bin, wo du doch so viel mehr über mich weißt als ich.« Ich gluckse, kann nicht anders.

Er erstarrt. »Was? Zoe, das ist Unsinn!«

»Na dann.« Ich schließe die Augen und genieße, wie sich alles ein kleines bisschen weiterdreht. Gibt er es eben nicht zu.

»Scheiße, echt, warum habe ich Idiot dir einen Cocktail gekauft? Ich dachte du wärst wie … nimmst du irgendwelche Medikamente?«

»Vielleicht.« Ich pruste los, versuche, ernst zu bleiben, und muss nur noch mehr lachen. »Du siehst total süß aus, wenn du dir Sorgen machst!«

»Ich bring dich nach Hause, okay?« Er streicht mir über die Wange, meine Haut prickelt unter seiner Berührung. Das Prickeln geht bis hinunter in meinen Bauch, vermischt sich mit dem Cocktail und bringt alles zum Blubbern.

Ich halte die Hand fest, versuche, seine Augen zu fixieren, die immer wieder verschwimmen. »Verrätst du mir, was du weißt, wenn ich dich küsse?«

»Was?«

Ich sehe zwei Eliasse, beide reißen die Augen auf und verschmelzen wieder miteinander. Wo will der eine denn hin? Jetzt muss ich richtig lachen und bekomme mich nicht mehr ein, halte mich mit einer Hand an Elias fest, verliere das Gleichgewicht und falle direkt in seine Arme. Shit.

Er fängt mich auf. Ich atme seinen Geruch und beschließe, einfach so stehen zu bleiben. Für immer.

»Zoe, du bist total betrunken.«

»Und? Magst du keine betrunkenen Mädchen?« Ich drücke mich ein Stück von ihm weg, um ihn ansehen zu können.

Er lächelt, streicht mir noch mal übers Gesicht. Ich lege meine Hand auf seine, lehne die Wange dagegen und schließe die Augen. Seine Finger zittern wie verrückt, es kitzelt auf meiner Haut.

»Warum zitterst du?« Ich sehe ihn an.

Er weicht meinem Blick aus, fährt sich mit der anderen Hand durch die Haare. »Weiß nicht.«

Ein paar Strähnen fallen ihm in die Stirn. Jetzt, wo ich so nah vor ihm stehe, sehe ich, wie rot seine Wangen sind. Ich grinse.

»Komm, ich bring dich nach Hause.«

»Wenn ich aber noch nicht nach Hause will?« Ich lege den Kopf schief. Die neue Perspektive bringt mich wieder zum Lachen.

»Dann heb ich dich über die Schulter und trag dich.«

Das macht er nicht. Er legt den Arm um mich. Ich lehne den

Kopf gegen ihn und laufe mit geschlossenen Augen. Die Welt dreht sich so noch schneller.

Wir gehen, Schritt für Schritt. Ich spüre seine Wärme und fühle mich ihm auf einmal so nah, als würden wir uns schon ewig kennen. Das ist Unsinn, ich weiß das, und vielleicht ist genau das der Grund, warum eine Tür in mir aufspringt und für den Bruchteil einer Sekunde ein Bild hinter ihr aufblitzt.

Ich, Arm in Arm mit jemandem, jemandem, der mir sehr viel bedeutet. Jemandem, für den ich mein Leben geben würde. Bevor ich das Gesicht sehen kann, ist das Bild wieder weg. Ich höre noch ein Lachen, wie es nur jemand lacht, der sich völlig frei fühlt, und bin mir nicht sicher, ob es meines ist oder das der Person, die ich im Arm halte. Ein Windstoß, und die Tür knallt zu. Vor meiner Nase.

Ich bleibe allein zurück in der Dunkelheit, einem Loch ohne Boden, der Unendlichkeit. Das Einzige, was ich höre, ist unser Lachen. Das Einzige, was ich denke, ist diese eine Frage, auf die ich keine Antwort weiß.

Wer bist du?

Meine Knie geben nach. Ich sacke in mich zusammen wie ein Kartenhaus, aus dem jemand die unterste Karte gezogen hat.

»Zoe!« Elias' Stimme ist weit weg, ich kann nicht sagen, ob er über mir oder unter mir ist. Es ist nicht mehr wichtig. Er ist nicht hier bei mir, im freien Fall.

»Zoe!«

Ich spüre seine Hände, sie versuchen mich zu halten, und ich weiß, er kann es nicht.

»Zoe, komm zurück – bitte!« Seine Stimme ist viel näher als eben. Ich öffne die Augen, erwarte, die vorbeirauschende

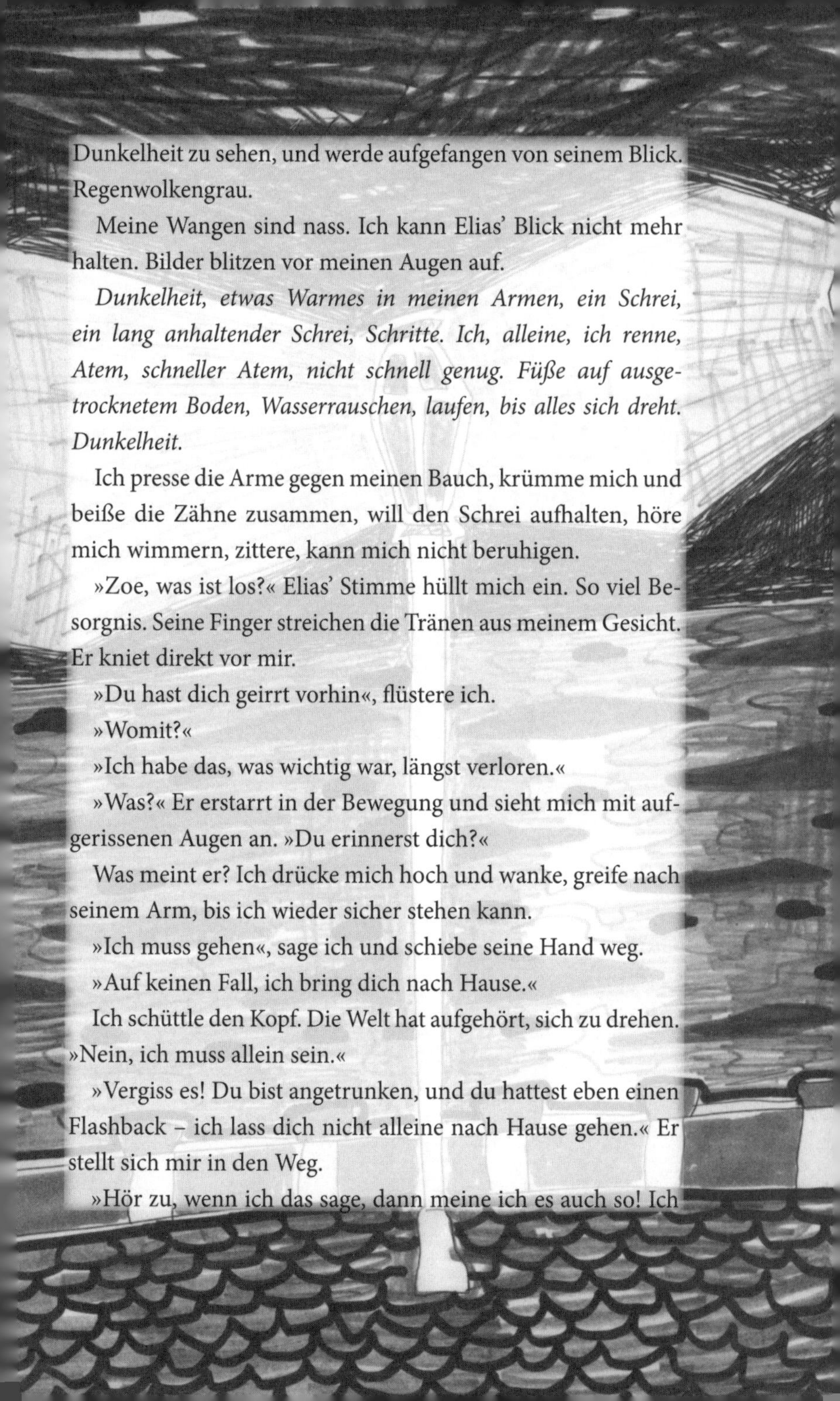

Dunkelheit zu sehen, und werde aufgefangen von seinem Blick. Regenwolkengrau.

Meine Wangen sind nass. Ich kann Elias' Blick nicht mehr halten. Bilder blitzen vor meinen Augen auf.

Dunkelheit, etwas Warmes in meinen Armen, ein Schrei, ein lang anhaltender Schrei, Schritte. Ich, alleine, ich renne, Atem, schneller Atem, nicht schnell genug. Füße auf ausgetrocknetem Boden, Wasserrauschen, laufen, bis alles sich dreht. Dunkelheit.

Ich presse die Arme gegen meinen Bauch, krümme mich und beiße die Zähne zusammen, will den Schrei aufhalten, höre mich wimmern, zittere, kann mich nicht beruhigen.

»Zoe, was ist los?« Elias' Stimme hüllt mich ein. So viel Besorgnis. Seine Finger streichen die Tränen aus meinem Gesicht. Er kniet direkt vor mir.

»Du hast dich geirrt vorhin«, flüstere ich.

»Womit?«

»Ich habe das, was wichtig war, längst verloren.«

»Was?« Er erstarrt in der Bewegung und sieht mich mit aufgerissenen Augen an. »Du erinnerst dich?«

Was meint er? Ich drücke mich hoch und wanke, greife nach seinem Arm, bis ich wieder sicher stehen kann.

»Ich muss gehen«, sage ich und schiebe seine Hand weg.

»Auf keinen Fall, ich bring dich nach Hause.«

Ich schüttle den Kopf. Die Welt hat aufgehört, sich zu drehen. »Nein, ich muss allein sein.«

»Vergiss es! Du bist angetrunken, und du hattest eben einen Flashback – ich lass dich nicht alleine nach Hause gehen.« Er stellt sich mir in den Weg.

»Hör zu, wenn ich das sage, dann meine ich es auch so! Ich

brauche keinen Doktor Elias, der mir erklärt, was gut für mich ist«, fauche ich ihn an, bevor ich mich wegdrehe und loslaufe.

»Zoe. Mach's bitte nicht unnötig kompliziert! Ich mache mir echt Sorgen um dich, ich will nicht, dass dir was passiert! Du hast eben einen Flashback gehabt, ich *kann* dich jetzt nicht alleine lassen.« Er läuft neben mir her.

Einfach so. Als hätte ich nichts gesagt. Einen Flashback? Was soll das sein? Eine dumme Ausrede, um sich bei mir unersetzlich zu machen? Je mehr ich mich auf ihn konzentriere, desto weniger kann ich mich an das Lachen erinnern. Das Lachen von jemandem, der wichtig war. Früher, in einem anderen Leben.

Ich bleibe stehen. »Elias, es ist echt lieb, dass du dich um mich kümmern willst. Aber ich muss jetzt für mich sein.« Ich versuche, diplomatisch zu sein, und vermeide vorsichtshalber, ihm in die Augen zu schauen. Sonst lasse ich mich bestimmt überreden.

»Zoe …«

»Es geht mir gut, wirklich. Ich habe mich an etwas erinnert und will darüber nachdenken, bevor ich es wieder vergesse. Verstehst du?«

»Wirst du mir von deiner Erinnerung erzählen? Wenn wir uns wiedersehen?«

Wenn wir uns wiedersehen. Ich nicke, obwohl ich nicht an ein Wiedersehen glaube.

»Ich kann dich jetzt wirklich alleine lassen?« Er sieht mich zweifelnd an.

»Ja!«

Sekundenlang mustert er mein Gesicht. »Okay, versprichst du, mir zu schreiben, sobald du zu Hause bist?«

»Versprochen«, sage ich, um die Diskussion endlich zu beenden, und drehe mich weg.

Ich schaue nicht mehr zurück, aber ich kann seinen Blick spüren. Wahrscheinlich bleibt er dort stehen, solange er mich in der Dunkelheit noch ausmachen kann. Ich will ihn nicht im Rücken haben und biege in die nächste Gasse ein. Erst dann hole ich mein Handy aus der Umhängetasche und mache eines der beiden Lieder an, von denen ich sicher weiß, dass sie etwas mit meiner Vergangenheit zu tun haben.

Daammm damm damm – daammm damm damm.

There was a time, when I had nothing to explain …

least of all to you

I know he is kind and true

I know that he is good to you

He'll never care for you more than I do …

Ich versuche, mich an das Lachen zu erinnern. Es geht nicht. Die Dunkelheit kommt näher, hält etwas in ihren Schatten verborgen. Ich bin mir nicht mehr sicher, ob es wirklich eine gute Idee ist, alleine nach Hause zu laufen. Ist da jemand? Hinter mir? Ich fahre herum. Tatsächlich! Reglos steht er im Schatten einer Hauswand. Meine Muskeln versteifen sich, ich traue mich nicht, weiterzugehen. Halt, das kann kein Mensch sein! Die Form ist viel zu gerade. Ich blinzle. Es ist ein Pfosten, nur ein Pfosten! Ich drehe mich um und gehe weiter. Von irgendwoher höre ich Schritte, sie kommen genau auf mich zu. Weg, schnell weg hier! Ich laufe los. Meine Füße reiben sich auf dem Kopfsteinpflaster auf, rennen geht nicht, ich werde wieder langsamer, schalte die Musik aus und drehe mich alle drei Meter um. Kein Mensch folgt mir. Ich versuche, im Licht zu bleiben und dort, wo andere Leute gehen. Aber in unserem Viertel ist fast niemand mehr unterwegs, und die Straßen sind dunkler, zu dunkel. Die letzten hundert Meter renne ich doch, und es ist mir egal, wie weh es tut. Ich renne und drehe mich nicht noch mal um.

Das Erste, was mir trotz der Dunkelheit im Garten auffällt, ist mein Fenster. Es ist geschlossen. Kann der Wind es zugedrückt haben? Vielleicht Zugluft, weil Lars oder Stefanie die Verandatür noch einmal aufgemacht haben?

Ich laufe geduckt an Stefanies und Lars' Schlafzimmerfenster vorbei bis zur Hausecke und sehe auf die Veranda. Kein Fernsehflimmern und kein Licht. Ich steige die Treppen hoch. Sicherheitshalber lasse ich die Glastür nicht aus den Augen, während ich einen der Stühle packe und unter mein Fenster trage. Zum ersten Mal fällt mir das Fenster links von meinem auf, das Rollo ist runtergelassen. Es muss zu Bettinas Wohnung gehören, ich bleibe stehen und sehe es an, bis meine Füße kalt werden. Komisch, nur an diesem und dem direkt um die Ecke hat sie die Rollos runtergelassen. Na, sie wird schon ihre Gründe haben. Ich sollte lieber zusehen, in mein Zimmer zu kommen, ohne dass Lars und Stefanie etwas merken. Ich löse meinen Blick und klettere auf den Stuhl. Der Putz kratzt mir die Zehen auf, trotzdem balanciere ich auf der Lehne, stemme mich hoch und drücke mit aller Kraft gegen den Fensterrahmen. Sternenlicht fällt auf die Scheibe, aus der mir ein blasses Gesicht entgegenstarrt. Ich schreie auf, verliere das Gleichgewicht und lande im Gras. Ein Stechen jagt durch meinen Ellenbogen. Shit! Jetzt sind alle wach.

Das Fenster rechts neben meinem geht auf, und ich erkenne Stefanies blonde Haare. »Zoe?«

Was war das für ein Gesicht in der Scheibe? Mein eigenes? Hab ich mich vor meinem eigenen Spiegelbild erschrocken? Mann, bin ich bescheuert!

»Zoe!«

Ich versuche, mich ins Gras zu ducken, natürlich sieht sie mich. »Was hast du dir dabei gedacht?«, fragt sie, und ich kann ihren Blick in der Dunkelheit spüren.

Jemand drückt an der Hausseite eine Tür auf, die Verandadielen knarzen, und ein Augenzwinkern später kommt Lars die Treppe runter in den Garten. Ohne ein Wort zu sagen, stehe ich auf und klopfe das Gras von der Jeans. Den Kopf gesenkt, nehme ich den Stuhl und gehe zur Veranda. So viel zu meinem Plan.

»Was hast du dir dabei gedacht?«, fragt Stefanie wieder, sobald ich durch die Verandatür das Wohnzimmer betrete.

Nichts? Ich brauche Antworten? Ihr lasst mich hier nicht atmen?

Ich versuche, Abstand zu halten, hoffe, sie riechen nicht, dass ich was getrunken habe. Sonst drehen sie bestimmt völlig durch.

Stefanie redet sich total in Rage. Es hätte ja »wer weiß was« passieren können. Und am Ende beschließt sie, mich nicht mehr ohne Aufsicht aus dem Haus zu lassen. So wie vorher auch also.

Lars sitzt die ganze Zeit schweigend neben ihr und verzieht keine Miene. Ich weiß nicht, was er denkt. Wahrscheinlich will er sich einfach nur schlafen legen. Morgen früh ist er weit weg und muss sich weder mit meinen noch mit Stefanies Problemen auseinandersetzen.

»Hast du mich verstanden, Zoe? Noch so ein Ausflug, und

du bekommst richtig Ärger!«, setzt Stefanie noch mal nach. Sie funkelt mich an.

Vielleicht ist es der Alkohol. Vielleicht ist es auch einfach zu viel. »Was für Ärger denn? Was willst du tun? Ein Schloss an das Fenster machen? Mir ein Halsband umlegen und mich festbinden?« Ich schreie alles aus mir heraus: den Verdacht, nicht ihre Tochter zu sein, das Gefühl, gehasst zu werden, obwohl ich ihr nichts getan habe.

»Zoe!«

»Was? Du hasst mich, gib es doch zu! Du hasst mich, und ich weiß noch nicht einmal, warum!« Ich gehe einen Schritt auf sie zu, und einen Moment lang zittert mein ganzer Körper, weil er nicht weiß, ob er weglaufen oder angreifen soll. »Wahrscheinlich bist du noch nicht einmal meine Mutter! Ich lasse mich von dir nicht einsperren, du kannst mir nicht verbieten, mein Leben zurückzubekommen!«

Ich fliehe in mein Zimmer und knalle die Tür hinter mir zu. Setze mich von innen dagegen, weil ich Angst habe, sie kommen mir nach. Sie kommen nicht, nicht einmal das.

Mit einem schnellen Griff zerre ich das Skizzenbuch aus der Umhängetasche und setze den Stift auf das Papier. Muss die ganze Wut rauslassen, irgendwie, genau wie den Schmerz, der ganz tief in mir sitzt und mich von innen heraus auffrisst, wenn ich nichts tue. Durch den Tränenschleier sehe ich auf die zittrigen Linien, ziehe fahrige Striche und spüre, wie der Schmerz nachlässt. Auch wenn er immer noch da ist. Mache so lange weiter, bis er aufhört, mich zu zerfressen. Wenigstens für den Moment.

Tropfen von der Decke, Dunkelheit und über allem ein Wort, eine einzige Frage:

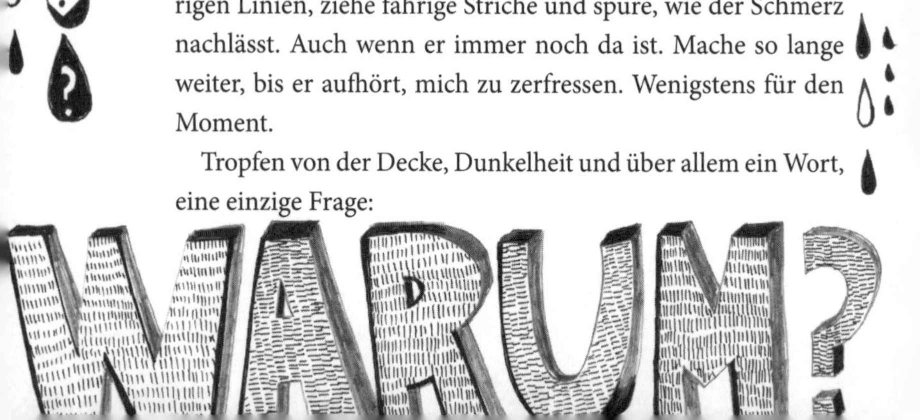

Mein Handy brummt. Elias.

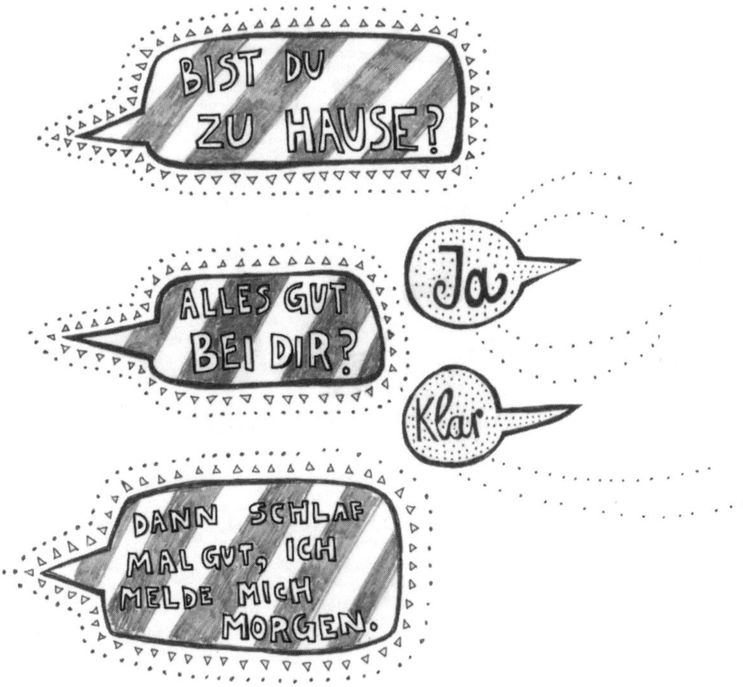

Ich stecke das Handy weg, lege mich ins Bett und warte auf den Schlaf. Als ich fast eingedämmert bin, brummt es noch einmal, aber ich sehe nicht mehr nach.

GESPRENGT

TAG 10

nach dem Tag, an dem ich mein Gedächtnis verloren habe.

Am nächsten Morgen weckt mich ein Knall. Ich richte mich im Bett auf und reibe mir die Stirn. Was war das? Die Wohnungstür? Mein Handy zeigt 7:45, Dienstag, 25. August. Die Nachricht letzte Nacht war von Elias.

Wenn du willst, kannst du noch anrufen.

Im Zeitraffer spult sich unser Treffen vor meinen Augen ab. Ich habe nicht gefragt, ob er mir alles erzählt, wenn ich ihn küsse, oder? Oh Shit! Wie peinlich! Ich kann mich nie wieder bei ihm blicken lassen!

Ich hab mich gestern echt danebenbenommen. Schätze, ich hätte nichts trinken sollen.

ICH

Ich lese die Nachricht dreimal durch, bevor ich sie abschicke. Mein Schädel brummt, und ich fühle mich, als hätte ich überhaupt nicht geschlafen. Ich krieche aus dem Bett, will nicht mehr über Elias nachdenken.

Sofort blinkt das Handy auf.

Ich komme mir noch blöder vor. Für einen Moment fühle ich seine Finger zitternd über meine Wange streichen, und in meinem Bauch flimmert es. Je mehr ich mich darauf konzentriere, umso stärker wird es.

Das Handy blinkt noch mal.

Nur, wenn ich was gutzumachen habe. Kommst du?

Was gutzumachen?

Ein Klassiker, ja? Okay, ich komme.

ICH

Augen zu und durch! Ich drücke auf *senden*.

Super, bis dann!

Ich lege das Handy weg. Haben wir jetzt ein Date? Quatsch! Ich mag ihn. Sehr. Aber das ist kein Date, ich will überhaupt kein Date mit ihm. Und ich weiß sowieso nicht, wie ich zum Kino kommen soll. Noch mal kann ich bestimmt nicht aus dem Fenster steigen. Auf dem Weg ins Bad begegne ich niemandem, sehe nur Stefanies Handtasche neben der Tür stehen.

Das kalte Wasser dämpft die Kopfschmerzen. Was mache ich jetzt mit Niklas? Stefanie lässt mich niemals gehen.

Sie sitzt im Arbeitszimmer, ich murmle ein »Guten Morgen« im Vorbeigehen, und sie sieht nicht mal auf.

Vor dem Esstisch bleibe ich stehen, kann nicht glauben, was da neben meinem Teller liegt.

»Hast du gut geschlafen?« Stefanie steht genau hinter mir.

Ich zucke zusammen und fahre herum. »Ja, danke«, sage ich, auch wenn es nicht stimmt.

»Der eckige ist für unten und der runde für oben.« Sie setzt sich und schenkt sich eine Tasse Kaffee ein. »Lars meint, es sei Zeit, dir deine Schlüssel zurückzugeben.«

Lars. Logisch. Stefanie hätte das niemals von sich aus gemacht.

»Ich muss nachher kurz in die Stadt«, sage ich und beobachte ihre Gesichtszüge.

»Sicher, du hast ja jetzt die Schlüssel«, antwortet sie, steht auf und nimmt die Kaffeetasse mit.

Als wäre damit alles gesagt. Was ist aus »Du gehst auf keinen Fall mehr alleine vor die Tür« geworden? Witzig. Jetzt, wo sie mich endlich rauslassen, habe ich das Gefühl, ich bin ihnen nicht mehr wichtig. Warum kann ich nicht einfach nur froh darüber sein?

Das *P11* liegt an einem Kreisverkehr, durch den die Hauptstraße führt, die vom Bahnhof kommt, am Rande der Weststadt, dem Viertel, in dem wir wohnen. Niklas hat mir extra einen Ausschnitt der Stadtkarte geschickt, damit ich alles finde.

Es ist klein und sieht gemütlich aus. Durch die großen Fenster leuchten mir Retrotapeten entgegen, in rot geblümtem Karomuster. Niklas sitzt direkt neben der Glasfront an einem der Zweier-Alutische draußen auf dem Gehsteig. Sein Arm hängt lässig über der Stuhllehne, und er beobachtet zwei Hunde, die sich über die Straße hinweg ankläffen. Ich laufe zu ihm, kann das Lachen nicht mehr unterdrücken. Am liebsten würde ich ihn in den Arm nehmen, er ist mehr Familie als Lars oder Stefanie.

Er sieht hoch, und sofort ist ein unausgesprochenes Verständnis zwischen uns.

»Hey«, sage ich und setze mich ihm gegenüber.

»Hallo … Zoe?«, fragt er mit einem Lächeln auf den Lippen.

»Ja, Zoe.«

»Gut. Wenn die schöne Unbekannte einen Namen hat, kann ich endlich aufhören, mir blöde Spitznamen für sie auszudenken.« Er zwinkert mir zu, und ich werde rot.

Flirtet er mit mir?

»Tu nicht so, als hättest du nicht die ganze Zeit gewusst, wie ich heiße!« Ich habe echt ein Talent dafür, gute Stimmung gleich wieder kaputt zu machen. Trotzdem schaue ich nicht weg. Im Sonnenlicht sticht ein grüner Ring um seine Iris aus den Brauntönen heraus. Das ist mir noch nie aufgefallen. »Wir haben so viel Zeit miteinander verbracht! Warum hast du nichts gesagt?«

»Was hättest du gemacht, wenn ich dir erzählt hätte, wir haben deine Eltern gefunden?« Er stützt sich mit den Armen auf den Tisch und lehnt sich nach vorne.

»Ich hätte sie sehen wollen. Sofort.«

Er nickt, wartet einen Atemzug ab, ehe er weiterspricht. »Und wer hätte dir dabei geholfen?«

»Du?«, flüstere ich.

»Danach hätte ich mir eine neue Stelle suchen können.« Er fährt sich durch die Haare, sieht einen Moment auf den Tisch, in dem sich das Sonnenlicht spiegelt, und ich fühle mich richtig schlecht. »Was hätte es geändert? Weißt du jetzt, wer du bist?«

»Nein.«

Die Bedienung kommt mit zwei Stücken Kuchen, einem Kaffee und einer Sprite.

Ich sehe zu Niklas. »Hast du das bestellt?«

»Der Kuchen ist hausgebacken, den muss man probieren, vor allem, wenn man zum ersten Mal hier ist.« Er zuckt mit den Schultern und fängt an zu essen.

Mit diesem einen Satz schafft er es, meine ganze Wut und dieses Scheißgefühl einfach wegzublasen.

»Weißt du, warum ich dich mag?«, frage ich und breche mir ein Stück Kuchen ab.

Die Gabel stoppt vor seinem Mund. »Warum?«

»Weil du nicht viele Worte brauchst, um einem zu zeigen, dass du dir Gedanken machst.«

Das Grün in seinen Augen fängt meinen Blick ein. Er lächelt. »Wie geht es dir?«

Ich hole Luft, zucke dann doch nur mit den Schultern.

»Sag schon«, drängt er.

»Ich weiß nicht, ob meine Eltern wirklich meine Eltern sind …«

Auf seiner Stirn erscheinen Falten, und er beugt sich ein Stück nach vorne, als müsse er mich ganz genau ansehen, um zu begreifen, wovon ich spreche. »Wie kommst du denn darauf?«

»Stefanie hasst mich. Echt jetzt.« Ich drehe den Kopf zur Seite. »Und ich weiß noch nicht einmal, warum …«

Eine Weile sagen wir nichts mehr. Ich beobachte die Autos auf der Straße neben uns, die auf die Ampel vorne am Kreisel warten. Sehe zu, wie sie losfahren und wie sich bei der nächsten Rotphase eine neue Schlange bildet. Die ganze Zeit spüre ich Niklas' Blick auf mir. Ich bin ihm so dankbar. Weil es ihm nicht egal ist, auch wenn er keine Worte findet. Weil er nicht versucht, es mir auszureden. Aber vor allem, weil er keine Fragen

stellt, die ich nicht beantworten kann. Bei der zweiten Grünphase fängt er an zu sprechen. »Wenn es ganz schlimm kommt, kannst du für ein paar Tage bei mir unterkommen«, sagt er, einfach so.

Ich bin unfähig, die Information zu verarbeiten. Das Einzige, was ich registriere, ist mein Herz. Es hämmert. Und seine Augen, die in mich hineinsehen. Ich weiß weder, was ich sagen, noch, was ich denken soll.

Niklas greift nach dem Zuckertütchen neben seiner Tasse, schüttelt es und legt es auf den Tisch.

»Ich habe ein Sofa. Du musst nicht mit mir in einem Bett schlafen.« Er grinst.

Ich lache, werde knallrot. »Sorry, ich weiß, danke …«

Er lacht auch. »Das Angebot steht jedenfalls.«

»Du bist ein Schatz.« Ich pule am Etikett meiner Sprite.

»Ah, bevor ich's vergesse: Am Donnerstag ist ein Konzert im Karlstorbahnhof, hast du Lust, mitzukommen?«

»Ich kann nicht«, sage ich und beobachte ihn aus dem Augenwinkel, während ich ein Stück Kuchen auf meine Gabel schiebe.

»Verplant?«, fragt er mit vollem Mund.

»Elias hat mich in die *Kamera* eingeladen.«

Bei Elias' Namen zieht Niklas die Augenbrauen zusammen. Nur für einen winzigen Moment, bevor sein Gesicht plötzlich völlig ausdruckslos aussieht. »Dann hast du also deine Antworten von ihm bekommen?« Er nimmt die Kaffeetasse und trinkt sie in einem Zug leer.

»Nein. Das lief alles anders als geplant. Elias wollte mich nach Hause bringen, aber dann war da ein Erinnerungsfetzen, und ich bin allein gegangen«, sage ich, nicht, weil ich glaube, dass

Niklas es wissen will, sondern eher, weil ich niemanden habe, mit dem ich sonst darüber reden könnte.

Er stützt sich auf den Tisch und sieht mich ganz ernst an. »Wie meinst du das: Erinnerungsfetzen?«

»Keine Ahnung, so was wie einen Flashback eben«, sage ich und bin froh, mir den Begriff gemerkt zu haben. »Also, ich hatte kurz das Gefühl, mich an jemanden zu erinnern.«

»Und Elias hat dich allein gehen lassen?« So, wie Niklas es sagt, klingt es wie ein Verbrechen.

»Ich *wollte* alleine sein.«

»Trotzdem, das geht gar nicht. Nicht, wenn du einen Flashback hattest!«

Ich lege die Hand auf seinen Arm, drücke zu, bis er mir in die Augen sieht. »Ich hab ihm aber keine Wahl gelassen.«

»Zoe, du hast keine Ahnung, wie gefährlich das ist.«

»Jetzt fängst du auch noch an wie meine Eltern!«

»Ich will nur nicht, dass dir was passiert, verstehst du? Das war verdammt verantwortungslos von ihm!« Er legt seine Hand auf meine, und mein ganzer Arm fängt an zu kribbeln.

Ich ziehe die Hand zurück, bereue es sofort und wische mir übers Gesicht, kapiere nicht, was mit mir los ist.

»Kann man von dem Beruhigungsmittel, das ich in den ersten Tagen bekommen habe, Krämpfe kriegen?«, frage ich, um ihn von gestern abzulenken.

»Wer sagt das?« Niklas lehnt sich zurück, mustert mich.

»Elias.«

Für endlose Sekunden sieht er mich an. Ich spüre die Distanz zwischen uns, genau da, wo eben noch Nähe war.

»Ihr scheint euch ja viel zu erzählen«, sagt er und kramt fünfzehn Euro aus seiner Tasche. »Ich muss dann los.«

Er klemmt die Scheine unter den Aschenbecher und steht auf. Einfach so. Als wäre er nicht der wichtigste Mensch in meinem Leben.

»Niklas!« Ich stelle mich ihm in den Weg.

Er sieht mich mit zusammengekniffenen Augen an. »Was ist?«

»Hab ich was Falsches gesagt?« Meine Stimme zittert, ich beiße mir auf die Lippe und könnte schon wieder losheulen.

»Mach dir keinen Kopf. Ich hab nur die Zeit aus den Augen verloren. Wir sehen uns, okay?« Er geht, ohne meine Antwort abzuwarten, und dreht sich nicht mehr um.

Ich bleibe stehen, warte, bis er am Kreisel ist. Warte, bis er hinter den Bäumen in dem kleinen Park auf der anderen Straßenseite verschwunden ist. Was ist los mit ihm? Er kann nicht eifersüchtig wegen Elias sein, oder? Ich verschränke die Arme vor der Brust und laufe die Straße in die andere Richtung davon. Halte es nicht aus, ziehe mein Handy aus der Tasche.

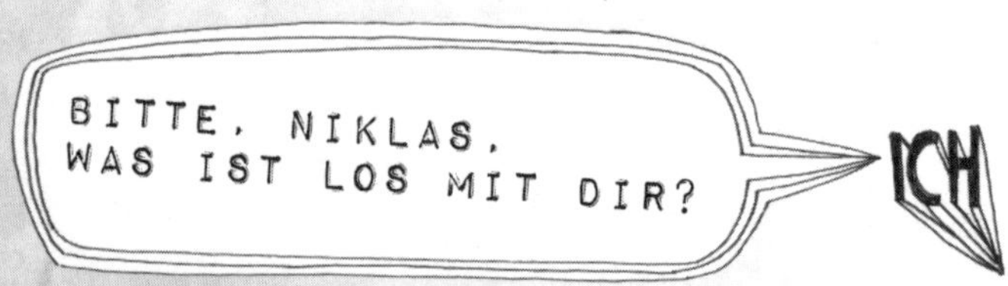

Ich würde ihm gern schreiben, wie viel er mir bedeutet, traue mich aber nicht. Nach dem Abschicken bleibe ich stehen, mitten auf dem Weg, halte das Handy in der Hand und weiß, ich werde nicht eher gehen, bevor ich nicht eine Antwort habe. Es dauert fast zwanzig Minuten.

Zwanzig Minuten, in denen Autoschlangen an mir vorbei-

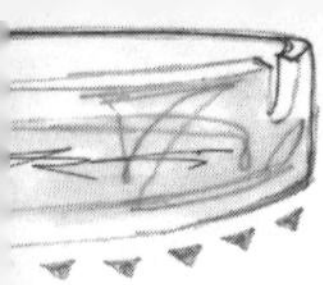

fahren und Fußgänger mir schräge Blicke zuwerfen, bis das Handy endlich vibriert.

Sehr witzig. Wie soll das denn gehen nach so einer Warnung?

Alles klar. Bin jedenfalls froh, dass du dich noch gemeldet hast, dachte schon, du bist echt sauer.

Ich

Quatsch, ich kann doch nicht sauer auf dich sein. Außerdem bin ich immer für dich da, ZOE, das weißt du.

Einen Moment lang drücke ich das Handy ganz fest, dann stecke ich es ein und laufe nach Hause.

Vor der Wohnungstür stehen Lars' Schuhe. Es ist noch nicht mal Mittag, was macht er hier?

»Hallo?«, rufe ich im Flur. Der Geruch von angebratenen Zwiebeln schlägt mir entgegen.

»Zoe?«, ruft Lars aus dem Wohnzimmer.

Ich gehe darauf zu, werfe im Vorbeigehen einen kurzen Blick in die Küche. Stefanie steht am Herd, sie sieht mich nicht.

In der Wohnzimmertür bleibe ich stehen. »Du bist hier?«

Ist es wegen gestern Nacht? Hat Stefanie ihm gesagt, er soll kommen, weil sie sonst ausrastet?

Lars sitzt am Esstisch, die Tageszeitung vor sich ausgebreitet. Er hebt den Kopf und lächelt mich an. »Ausnahmsweise. Ich habe eine Überraschung für dich, sie steht auf deinem Schreibtisch.«

Eine Überraschung? Ich schaue ihn einen Moment an, aber er sagt nichts mehr, lächelt nur geheimnisvoll.

»In zehn Minuten gibt es Essen«, ruft Stefanie aus der Küche.

Ich gehe zur Küchentür, denke wieder an Niklas. Mein Magen zieht sich zusammen. »Ich glaube, ich hab keinen Hunger …«

»Du musst doch was essen.« Stefanie dreht sich zu mir, in der einen Hand ein großes Messer, über der Schulter ein Geschirrtuch.

»Ich habe eben erst ein Stück Kuchen gegessen, tut mir leid, ich wusste nicht, dass du heute schon mittags kochst. Ich kann mich aber zu euch setzen, wenn ihr wollt.«

»Gut, ich ruf dich.« Das Küchenmesser in ihrer Hand zeigt genau auf mich.

Auf meinem Schreibtisch steht ein nagelneuer Laptop. Glänzend schwarz. Mit einer eingravierten Blume. Daneben ein Post-it von Lars. *Weil dein alter Laptop kaputtgegangen ist.*

Seit wann habe ich einen alten Laptop?

Ich streiche über den Deckel. Er fühlt sich rau an und gefällt mir richtig gut.

Der Gedanke hilft nicht, den Klumpen in meinem Bauch aufzulösen. Warum hat Stefanie behauptet, ich hätte nie einen Laptop gehabt? Und warum ist mein alter kaputt? Haben sie Angst, ich könnte darauf etwas finden, was ich nicht finden soll?

Ich setze mich aufs Bett. Äußerlich bin ich völlig ruhig. In mir fegt ein Sturm die Mauer entlang, reißt Steine raus, rüttelt an verschlossenen Türen, bricht Risse in das Holz. Ich habe keine Ahnung, wie lange die Mauer noch standhält oder was passiert, wenn sie einstürzt und alle Erinnerungen auf einmal über mich hereinbrechen. Ungefiltert.

Du musst dich erinnern.

Meine Finger tasten nach dem Skizzenbuch in der Umhängetasche. Allein der raue Einband macht, dass sie nicht mehr

zittern. Mit jedem Strich wird der Sturm schwächer, bis nur noch ein warmer Luftzug über mein Gesicht streicht.

Ein Fahrrad liegt im Gras, im Hintergrund Bäume. Vorne in der Mitte ich, ich renne, renne zu …

Die Zimmertür fliegt auf und der Stift rutscht über den Rand hinaus.

»Zoe, ich habe dich jetzt schon dreimal gerufen, was ist …« Stefanie bricht ab, starrt auf meine Hände.

Oder vielleicht auch auf das Skizzenbuch in meinen Händen. Der Bleistift fällt mir aus den Fingern und kommt auf der Bettdecke zum Liegen.

»Lars«, flüstert Stefanie, in ihrem Gesicht ist keine Farbe mehr. »Lars!« Diesmal brüllt sie.

Meine Finger krallen sich um das Skizzenbuch. Ich habe Angst. Angst vor dem Entsetzen in ihrer Stimme. Schwere Schritte rennen den Flur entlang. Lars stolpert in den Raum, erstarrt mitten in der Bewegung und sieht mich an.

Als würde seine Anwesenheit ihr Kraft geben, läuft Stefanie auf mich zu und versucht, mir das Skizzenbuch aus den Händen zu reißen. Ich drücke es, so fest ich kann, an mich.

»Gib mir sofort die Zeichnungen!« Stefanie schreit nicht, sie kreischt.

»Was ist damit?« Die Worte kommen viel zu leise über meine Lippen.

Sie hört mich nicht. »Gib das her! Wenn du noch mal zeichnest, fliegst du hier raus!« Sie bekommt das Buch zu fassen.

Ich klammere mich mit aller Kraft daran fest, aber sie zerrt es mir aus den Händen. Die Spiralbindung reibt über mein Kinn.

»Du wirst nie wieder zeichnen, hörst du?« Stefanie presst die Hand vor den Mund und läuft zur Tür.

Mit meinem Skizzenbuch.

Ich springe auf, will ihr hinterher. Lars packt mich und hält mich fest. Ich schlage mit den Fäusten auf ihn ein. Brülle. »Lass mich los! Das dürft ihr nicht! Ihr dürft mir nicht meine Bilder wegnehmen!« Die Stimme bricht mir weg, weil sich ein Schluchzen dazwischenstiehlt.

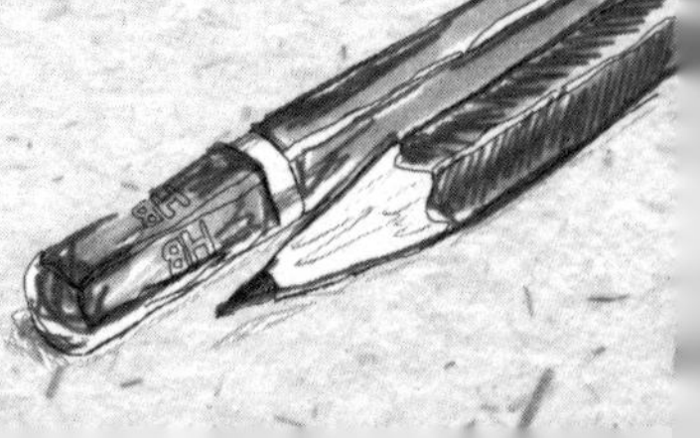

»Bleib ruhig, Zoe.« Lars presst meine Arme gegen meinen Körper.

Ich trete, weil ich nicht mehr schlagen kann, treffe ihn am Schienbein. Er lässt nicht los. Und Stefanie ist längst verschwunden. Ich schreie wie ein Tier, doch es hilft nichts. Je mehr ich schreie, umso enger ziehen sich Lars' Arme um meinen Brustkorb, bis ich keine Luft mehr zum Schreien habe.

»Zoe, beruhig dich.« Er klingt angestrengt, trotzdem hält er mich fest.

»Ihr wollt, dass ich mich nicht mehr erinnere! Warum soll ich mich nicht erinnern?«, brülle ich. »Was verheimlicht ihr vor mir? Was?«

Plötzlich lässt Lars mich los, und ich stolpere mit dem Kopf gegen die Wand.

Stefanie erscheint wieder im Türrahmen. Ohne das Skizzenbuch. »Ich wünschte, du *würdest* dich erinnern, dann würdest du begreifen, warum du nie wieder zeichnen sollst!«, sagt sie.

Wir starren uns an. Es gibt so viel, was ich sie fragen, so viel, was ich ihr an den Kopf werfen will. Und auch wieder nichts. Es gibt keine Worte auf der Welt, mit denen ich ausdrücken kann, was in mir vorgeht.

Lars baut sich vor mir auf, eine seltsame Sorge im Gesicht, die nicht mir gelten kann. »Versprich uns, dass du nicht mehr zeichnest, Zoe«, sagt er und klingt, als würde er mich bitten, nie wieder vom Dach unseres Hauses zu springen. »Du wirst eines Tages verstehen, warum. Vertrau mir.«

Das kann ich nicht. Ich kann ihm das nicht versprechen. Eher noch würde ich mich für immer in diesem Zimmer einsperren lassen. Ich sehe in seine dunklen Augen, suche nach einer Erklärung, finde nur diese Forderung und schüttle den Kopf. Eines Tages ist mir nicht genug.

»Gut, dann sage ich es anders: Das Zeichnen ist gefährlich – du darfst nicht mehr zeichnen, nie wieder.« Er sieht mich eindringlich an. »Bitte, Zoe, überleg es dir. Wir wollen dich nicht verlieren!«

»Okay«, flüstere ich und lasse offen, was genau okay ist. Okay, ich überlege es mir? Oder: Okay, ich werde nicht mehr zeichnen? Oder doch eher: Okay, dann habt ihr mich verloren?

»Du wirst sehen, es ist für alle das Beste«, sagt Lars, seine Augen flehen mich an. Er scheint wirklich Angst zu haben, mich zu verlieren.

Für einen Moment wünsche ich mir, er würde mich in den Arm nehmen. Aber dann denke ich wieder an das Skizzenbuch und will ihn nicht mehr sehen.

»Kommst du mit zum Essen?«, fragt er, schon an der Tür stehend.

»Ich möchte alleine sein.« Meine Stimme klingt fremd in meinen Ohren.

Lars nickt mir zu, geht zu Stefanie auf den Flur und schließt leise die Tür. Ich bleibe stehen, warte darauf, einen Schlüssel zu hören, bin sicher, sie sperren mich ein. Doch ich höre nur, wie ihre Schritte immer leiser werden, bis ganz hinten auf dem Flur eine Tür zuschlägt.

Wie eine Besessene durchwühle ich Schreibtisch und Schrank, finde kein Papier. Woher auch? Ich habe doch schon alles durchsucht. Und jetzt weiß ich, warum. Sie wollen mich nicht zeichnen lassen. Sie wollen nicht, dass ich mich erinnere.

Ich wünschte, du würdest dich endlich erinnern.

Bullshit.

Mein Blick fällt auf den Karton, in den der Laptop eingepackt war. Ich reiße ein Stück vom Deckel ab, taste über die Bettdecke, glaube eine furchtbare Sekunde lang, Stefanie hat auch meinen Bleistift mitgenommen, ehe meine Finger unter einer Falte gegen etwas Hartes stoßen. Von innen setze ich mich gegen die Tür. Gefühlte tausendmal kritzle ich den immer gleichen Satz auf den Karton. So lange, bis man ihn nicht mehr lesen kann, weil er sich wieder und wieder überschreibt.

Ich hasse sie!

Erst als ich nichts, wirklich nichts mehr fühle, höre ich auf. Spüre der Leere nach, die mir viel zu vertraut ist, und würde gern mit jemandem reden. Vielleicht mit der Person, die mit mir gelacht hat. Aber ich weiß nicht, wo ich sie finde.

Oder mit Niklas. Dem einzigen Menschen, der bisher immer für mich da war. Ich schreibe ihm eine Nachricht.

Er antwortet sofort.

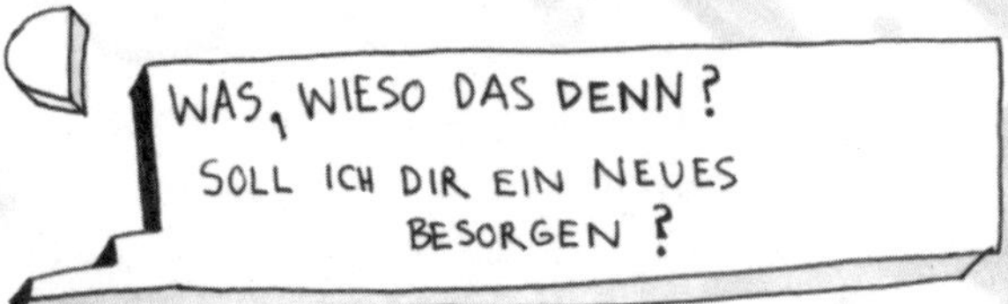

BAHNHOFSBUCHHANDLUNG. DU KANNST AUCH ZUM "IDEE" IN DER STADT. DA GIBT'S BESTIMMT DIE GRÖßERE AUSWAHL.

ICH **WILL** GENAU DAS WIEDER HABEN!

WAS WAR DENN LOS?

ERZÄHL ICH DIR, WENN WIR UNS SEHEN, OKAY?

Diesmal dauert es fast fünf Minuten, bevor er antwortet.

ICH MUSS GLEICH ZUR SCHICHT. LASS DEN KOPF NICHT HÄNGEN & PASS AUF DICH AUF.

Dann will er sich eben nicht mit mir treffen. Ich schiebe das Handy zurück in meine Umhängetasche. Zusammen mit dem

Karton. Lars und Stefanie dürfen ihn auf keinen Fall in die Finger bekommen. Morgen gehe ich zum Bahnhof und kaufe ein neues Skizzenbuch. Ich lasse es mir nicht verbieten!

Am Abend liege ich lange genug wach, um Lars und Stefanie im Bett diskutieren zu hören. Zu leise, als dass ich sie durch die Wand verstehen könnte. Ich schleiche mich auf den Flur und lausche an der Tür.

»Wir müssen eine Lösung … Sie kann …«

»Stefanie! Sie ist …«

»Vielleicht können … sie …?«

»Was … das? In ein paar … sie achtzehn …«

»Was wenn wir … ein Zimmer … Verantwortung …?«

»Willst … Zoe … verlieren?«

Sie schweigt einen Moment. Die nächsten Worte kommen lauter über ihre Lippen als der Rest. »Das ist nicht Zoe … zerstört.«

Er sagt nichts mehr. Ich will mich wegdrehen, als sie plötzlich weiterspricht. »… alles unsere Schuld. Wir hätten nicht …« Sie bricht ab, schluchzt.

»Wir konnten … nicht …« Er diesmal.

Ich höre nur noch ihr Schluchzen, unterbrochen von seinen Worten, die sie beruhigen sollen und es doch nicht schaffen.

Meine Füße kühlen auf dem Holzboden aus. Vom Wohnzimmer kommt ein Windhauch, jemand hat die Verandatür gekippt gelassen. Ich bleibe auf dem Flur stehen, bis auch meine Beine eiskalt sind.

Das ist nicht Zoe.

Der Satz geht mir nicht mehr aus dem Kopf, ich kann nicht

schlafen, hole den restlichen Karton vom Schreibtisch und zeichne mich. Immer wieder. Wie ich in einen leeren Spiegel sehe. Und mein Gesicht, in zwei Hälften geteilt. Eine helle, die weint, und eine dunkle, die lacht.

Das Zeichnen hilft mir nicht. Es macht die Angst größer. Die Angst davor, wer ich bin.

Wer immer du bist

TAG 11

nach dem Tag, an dem ich mein Gedächtnis verloren habe.

Am Mittwoch gehe ich früh aus dem Haus. Den ganzen Tag treibe ich mich in der Stadt herum, beobachte Leute in meinem Alter, die auf meiner Schule sein könnten, suche immer wieder Blickkontakt.

Kennen wir uns?, strahlt aus ihren Augen, und ich weiß: Wir kennen uns nicht.

Bevor ich nach Hause gehe, verstecke ich das neue Skizzenbuch in einem Seitenfach meiner Tasche. Nur für den Fall. Ich will hier weg. Ob ich Niklas fragen soll? Aber ein paar Tage sind nicht genug. Und irgendetwas stimmt nicht. Egal, was er behauptet, er ist sauer auf mich.

Im Hausflur begegnet mir Stefanie, sie kommt in dem Moment aus unserer Wohnung, in dem ich unten die Tür aufstoße. »Du bist schon zurück?« Das Lächeln auf ihren Lippen ist dünn.

Schon? Es ist fast fünf, ich war den ganzen Tag unterwegs. Wahrscheinlich wäre es ihr lieber, ich würde überhaupt nicht mehr kommen.

»Ich wollte nicht, dass du dir Sorgen machst«, sage ich, drücke die Tasche an mich und zupfe an der aufgenähten Drei herum.

Sie lächelt stärker. »Geh ruhig schon mal rein, ich bin gleich zurück.«

»Wo willst du hin?«

»Ich sehe nur schnell nach Bettinas Post und gieße ihre Blumen.«

»Soll ich dir helfen?«, frage ich, halb, weil es sich beschissen anfühlt, hier zu wohnen und mit ihr zu streiten, halb, weil ich neugierig auf die Wohnung bin.

Für einen Moment fällt das Lächeln aus Stefanies Gesicht. Sie schüttelt den Kopf und verzieht ihren Mund zu etwas, das mehr an das routinierte Krankenhauslächeln der Fuchs erinnert als an ein wirkliches.

»Danke, das ist lieb. Aber es sind sowieso nicht viele Blumen, und Bettina ist es nicht so recht, wenn Fremde in der Wohnung sind.«

Habe ich nicht die letzten Monate hier gewohnt? Da kann ich doch keine Fremde sein!

»Geh ruhig vor, ich brauch nicht lange, ja?«, sagt Stefanie, nachdem ich keine Anstalten mache, unsere Wohnung zu betreten.

Sie bleibt stehen, wartet. Erst als ich unsere Tür hinter mir zugezogen habe, höre ich, wie sie das Schloss der Nachbarwohnung aufschließt.

Abends vor dem Schlafengehen schalte ich zum ersten Mal den Laptop an. Ich richte mir eine neue E-Mail-Adresse ein, registriere mich unter *Zoe Ohne* auf Facebook und suche nach Zoe Mendel. Es gibt einen Treffer, kein Foto als Profilbild. Nur einen dummen Spruch auf schwarzem Hintergrund: *What you see is what you get.*

Als Titelbild habe ich, ganz originell, meine Augen genommen, nur die Augen, ohne Haaransatz, ohne Nase. Ich klicke zu den Freunden, sie sind verborgen. So ein Mist! Auch keine alten Profilbilder, nichts für die Öffentlichkeit. Nur Fernsehserien, Bands und Bücher sind noch angegeben. Von den Büchern liegen die Graphic Novels in der Schreibtischschublade, und von den Bands ist ein Bruchteil der Musik auf meinem Handy. Nichts davon hilft mir weiter. Nur eines sticht heraus: Die englischsprachigen Bücher und Filme sind alle im Original, und unter den Serien finde ich eine, die mich sofort neugierig macht. *Doctor Horrible's Sing-Along Blog*. Ich suche im Netz danach und verliebe mich in die Story. Seltsam, ich kann mich nur an Fetzen meiner Vergangenheit erinnern, aber Englisch habe ich nicht vergessen, genauso wenig wie das Zeichnen. Warum ist das mit dem Klavierspielen anders? Ich habe es nur einmal probiert, meine Finger auf die Tasten gelegt und gehofft, sie wissen, was sie zu tun haben. Und konnte noch nicht mal die Melodie aus meinem Kopf rekonstruieren.

Das ist sinnlos, das Profil sagt überhaupt nichts über mich. Ich will die Seite schließen, da bleibt mein Blick auf dem Feld *Geht hier zur Schule* hängen.

E.T.A. Hoffmann-Gymnasium, Bamberg.

Bamberg? Was soll das denn? Wir leben in Heidelberg. Verdammt! Habe ich echt keinen FB-Account? Ach nein, Moment! Lars hat mir doch gesagt, wo wir gewohnt haben. War das Bamberg? Bamberg, ja genau!

Zu den Leuten an deiner neuen Schule hast du noch keinen Draht gefunden.

Da macht es vielleicht Sinn, wenn ich die alte Schule in meinem Profil stehen gelassen habe, oder?

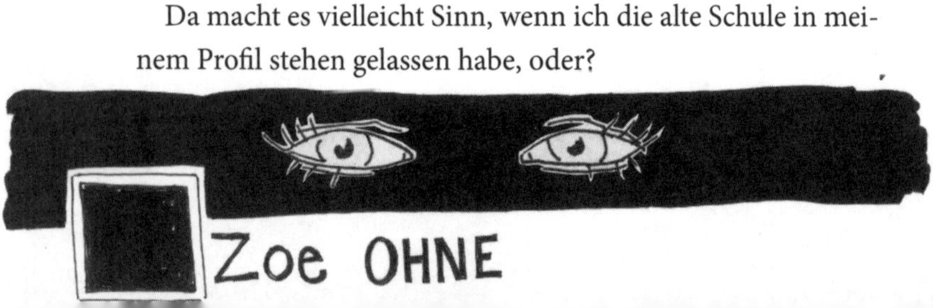

Zu deinen alten Freunden hattest du in den letzten Monaten keinen Kontakt mehr.

Ich schaue noch einmal das Titelbild an. Das sind doch meine Augen? Tiefblau, es müssen meine sein. Ewig sehe ich in diese Augen, bis mir die braunen Sprenkel um die Pupille auffallen. Es sind nicht viele, vielleicht drei oder vier. Ich habe keine Sprenkel in meinen Augen. Um sicherzugehen, laufe ich ins Bad, schalte das Licht an und beuge mich zum Spiegel. Keine Sprenkel. Dann ist es vielleicht doch nicht mein Account?

Es ist zwecklos! Ich klappe den Laptop zu.

Im Bett gehen mir die fremden Augen nicht mehr aus dem Kopf. Sie könnten fast meine sein, und sie sehen mich an, als wollten sie mir etwas sagen. Aber ich kapiere nicht, was, und erst als das Licht grauer wird und die Schatten der Nacht langsam vertreibt, schlafe ich ein.

Tag 12

nach dem Tag, an dem ich mein Gedächtnis verloren habe.

»Ich treffe mich heute Abend mit Elias, dem Typ aus dem Krankenhaus, du weißt schon. Wir gehen ins Kino«, sage ich beim Frühstück zu Stefanie.

Sie hält einen Moment inne, sieht mich an, nickt. »Ist gut. Bis zwölf Uhr bist du wieder zu Hause.« Mehr hat sie dazu nicht zu sagen.

Den ganzen Tag treibe ich mich in der Stadt herum, völlig ziellos. Das Augenpaar mit den braunen Sprenkeln verfolgt mich. In jedem Gesicht glaube ich es zu sehen.

Niklas hat sich nicht mehr gemeldet. Ich habe ihm auch nicht geschrieben. Nicht, weil ich ihn nicht sehen will. Es fühlt sich nur so an, als ob *er mich* nicht mehr sehen will, und ich begreife immer noch nicht ganz, warum. Er ist der einzige Freund, den ich habe.

Abends, bevor ich gehe, drückt Lars mir einen kleinen Schlüssel mit schwarzem Griff in die Hand.

»Was ist das?« Ich drehe den Schlüssel zwischen den Fingern.

»Für dein Fahrrad«, antwortet er. »Komm, ich zeig es dir.«

Ich folge ihm zu den Fahrradständern vor der Haustür. Dort steht es, ein türkises Citybike, als hätte es die ganze Zeit hier auf mich gewartet.

»Danke«, murmle ich und streiche über den schwarzen Sattel. Mein Fahrrad.

»Keine Ursache.« Ein schwaches Lächeln legt sich auf Lars' Lippen.

Für einen Moment sehe ich in das Braun seiner Augen und kann sie hören, die Worte, die er nicht ausspricht. *Mehr kann ich nicht für dich tun.*

Ich nicke, schwinge mich auf das Rad und fahre, so schnell ich kann. Weg von seinen Augen, weg von den ungesagten Worten. Warum nicht, Lars?, würde ich gerne fragen und weiß, ich werde es niemals aussprechen.

Die Häuser werfen lange Schatten auf die Straße, ich fröstle vom Fahrtwind. Erst auf der Brücke blendet mich die Sonne von der Seite, und mir wird wieder wärmer. Völlig außer Atem komme ich beim Kino an. Ich bin zehn Minuten zu früh, sehe Elias in dem Moment, in dem ich das Rad absperren will. Unsere Blicke treffen sich, und er strahlt mich an, genau wie beim letzten Mal. Sein Lachen löst ein Kribbeln in meinem Bauch aus, ich wische mir eine Haarsträhne aus dem Gesicht und versuche, nicht daran zu denken, wie peinlich ich mich bei unserem letzten Treffen aufgeführt habe.

»Hey, Zoe, wie geht's?« Elias bleibt vor mir stehen, das Fahrrad habe ich immer noch nicht abgesperrt.

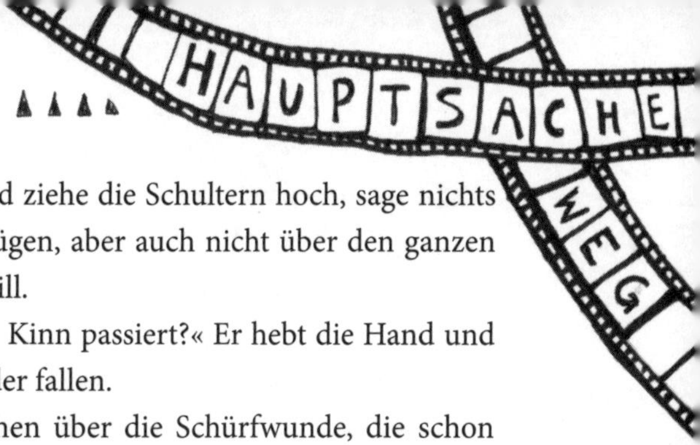

»Hey.« Ich lächle und ziehe die Schultern hoch, sage nichts weiter, weil ich nicht lügen, aber auch nicht über den ganzen Mist zu Hause reden will.

»Was ist mit deinem Kinn passiert?« Er hebt die Hand und lässt sie fast sofort wieder fallen.

Meine Finger streichen über die Schürfwunde, die schon nicht mehr richtig wehtut. »Lange Geschichte, zu lang, um sie jetzt zu erzählen«, sage ich.

Elias legt den Kopf schief, sieht mich an. »Ich habe Zeit.«

Meint er das ernst? »Na ja, ich glaube, fünfzehn Minuten reichen nicht aus. Sollen wir die Karten kaufen?« Ich schaue durch den breiten Eingang des zwischen zwei Häusern eingepferchten weißen Gebäudes. An der Kasse steht fast kein Mensch.

»Willst du nicht erst mal wissen, in welchen Film wir gehen?«

»Weiß ich doch längst, hab auf der Homepage nachgesehen.«

Er grinst, zieht die Augenbrauen hoch, und ich muss lachen.

»Also, sollen wir?«, frage ich, nachdem ich mich wieder beruhigt habe. Ich habe keine Lust auf den Film, aber alles ist besser, als in meinem Zimmer zu sitzen, die Wand anzustarren und darauf zu warten, dass etwas passiert.

Elias läuft einen Schritt an mir vorbei. »Lass uns zum Neckar gehen.«

»Was? Machst du Witze?«

»Sei ehrlich, der Film interessiert dich doch nicht, oder? Und du siehst aus, als bräuchtest du jemanden zum Reden. Los, komm.«

»Hattest du je vor, mit mir in den Film zu gehen?«

Er grinst immer noch und zuckt mit den Schultern. »Was sonst?«

Ja, was sonst? Elias geht los, ich nehme mein Fahrrad und hole zu ihm auf. Zum Neckar sind es nur ein paar hundert Meter, es ist total warm, und die Neckarwiese ist bevölkert. Viele haben sich Decken mitgebracht, sitzen zusammen und hören Musik oder quatschen. Zwischen den Gruppen steigen Rauchwolken auf. In der Nähe der Brücke spielt ein Trupp laut grölend Fußball, weiter hinten jonglieren welche mit Bällen, und ich sehe mindestens vier Leute, die sich an Diabolokunststücken versuchen. Der Geruch von Holzkohle und gegrillten Würstchen liegt in der Luft. Wir schlendern oberhalb der Wiesen entlang, unsere Schritte knirschen auf dem Kiesweg. Elias sieht immer wieder zu mir, bleibt aber still. Mir wäre lieber, er würde etwas sagen, dann wüsste ich wenigstens, was er denkt.

Mein Blick streift das Flussufer. »Hier hast du mich irgendwo gefunden, oder?«

Er bleibt stehen, sieht den Weg entlang. »Nein, das war ein ganzes Stück weiter unten.«

Ich nicke, schaue auf das Wasser. »Manchmal frage ich mich, wie ich vorher war, bevor ich alles vergessen habe.«

Im Augenwinkel sehe ich, wie er mein Gesicht mustert, und wieder ist da dieses Gefühl, er sucht nach etwas. Etwas, das er nicht findet.

»Wollen wir uns da vorne hinsetzen?«, fragt er plötzlich und führt mich zu einer Stelle, von der aus wir durch das Schilf den Fluss und die andere Seite sehen können, abseits vom Trubel.

Ich lege mein Fahrrad ins Gras, und wir setzen uns gegenüber voneinander hin. Der Boden ist noch warm von der Augustsonne. Von hier aus habe ich sowohl den Weg als auch den

Fluss im Blick und kann ein Mädchen beobachten, das ein paar Meter hinter Elias versucht, einen Plastikteller auf einem Holzstab zu drehen.

»Was denkst du denn, wie du gewesen bist?« Seine Frage kommt total unvermittelt, und ich weiß nicht, was ich darauf antworten soll.

Ich sehe in seine Augen, in denen sich das Abendlicht spiegelt. »Was glaubst du?«, frage ich endlich.

Sein Blick fühlt sich an, als könne er hinter die schwarze Mauer sehen, als könne er durch die Türen *mich* sehen, so, wie ich bin, so, wie ich immer war. Ich möchte die Hand ausstrecken und ihn berühren. Habe das verrückte Gefühl, mir dadurch selbst näher zu kommen.

»Ich glaube, du hattest einen Traum, für den du gelebt hast.«

»Ja? Was für einen Traum?«

Er schüttelt den Kopf, schaut zum Wasser, und auf einmal sieht er traurig aus. »Keine Ahnung. Irgendein Hobby. Du wirkst wie eine, die für das, was sie tut, brennt.«

»Und ich dachte schon, du kannst mir weiterhelfen.« Ich denke an die Skizzen und folge seinem Blick.

Ein Boot mit vier Ruderern fährt an uns vorbei, vor ihm ein kleineres mit einem Typen, der sie über ein Megafon anschreit.

»Weißt du, wie es sich anfühlt?«, frage ich und bin mir nicht sicher, ob ich mit Elias oder mit mir selbst spreche. Er schüttelt den Kopf, und ich rede weiter. »Als wären all die Momente, die wichtig waren, all die Erinnerungen, die mich ausgemacht haben, mit dem Fluss davongetrieben.« Ich mache eine Pause, sehe zu ihm, er hat mir das Gesicht zugewandt. »Wenn sie erst mal im Meer untergehen, kann sie niemand jemals wiederfinden.«

Wir schweigen. Ich schaue wieder zum Fluss. Am Ufer sitzen zwei Enten und putzen ihr Gefieder.

»Meinst du, wir sind mehr als die Summe unserer Erinnerungen?«, frage ich.

»Das kommt drauf an«, antwortet er, seine Stimme klingt seltsam belegt.

»Worauf?« Ich reibe meine Arme. Jetzt, wo die Sonne nicht mehr oben am Himmel steht, wird es langsam kühler.

»Wenn dein Gehirn gesund ist, bleibst du der gleiche Mensch, dann ist der Kern deiner Persönlichkeit nicht angegriffen. Nur wenn das Gehirn abbaut, gehst du Stück für Stück verloren.« Seine Stimme wird mit jedem Wort leiser.

»Hast du so was schon mal erlebt? Wie jemand sich selbst nach und nach verliert?«

Er nickt. Ich warte, doch er sagt nichts weiter, sieht einfach zu den Enten.

»Tut mir leid«, sage ich.

»Muss dir nicht leidtun. Dein Gehirn ist jedenfalls in Ordnung. Du machst neue Erfahrungen, auf denen du aufbauen kannst. Und eines Tages wirst du dich erinnern.«

Eines Tages. Er sagt es, als wäre es die selbstverständlichste Sache der Welt.

Vielleicht ist es das. Vielleicht bin ich mehr als die Summe meiner Erinnerungen. Vielleicht werde ich eines Tages tatsächlich wieder wissen, wer ich bin. Und wenn nicht …

Ja, was, wenn nicht?

Ich stelle die Beine auf, lege den Kopf auf meine Knie und sehe Elias an. Wenn nicht, kann ich es nicht ändern, oder? Ich muss versuchen, zu leben, weiterzumachen, auch wenn ich nicht weiß, wo ich anknüpfen soll.

»Woran hast du dich am Montag erinnert?«

Die Frage holt mit einem Schlag das Lachen wieder hinter der Mauer hervor. Ich drücke die Stirn gegen die Knie und schaue auf das Gras zwischen meinen Beinen. Elias rutscht neben mich und berührt meinen Rücken, ich schließe die Augen.

»Ich hätte nicht fragen sollen, oder?«, flüstert er.

»Weiß nicht, ich kann dir halt nicht antworten, weil es nichts Wirkliches war, nur ein Gefühl. Ein Gefühl, dass es jemanden gibt, der mir sehr viel bedeutet hat.«

Der Druck seiner Hand wird stärker. Ich hole Luft und richte mich wieder auf. Sofort nimmt er die Hand weg. Mein Blick wandert über sein Gesicht, aber er weicht ihm aus.

»Warum schaust du mich immer wieder so an?«, frage ich.

»Wie schau ich dich denn an?«

»So, als ob du in meinem Gesicht nach etwas suchst.«

Einen Moment hält er meinen Blick, bevor er auf den Boden sieht, einen Grashalm ausrupft und ihn zwischen den Fingern dreht. »Das klingt jetzt blöd …«

»Macht nichts, blöde Sachen bin ich gerade gewohnt.« Ich zucke mit den Schultern und lasse ihn nicht aus den Augen.

»Also gut … Seit ich dir das erste Mal begegnet bin, habe ich das Gefühl, dich zu kennen.« Er sieht auf. »Aber wir haben uns vorher noch nie getroffen.«

»Okay, das klingt echt blöd. Trotzdem, ich würde dir vielleicht glauben. Nur weiß ich nicht, was ich dir überhaupt noch glauben soll.« Ich sehe den Schreck in seinen Augen, den er mit einem halben Lächeln zu überspielen versucht.

»Warum denkst du, ich lüge dich an?«

»Zum Beispiel, weil man von dem Beruhigungsmittel keine Krämpfe bekommt.«

»Wer sagt das?«

Ich zögere einen Moment, antworte ihm dann doch. »Niklas.«

Er seufzt. »Stimmt. Aber wenn ich dir die Wahrheit gesagt hätte, hättest du mich für einen noch größeren Freak gehalten als so schon.«

»Und was *ist* die Wahrheit?«

Wieder weicht er meinem Blick aus, schaut auf das vorbeifließende Wasser und zupft den Grashalm in kleine Stücke. »Du bist mir nicht mehr aus dem Kopf gegangen. Aber Professor Dr. Fuchs hat mir verboten, mit dir zu sprechen. Sie meinte, das verkompliziert alles. Deshalb bin ich dir ausgewichen. Und …«

»Und?«

Er dreht den Kopf und sieht mich an. Seine regenwolkengrauen Augen glänzen. »Ich wollte dich kennenlernen, wollte wissen, wer du bist. Aber ich war ja nur der Typ, der dich gefunden und in die Klinik gebracht hat.« Er schüttelt den Kopf. »War eine blöde Idee, mich an dein Bett zu setzen, während du geschlafen hast.«

Ich muss lächeln. Ja, es war blöd, auch wenn es irgendwie süß klingt. Was hat er sich davon versprochen? Und, nein, ich glaube ihm nicht. Doch es ist eine schöne Lüge.

Elias lächelt auch, nur ein ganz kleines bisschen, und wischt mit der Hand über sein Gesicht. Verlegensein steht ihm irgendwie. »Was ist das zwischen Niklas und dir?«

Ich will jetzt nicht an Niklas denken, der vor mir davonläuft, tut, als hätte ich was falsch gemacht. »Niklas ist der einzige Mensch, dem ich vertraue«, sage ich trotzdem, meine es genau so und schaue zu den Häusern auf der anderen Seite.

»Wenn ich mich nicht benommen hätte wie ein Idiot, könntest du mir vielleicht auch vertrauen.« Er tut, als würde er zusehen, wie ein Hund die Enten ins Wasser jagt. Dabei beobachtet er mich aus dem Augenwinkel.

Glaub ihm nicht alles, was er sagt.

Wenn ich ihm aber glauben will? Vielleicht gehört das zu mir? Alles auf eine Karte? Alles oder nichts. Ich berühre Elias an der Schulter, sofort sieht er mich an. »Vielleicht mag ich Idioten«, sage ich und lächle.

Er lacht. »Ich hoffe nicht!«

Meine Hand liegt noch immer auf seiner Schulter.

Alles oder nichts.

Ich berühre sein Gesicht, streiche die Nase hinunter, lege meinen Finger für einen Moment auf seine Lippen, fahre über die Bartstoppeln den Kiefer entlang und verfange mich in seinen Haaren. Wir sehen uns in die Augen, und ich spüre die Anspannung, die von ihm ausgeht, sich auf mich überträgt, sehe die Frage in seinem Blick, lächle wieder. Ziehe seinen Kopf zu mir, komme ihm ein Stück entgegen, halte inne, suche in seinen Augen nach einer Antwort, finde ein Zögern. Ich weiß nicht, ob er es ist oder ich, der den letzten Schritt macht, oder ob wir es beide sind. Meine Lippen berühren seine, ich spüre nur noch diese eine Berührung, fühle, wie sie mich nach und nach ausfüllt. Seine Hand fährt durch meine Haare, und ich halte seine Haare zwischen den Fingern.

Nichts. Und alles.

Der Kuss ist wie ein Versprechen, das endlich eingelöst wird, ich möchte ihn nie zu Ende gehen lassen. Elias berührt mit den Lippen mein Ohr. »Ich bin so froh, dass ich dich gefunden habe«, flüstert er, es kitzelt zu sehr, ich schiebe ihn weg und küsse ihn wieder.

Was denn?

Er streicht über meine Wange. Es fühlt sich an, als würde meine Haut unter seiner Berührung anfangen zu vibrieren. Ich spüre es wie eine Welle durch meinen ganzen Körper fließen, und für einen Moment muss ich die Luft anhalten.

Kurz öffne ich die Augen, will sie sofort wieder schließen, aber eine Bewegung hinter Elias' Schulter zieht meine Aufmerksamkeit auf sich. Jemand läuft die Wiese entlang, genau auf uns zu. Die braunen Haare fallen lässig auf eine Seite, die Hände stecken hinten in den Taschen der Jeans, was die breiten Schultern betont. Ich löse meine Lippen von Elias, den Blick gefangen von dem Typen.

»Was ist?«, fragt Elias.

Ich antworte ihm nicht, hebe nur die Hand und schüttle den Kopf. »Niklas?«, flüstere ich.

Niklas bleibt drei Schritte hinter Elias stehen. Elias fährt herum, und für einen Augenblick sehen sie sich an. Niklas' Gesicht ist angespannt. Elias kommt mir einen halben Kopf größer vor als eben, obwohl er immer noch neben mir sitzt.

Niklas nickt ihm zu, sieht zu mir und lächelt. »Hi, Zoe. Alles klar?«

Er wirkt fast so, als hätten wir uns hier verabredet.

»Hallo.« Ich werde rot, kratze meine Wange, will seinen Blick halten und schaffe es nicht.

Habe das blöde Gefühl, ihn verraten zu haben. Was macht er hier? Wollte er nicht zu einem Konzert? In mir brodelt es, und mein Magen rebelliert.

Elias stemmt sich hoch, baut sich vor Niklas auf. »Was willst du?«

Niklas mustert ihn. »Sicherstellen, dass Zoe gut nach Hause kommt.«

Weiß sie es?

Weiß sie es?

»Darum werde ich mich schon kümmern.«

Ich atme ein und merke, wie schwer die Luft um uns herum geworden ist.

»Ach ja? Das hat das letzte Mal schon so gut geklappt, oder?« Niklas lacht.

»Warum mischst du dich ein?«, fragt Elias, er dreht sich zu mir, und sein Blick schneidet mir ins Herz.

Das ist total mies, warum fängt Niklas damit an? Es klingt, als hätte ich mich bei ihm beschwert. Ich stehe auf, doch bevor ich etwas sagen kann, spricht Niklas. »Weil mir was an ihr liegt und ich nicht will, dass ihr etwas passiert.« Er verschränkt die Arme, mustert Elias. »Weiß sie es? Hast du's ihr gesagt?«

Kälte legt sich wie eine große, schwere Hand in meinen Nacken, wandert über meine Schulter, die Arme entlang, in meinen Bauch, hinunter zu den Füßen. Bis ich mich fühle wie in Eis gegossen.

»Das geht dich nichts an!« Elias sieht aus, als würde er jeden Moment auf Niklas losgehen.

Das Eis um mich zerspringt. Schlagartig wird mir heiß, ich höre sie streiten. Es geht hier doch längst nicht mehr um mich!

Weiß sie es?

Ich stelle mich zwischen Niklas und Elias. »Hört auf!«

Sie reagieren nicht, sie haben mich völlig vergessen.

»Ich bringe sie nach Hause, bevor du sie wieder im Stich lässt«, sagt Niklas.

»Das kannst du vergessen! *Ich* bin mit ihr unterwegs, und *ich* werde sie auch nach Hause bringen.«

Niklas will antworten, aber ich bin schneller und schreie sie an.

Was denn?

»Sagt mal, habt ihr sie noch alle? Ich bin doch kein Hund, den man spazieren führt!«

»Zoe«, sagen sie fast gleichzeitig.

»Nichts Zoe! Ich gehe allein zurück, und zwar jetzt!« Noch ein Wort, und ich fange an zu heulen. Schnell hebe ich mein Fahrrad auf und dränge mich an ihnen vorbei, ohne sie noch einmal anzusehen.

»Warte!« Elias läuft hinter mir her, fasst mich am Arm.

Ich bleibe stehen, er verschwimmt hinter einem Tränenschleier. »Lass mich. Ich will grad echt keinen von euch sehen«, sage ich und schüttle seine Hand ab.

Er lässt mich gehen, genau wie Niklas. Ich setze mich aufs Rad, sehe nicht mehr zurück und fahre, so schnell ich kann. Will weg von allem, dem Streit, dem Kuss, der Frage. Und nehme doch alles mit.

Zu Hause spuken die Gedanken weiter durch meinen Kopf. Noch immer spüre ich Elias' Lippen auf meinen, fühle das weiche Haar zwischen den Fingern, und mein ganzes Gesicht kribbelt dort, wo er mich berührt hat. Dazwischen blitzt Niklas auf, seine Augen, die mich ansehen, halb traurig, halb wütend, und ich fühle mich schlecht. Wir sind Freunde, verdammt!

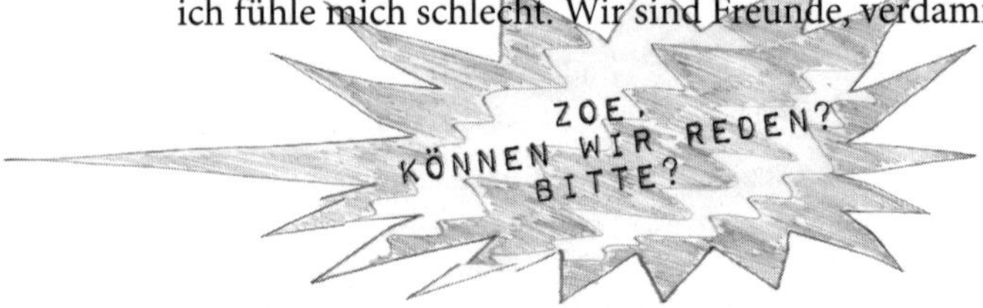

Elias. Vergiss es! Was gibt es denn noch zu reden? Andererseits … wenn Niklas nicht aufgetaucht wäre, hätte Elias sich vielleicht nie so blöd benommen. Ich starre auf das Display, weiß nicht, ob oder was ich ihm antworten soll. Keine Ahnung, was ich noch von ihm will.

Bloß nicht mehr daran denken! Ich hole Skizzenbuch und Stift aus der Tasche. Es ist besser zu zeichnen, als weiter über

Niklas oder Elias zu grübeln. Ich spüre es in mir, das Bild, kann es nicht greifen, konzentriere mich auf den Frust, die Wut, die Enttäuschung und versuche, alles in die Bewegungen, mit denen ich den Stift führe, einfließen zu lassen. Bis der Knoten platzt. Mit schnellen Strichen zeichne ich schließlich mich, gefesselt auf einem Stuhl. Im Schatten steht jemand, ich sehe nur den Rücken. Das Auffälligste an dem Bild ist der Teppich, er hat ein seltsames Muster und ist alt. Uralt.

Wo soll das sein? Ich sehe von den Fesseln zu der Angst, die in meinen Augen liegt. Zeigt das Bild, was mir passiert ist?

Ich reibe mir die Handgelenke, versuche, das Kribbeln in meinem Bauch zu unterdrücken.

Pass auf dich auf. Du spielst mit dem Feuer.

Mein Handy blinkt. Niklas.

Nicht ganz nach Plan trifft es nicht wirklich. Ich schiebe das Handy in meine Tasche, er kann mich mal!

Ein Klackern an der Scheibe lässt mich aufsehen. Mittlerweile ist es schon fast dunkel. Es klackert gleich noch mal. Ich stehe auf und lösche das Licht. Den Schemen im Garten kann ich deutlich erkennen. Er steht genau unter meinem Fenster, hat ein helles Shirt und eine dunkle Hose an. Ich öffne das Fenster. »Was willst du?«, frage ich und bemühe mich, leise zu sprechen. Ich habe keine Lust, Stefanie oder Lars aufzuschrecken. Die haben sich sowieso schon gewundert, warum ich so früh aus dem Kino zurück bin. Die sollen ruhig weiter im Wohnzimmer ihren Film ansehen.

»Zoe, können wir bitte reden?« Elias' Stimme klingt irgendwie flehentlich.

Wahrscheinlich bilde ich es mir ein, weil ich mir wünsche, er hätte Angst, mich zu verlieren, wenigstens ein bisschen. Es ist zu dunkel, um sein Gesicht zu sehen. Wenn ich jetzt Nein sage und er nicht geht, werden Stefanie und Lars vielleicht doch noch aufmerksam. »Okay. Ich komm raus.«

Ich schließe das Fenster, schnappe meinen Schlüssel. Es ist kurz nach zehn, ich hätte bis zwölf wegbleiben dürfen, Stefanie und Lars werden schon nichts dagegen haben, wenn ich nochmal gehe.

Trotzdem schaue ich kurz ins Wohnzimmer. »Ich bin noch mal für eine halbe Stunde weg.«

Sie sehen mich mit großen Augen an, verbieten es aber nicht.

Elias wartet schon an der Haustür auf mich. »Hey. Es tut mir leid, wirklich«, sagt er und kommt einen Schritt auf mich zu.

Bevor er mich in den Arm nehmen kann, schiebe ich mich an ihm vorbei. »Nicht hier, lass uns ein Stück gehen.«

Wir laufen unter den gelb leuchtenden Laternen die Straße entlang, er ist dicht neben mir. Mehrmals glaube ich, er will den Arm um mich legen, doch er lässt es bleiben. Ich bin gleichzeitig froh und traurig darüber, verstehe mich selbst nicht, und das macht mich noch wütender. An der nächsten Straßenecke bleibe ich direkt unter einer Laterne stehen, will sein Gesicht sehen. »Was tut dir leid?«

»Die Szene vorhin am Fluss. Ich meine … ach verflucht! Wir haben uns aufgeführt wie die letzten Idioten …« Er steht genau vor mir, wir sehen uns an, und ich wünschte, er würde mich in den Arm nehmen und so tun, als ob Niklas nie aufgetaucht wäre.

Als hätte er meine Gedanken erraten, legt er die Arme um mich, zieht mich zu sich. Ich lehne die Stirn gegen seine Schulter, atme seinen Geruch ein und muss wieder an den Cocktail denken und daran, wie er mich nach Hause begleiten wollte. Moment, er hat mich aber nicht nach Hause begleitet – woher weiß er …?

Ich lehne mich zurück, sehe ihm in die Augen. »Woher weißt du, wo mein Zimmer ist?«

Er zögert, ehe sich ein Lächeln auf seine Lippen legt. »Na, deine Adresse kannte ich ja. Ich schätze, ich hatte einfach Glück. So viel Auswahl gab's ja nicht.« Er lehnt seine Stirn gegen meine.

Glaub ihm nicht alles, was er sagt.

»Was hat Niklas gemeint?«, frage ich ihn.

»Womit?« Er lässt mich los, zieht die Augenbrauen zusammen.

»Was hättest du mir sagen sollen?«

Er sieht kurz auf den Boden, seufzt, schaut mich wieder an. Mit dem Ausdruck eines kleinen Hundes, der etwas angestellt hat und nicht ausgeschimpft werden will. »Ich weiß es nicht.«

Ich denke an seine Stimme, wie bestimmt er Niklas angeschnauzt hat. *Das geht dich nichts an!* Und ich bin sicher, er lügt.

Ich gehe einen Schritt zurück, sehe in seine Augen, die aussehen wie immer und trotzdem nicht zu dem Elias gehören, mit dem ich einen Cocktail getrunken und den ich vor nicht mal zwei Stunden geküsst habe.

Gewitterwolkenschwarz.

Vielleicht ist es nur das Licht der Straßenlaterne.

Ich suche nach dem Elias, dem ich vertraut habe. Dem Elias, der mir erzählt hat, er sei so froh, mich gefunden zu haben. Dem Elias, in den ich mich fast verliebt hätte. Aber ich bin mir nicht sicher, ob es diesen Elias je gab.

»Zoe …« Er streckt die Hand nach mir aus.

»Du lügst«, flüstere ich, drehe mich um und renne davon.

»Zoe!«

Ich höre ihn rufen, glaube, er läuft ein Stück hinter mir her. Vielleicht auch nicht, vielleicht wünsche ich es mir nur. Ich renne. Bis zu unserer Haustür. Schaue zurück und hoffe, ihn zu sehen, hoffe, er hat mich nicht aufgegeben. Er soll mich in den Arm nehmen und mir erklären, dass alles nur ein Missverständnis ist, und mich so lange halten, bis ich nicht mehr weinen muss.

Er kommt nicht.

Ich stolpere zurück ins Haus, gehe direkt in mein Zimmer und lehne mich von innen gegen die Tür. Das Licht lasse ich aus. Selbst im Dunkeln finde ich sofort das Skizzenbuch. Ich schalte die Taschenlampe von meinem Handy an, und diesmal weiß ich, noch bevor ich den Bleistift ansetze, wen ich zeichnen werde. Tränen laufen über meine Wangen. Elias' Gesicht wird mit jedem Strich deutlicher. Die Augen, deren Farbe in der Bleistiftzeichnung untergeht. Bis ich es nicht mehr aushalte und das ganze Gesicht mit kleinen Strichen durchkritzle. Ich will ihn nicht mehr sehen. Nie wieder. Am Ende schauen mich nur noch seine Augen an. Ich halte den Blick nicht aus, klappe das Buch zu und werfe es zurück in die Tasche.

Lügner!

YOUR EYES MY TEARS?
DEINE ... AUGE
D U
OH MANN EY
WAS IST DENN LOS?
Mit dir?
Mit mir?
Mit uns?
im Leben?

Strandgut

Tag 13

Am nächsten Morgen wache ich mit einem Scheißgefühl auf. Wie soll ich mich auch sonst fühlen, nachdem Niklas und Elias die größten Idioten sind, die hier rumlaufen? Aber das ist es nicht, zumindest nicht allein. Es sind schon dreizehn Tage vergangen, und ich erinnere mich immer noch an fast nichts!

Eines Tages wirst du dich erinnern.

Ja, klar. Gestern klang das alles so logisch, aber heute kann ich nicht mehr daran glauben. Wenn nicht ein Wunder geschieht, werde ich mich vielleicht nie mehr erinnern. Ich will nicht auf ein Wunder warten, ziehe lieber mein Handy aus der Tasche und schreibe Elias.

DU HAST DIE CHANCE, ALLES WIEDERGUTZUMACHEN – DEAL?

ICH

ZOE! ICH DACHTE SCHON, DU REDEST KEIN WORT MEHR MIT MIR. ES TUT MIR ECHT LEID! ALSO: DEAL!

Die nächsten fünf Minuten passiert nichts mehr. Shit! Wenn er sich echt nicht mehr meldet, muss ich eben auf gut Glück den Neckar entlanglaufen, ist mir auch egal!

Ich stehe auf und gehe duschen. Zurück im Zimmer, greife ich als Erstes nach dem Handy. Eine neue Nachricht. Diesmal hat Elias mir nur einen Kartenausschnitt geschickt, ohne jeden Kommentar.

Ich habe das Gefühl, das bin ich ihm schuldig. Direkt nach dem Frühstück hole ich mein Rad und fahre los.

Was, wenn mich der Ort kein Stück weiterbringt? Ich schiebe den Gedanken weg, versuche, mich auf den Weg zu konzentrieren.

Bei der letzten Brücke vor der Staustufe schließe ich mein Rad an. Laut Kartenausschnitt muss ich weiter in Richtung Staustufe. Der Weg ist viel schmaler als auf den Neckarwiesen, das Ufer zugewuchert. Hier sitzen keine Leute mehr im Gras. Zunächst irre ich ein Stück am Ufer entlang, bin mir nicht sicher, ob ich hier wirklich richtig bin. Doch dann sehe ich den schmalen Pfad nach rechts einbiegen, direkt auf die grauen Betonklötze zu. Mein Herz setzt für einen Schlag aus. Das ist er, das ist der Ort! Wie ferngesteuert laufe ich den Trampelpfad entlang, bleibe vor einem mit Gras überwucherten Metalldeckel stehen. Ich lege den Kopf auf das Metall, greife mit den Händen ins Gras und schließe die Augen. Ein Windhauch streift über mein Gesicht, er kommt von weit her, aus einer anderen Zeit, von einem anderen Ort.

Schritte. Schnelle Schritte, Rennen zwischen den Bäumen. Ein Zweig kratzt über mein Gesicht. Mein Herz rast. Ein Geräusch, hinter mir, weiterrennen, auf Matsch treten, der Fuß rutscht weg. Fallen.

Es ist vorbei …

Vorbei.

Ein Schlag, dumpf wie der grollende Donner.

Ein Stechen, das vom Kopf aus durch den ganzen Körper jagt.

..VERGESSEN...

Das Bewusstsein. Ausgelöscht.

Schwarz.

Schwarz ist die Farbe des Vergessens.

Ich reiße die Augen auf, hole Luft, will schreien, sehe zwischen den Zweigen den leuchtend blauen Himmel und bleibe stumm.

Leuchtend blau.

Ich werfe einen Blick auf das Gras neben mir, fast erwarte ich, den Spatz dort sitzen zu sehen, der mich mit seinen schwarzen Augen ansieht und fragt: Warum kommst du erst jetzt?

Beim Aufstehen hämmert mein Kopf, ich versuche, es zu ignorieren. Ich muss der Spur folgen, bevor sie sich auflöst wie Nebel im Sonnenschein.

Sie führt zwischen den Bäumen zurück auf den Weg, weiter den Fluss entlang, auf Höhe der Staustufe um die nächste Biegung und …

Ich kann nicht weiter. Genau vor mir ist der Busch aus meiner Skizze. Meine Füße gehorchen mir nicht, sie laufen los. Ich will nicht. Ich muss. Ich muss hinter dem Busch knien, dorthin sehen, wo ich lag. Vor mir, wo eine lange Reihe von Bäumen am Ufer wächst, liegt etwas auf dem Boden, groß wie ein Mensch. Ich springe auf und renne darauf zu, so schnell ich kann. Nicht schnell genug, es ist, als würde ich durch hüfttiefes Wasser waten, ich komme kaum vorwärts, lasse die Erhebung auf dem Boden nicht mehr aus dem Blick, habe Angst, sie für immer zu verlieren, weiß, das bin ich. Nur, es sieht nicht mehr aus wie ich – und irgendwie doch. Noch zehn Schritte, sie verblasst, ich zwinkere, versuche sie zu halten, je näher ich komme, umso schwieriger wird es. Bis ich dort bin und vor nichts als Wurzeln stehe.

Bitte … bleib.

Eine gefühlte Ewigkeit stehe ich am Ufer, sehe auf die Wurzeln vor meinen Füßen und warte, ob es aufhört, wehzutun. Es hört nicht auf. Ich gewöhne mich nur daran. Es wird zu einem leisen Pochen, das ich ignorieren kann. Wie ein Schnitt im Finger. Wenn ich eine falsche Bewegung mache, tut er wieder weh, aber es bringt mich nicht um, ich kann weitermachen. Irgendwie.

Mein Handy klingelt. Elias!

Will er mich kontrollieren? Steht er vielleicht vorne an der Stelle, an der er mich gefunden hat, und will wissen, wo ich bin?

Ich hebe ab. »Was ist?«

»Zoe?« Allein, wie er meinen Namen ausspricht, lässt mich aufhorchen. »Kannst du kommen, bitte? Ich bin in der Kopfklinik …«

In der Kopfklinik? Hat er heute Schicht? »Ist alles in Ordnung?«

»Ich erzähl's dir, wenn du da bist.« Er wartet, und ich weiß nicht, was ich denken oder sagen soll.

»Bitte, Zoe …« In seiner Stimme liegt eine Dringlichkeit, die mir Angst macht.

»Sag mir, was los ist.« Ich bin schon auf dem Weg zurück zu dem Ort, an dem ich aufgewacht bin, von dort aus finde ich die Kopfklinik.

»Bitte komm …«, flüstert er.

»Okay, ich bin gleich da!« Ohne seine Antwort abzuwarten, lege ich auf, stopfe das Handy in die Tasche und renne. Renne, als hinge sein Leben davon ab, wie lange ich brauche, um zur Klinik zu kommen. Renne, bis meine Lungen brennen und ich mich zwingen muss, langsamer zu laufen.

Die Station, auf der er liegt, sieht genauso aus wie die, auf der ich lag. Sie ist nur in einem anderen Trakt.

Ich habe keinen Schimmer, warum die Krankenschwester mich zu Elias lässt, es ist keine Besuchszeit, aber ich frage lieber nicht nach.

Vor der Zimmertür bleibe ich stehen, atme so lange durch, bis ich wieder Luft bekomme, bevor ich klopfe und sie ein Stück aufschiebe. »Elias?«

Der Anblick kommt mir sehr vertraut vor: Ich kann nur den Tisch mit den zwei Stühlen sehen, das Bett steht hinter der Badezimmerecke rechts im Raum. An der Ecke halte ich an, starre auf das Bett und presse die Hand gegen meinen Mund.

Das Kopfteil ist hochgestellt. Elias sieht mich an, die Lippen zu einem winzigen Lächeln verzogen. Mehr geht nicht. Tausend kleine Pflaster übersäen sein Gesicht, nur Augen und Mund sind noch frei.

»Elias!« Ich schreie doch, stürze zu ihm, will ihn in den Arm nehmen, traue mich nicht, will ihm nicht wehtun. Meine Hände umklammern seine Schultern, und ich muss mich zusammenreißen, um ihn nicht zu rütteln. »Was … ist passiert?«

»Es sieht schlimmer aus, als es ist, ehrlich.« Er streicht über meine Wange. »Nicht weinen, Zoe, okay?«

Ich weine?

Er beugt sich nach vorne und nimmt mich in den Arm. Nicht fest genug, um die Ahnung aufzuhalten, die in mir aufsteigt. »Es … ich wollte nicht … ich wusste nicht … Elias … es … ich …« Der Rest meines Gestammels wird von einem Schluchzen erstickt.

»Ist gut. Mir tut es auch leid, ich kann verstehen, dass du

sauer warst. Ich will keine Geheimnisse vor dir haben, hörst du?« Er hält mich. Tröstet mich. Ich müsste *ihn* trösten!

Ich schüttle den Kopf, mache mich von ihm los und sehe in seine Augen. Regenwolkengrau. »Elias, was ist passiert? Sag mir bitte, was passiert ist.«

»Ich wollte dich nicht alleine gehen lassen.« Er sieht mich völlig zerknirscht an. »Sorry, ich weiß, du hast gesagt, ich soll dich in Ruhe lassen, aber ich habe mir Sorgen gemacht … ich musste einfach kommen …«

Bei seinen Worten zieht sich mein Magen zusammen. Er ist so süß, so verdammt süß, warum habe ich geglaubt, er verheimlicht mir etwas? Ich streiche durch seine Haare, schüttle den Kopf. »Es tut mir so leid …«, sage ich wieder, als könnte ich alles ungeschehen machen, wenn ich es nur oft genug wiederhole.

Ich kann es nicht.

»Zoe, *mir* tut es leid. Ich wollte offen zu dir sein.«

Ich lege ihm den Finger auf die Lippen. »Nein, hör mir zu. Ich bin schuld, irgendetwas hab ich …«

»Bist du verrückt? An deiner Stelle wäre ich auch verletzt gewesen.«

Es ist sinnlos weiterzudiskutieren. Ich habe keine Worte für das, was in mir vorgeht.

»Was ist mit deinem Gesicht passiert?« Ich muss es wissen.

»Das Auto war plötzlich da, ich bin drübergeflogen, dann Blackout.« Er sieht kurz nach unten, bevor er mich mit diesem winzigen Lächeln anlächelt. »Muss wohl mit dem Kopf voraus in einer Dornenhecke gelandet sein. Der Arzt meint, ich hätte Glück gehabt, dass ich mir nicht die Augen verkratzt habe …«

Ich falle in mich zusammen wie eine Marionette, der man die Fäden durchgeschnitten hat, versuche, das Bild aus mei-

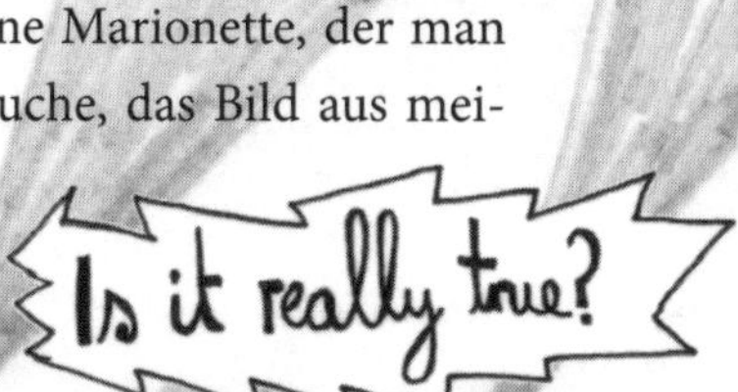

nem Kopf zu bekommen. Die Zeichnung. Meine Zeichnung von seinem Gesicht, die vielen kleinen Striche, mit denen ich es unkenntlich gemacht habe.

Das kann nicht sein. Das ist völlig absurd.

»Was ist los? Keine Sorge, so schlimm ist es nicht, es wird alles wieder heilen.« Elias streicht über meine Stirn, ich fasse nach seiner Hand und sehe ihn an. »Ich habe es nicht gewusst …«

»Du hast es doch nicht wissen können. Es wäre auch passiert, wenn wir uns nicht gestritten hätten!«

Ich schüttle den Kopf, bringe kein Wort mehr heraus.

Du musst es ihm zeigen.

Ich kann nicht.

Sanft zieht er meinen Kopf zu sich, seine Augen sind direkt vor meinen, so nah, dass sie fast zu einem verschmelzen. »Ich bin so froh, dass du hier bist. Ich will dich nicht sofort wieder verlieren.«

Bevor ich etwas sagen kann, berühren seine Lippen meinen Mund. Vorsichtig, als hätte er Angst, ich würde ihn nicht küssen wollen. Ich erwidere den Kuss und wünsche mir, ich könnte die Kratzer mit meinen Lippen auflösen.

Wegen dem Blackout muss Elias zur Beobachtung über Nacht bleiben. Verdacht auf Gehirnerschütterung.

Die Krankenschwester lässt uns in Ruhe. Sie holt die Reste des Abendessens und verliert kein Wort darüber, warum ich noch immer hier bin. Ich schreibe eine Nachricht an Lars.

Niklas hat mir geschrieben.

Danach schalte ich das Handy aus. Ich habe jetzt keinen Kopf, mich mit Niklas auseinanderzusetzen, und Stefanie versucht garantiert, mich anzurufen.

Ich schiebe den Stuhl ganz nah an Elias' Bett und halte seine Hand. Er drückt meine so fest, als hätte er Angst, ich könnte abhauen, sobald er schläft.

»Diesmal ist es umgekehrt, diesmal sitze ich an deinem Bett und passe auf dich auf«, flüstere ich.

Er lächelt mich wieder mit dem winzigen Lächeln an. »Ich bin so froh, dass du gekommen bist.«

»Ich auch.«

»Willst du dich mit aufs Bett legen?« Er rutscht ein Stück zur Seite.

Ich schüttle den Kopf. Die Vorstellung, mich zu ihm zu legen, löst ein Kribbeln in meinem Bauch aus, aber nach allem, was heute passiert ist, kann ich nicht. Was, wenn ich wirklich schuld bin?

»Nein, du musst dich erholen. Ich sitze hier und passe auf dich auf!«

»Ach, Zoe.« Er streicht mir über die Wange, rückt ganz nah zu mir, und ich lege den Kopf neben seinen, schließe die Augen, spüre seine Nähe und bin froh, bei ihm zu sein.

Mitten in der Nacht geht die Tür auf. Hinter dem Holz an der Wand kriecht oranges Licht hervor. Draußen ist es stockdunkel. Wer ist das? Ich halte Elias' Hand, unsicher, ob ich ihn wecken soll, und richte mich auf. Ein Schatten biegt um die Ecke, bleibt am Fußende stehen und mustert uns.

»Niklas?«, flüstere ich.

Sein Gesicht liegt im Dunkeln, er sieht zu Elias, die Hände auf den Metallrahmen des Fußteils gestützt. Ich will ihn noch mal ansprechen, aber es ist, als wäre er abgeschirmt von der Welt, in einem eigenen Raum, in dem nur er und Elias sind und meine Stimme ihn nicht erreicht. »Kommst du kurz mit raus?«, fragt er plötzlich und sieht mich an.

Ich nicke, lasse Elias' Hand los. »Ich bin gleich wieder da.« Meine Lippen berühren für einen Augenblick die Pflaster auf seiner Stirn, und der Geruch des Desinfektionsmittels steigt mir in die Nase.

Schweigend laufe ich neben Niklas den Flur entlang, folge ihm zur Sitzecke im Aufenthaltsraum. Von dort aus kann ich die Zimmertür nicht mehr sehen, was mich nervös macht.

Wir setzen uns, jeder an ein Ende des Ledersofas. Nur der Flur ist beleuchtet, meine Augen brauchen einen Moment, bevor sie sich an das Dämmerlicht im Raum gewöhnt haben. Niklas mustert mich. »Ich habe versucht, dich zu erreichen, aber dein Handy ist aus.«

»Ich wollte nicht, dass Lars oder Stefanie kommen und mich abholen.«

Er nickt, ich will etwas sagen, finde aber keine Worte für meine Gedanken.

»Das mit gestern tut mir leid.« Er verzieht den Mund zu einem schiefen Lächeln. »War eine Scheißaktion …«

»Schon gut«, murmle ich und halte ihm die Hand hin. Mir fehlt die Kraft, mich jetzt deswegen mit ihm zu streiten. Es war eine Scheißaktion, klar, aber wenn ich ehrlich bin, bin ich froh, dass er gekommen ist.

»Sorry?« Er nimmt meine Hand, ein Lächeln huscht über sein Gesicht, ehe er wieder ernst wird. »Kommt nicht mehr vor, okay?«

Ich nicke, und es fühlt sich fast wieder so an wie ganz am Anfang, als er noch Stormtrooper zu mir gesagt hat.

»Geht es dir gut?«, fragt er.

Ich schüttle den Kopf. Gut ist so weit von dem Zustand, wie es mir geht, entfernt wie der Mond von der Erde. Mindestens. Nur, wie soll ich das Niklas erklären? Endlose Sekunden sitzen wir schweigend da. Ich drücke seine Hand, so fest ich kann, will seine Wärme spüren und seine Stimme hören, die mir versichert, nicht verrückt zu sein. Aber ich sitze am anderen Ende des Sofas, unfähig, seinen Blick zu halten, von dem ich nicht weiß, ob er besorgt ist oder vielleicht doch wütend oder enttäuscht oder ich weiß nicht was.

»Ist es schlimm?«, fragt er.

Ich habe keine Ahnung, ob er mich oder Elias meint.

»Er sagt, es seien nur oberflächliche Kratzer. Man sieht

durch die ganzen Pflaster ja nichts«, antworte ich, weil ich für meinen Zustand keine Worte finde.

Niklas nickt und sieht mich immer noch an. Ich will es ihm sagen, will ihm von der Skizze erzählen und dem Unfall. Aber ich weiß nicht, wo ich anfangen soll. Meine Augen suchen seine, und ich hoffe, er kann es in ihnen lesen, weil mein Mund sich weigert zu sprechen. Niklas nickt noch einmal, lässt meine Hand plötzlich los und steht auf. Ich springe hoch und bin mit einem Satz bei ihm. Wir stehen ganz dicht voreinander, und er legt mir die Hand auf die Schulter. Sie ist schwer, warm und schwer.

»Pass verdammt gut auf dich auf, Zoe«, sagt er.

Ich nicke, obwohl es dafür längst zu spät ist.

Kurz drückt er meine Schulter, ich glaube, er will noch etwas sagen, doch er sagt nichts, dreht sich nur um und geht mit gesenktem Kopf den Gang davon. Ich sehe ihm nach, zu seinen Händen, die zu Fäusten geballt sind, und schaue noch auf die Tür, nachdem sie sich längst hinter ihm geschlossen hat.

Bis mir Elias wieder einfällt und ich losrenne, als dürfe ich keine Minute mehr verschwenden. Vor seinem Zimmer zwinge ich mich, die Tür ganz leise zu öffnen. Habe plötzlich Angst, ihm könnte etwas passiert sein. Er liegt im Bett, sein Atem geht ruhig, die Augen sind geschlossen.

Meine Welt geht unter, und er schläft, als wäre nichts passiert. Ich lege meine Hand auf seine Wange, will ihn nie wieder loslassen. Lasse ihn doch los, um das Skizzenbuch aus meiner Tasche zu ziehen. Meine Finger zittern, trotzdem führe ich den Stift über das Papier. Ich erkenne mich, an einer Tür stehend, das Gesicht verheult. Schatten greifen nach mir, wollen mich nach draußen ziehen. Ich setze die Spitze an meiner Wange an.

Meine Hand kann den Stift kaum mehr halten, das Herz hämmert in meinen Brustkorb. Mit der anderen Hand greife ich nach dem Skizzenbuch und ziehe es weg. Zu spät. Da ist er, ein langer Strich auf meiner Wange. Ich lasse den Stift fallen, berühre mein Gesicht. Nichts. Natürlich nichts.

Ich werde verrückt. Ich werde total verrückt.

SCHULDIG

TAG 14
nach dem Tag, an dem ich mein Gedächtnis verloren habe.

Eine Hand streicht durch meine Haare, Atem kitzelt mein Ohr, auf meiner Wange eine kurze Berührung, sanft wie der Flügelschlag eines Schmetterlings. Ich blinzle und sehe direkt in zwei regenwolkengraue Augen.

»Guten Morgen, Wächterin meines Schlafs«, flüstert Elias und haucht mir einen Kuss auf die Lippen.

Auf seinen Mund stiehlt sich das winzige Lächeln. »Du siehst müde aus. Komm, geh nach Hause und leg dich hin. Sie holen mich nach dem Frühstück sowieso für Untersuchungen ab.«

Ich richte mich auf, mein Rücken verkrampft sich, und für einen Moment verziehe ich vor Schmerz das Gesicht. »Ich kann dich doch nicht hängen lassen!«

»Du musst schlafen. Ich melde mich, sobald ich mehr weiß. Und ich bestehe sowieso darauf, dass wir uns wiedersehen.«

»Versprochen?« Ich sehe ihm in die Augen.

Er nickt. »Versprochen. Ich melde mich spätestens heute Nachmittag, okay? Wahrscheinlich lassen sie mich dann eh gehen.«

»Ich hol dich ab. Sobald du rauskannst, hole ich dich ab!«

Das Lächeln strahlt bis in seine Augen, und er zwinkert mir zu. »Okay.«

»Und wenn nicht, komme ich und pass auf dich auf!«

Statt etwas zu sagen, zieht er mich an sich und küsst mich. Endlos lang. Aber nicht lang genug, um die Stimmen in mir zum Schweigen zu bringen.

Auf dem Weg nach Hause hole ich mein Fahrrad, das an der Brücke auf mich gewartet hat, und schalte mein Handy wieder ein. Drei Anrufe von Stefanie, zwei von Lars und einer von Niklas. Zwei Nachrichten auf der Mailbox.

Die erste von Stefanie: »Zoe, wenn du nicht sofort nach Hause kommst, gibt es richtig Ärger!«

Und die andere von Lars: »Zoe, deine Mutter ist krank vor Sorge, bitte melde dich!«

Sorge hört sich anders an.

Ich brauche die Haustür nicht zu öffnen. Der Postbote steht im Flur und sortiert Briefe. Mein Blick fällt auf den obersten. *Maya und Zoe Mendel.*

Maya und Zoe.

Alles fängt an, sich zu drehen, ich greife an die Wand, suche nach Halt, habe das Gefühl, zu stürzen. Das Lachen klingt in meinen Ohren, und für einen Moment sehe ich das tiefblaue Augenpaar mit den braunen Sprenkeln vor mir.

Maya.

»Entschuldigen Sie …« Meine Stimme bricht weg, ich räuspere mich.

»Hmm?« Der Postbote sieht mich über den Rand seiner Brille an.

»Der da ist für mich«, sage ich und deute auf den Stapel in seinem Arm.

»Maya Mendel?«

Der Name ist wie eine Explosion, sie bricht ein Loch in die Mauer, und mir wird schwarz vor Augen, für Sekunden sehe ich nichts mehr.

Ich schüttle den Kopf. »Nein, Zoe, Zoe Mendel.«

Der Postbote sieht mich eine Ewigkeit an. Ich versuche, das Zittern zu unterdrücken, es bebt in meinem ganzen Körper. Nichts anmerken lassen, ich darf mir nichts anmerken lassen.

Er reicht mir den Brief.

»Danke«, sage ich und will die Treppe nach oben laufen.

»Halt! Ihr habt noch mehr Post!« Er gibt mir zwei Briefe für Lars. Ich gehe die Stufen hoch, warte, bis er fertig und die Haustür hinter ihm ins Schloss gefallen ist. Schleiche mich dann zurück und werfe Lars' Briefe in unseren Kasten. Den für mich lege ich in das Skizzenbuch.

Sobald ich die Tür aufsperre, stürmt Stefanie in den Flur. »Da bist du ja! Was denkst du dir dabei, dein Telefon abzustellen? Du sagst mir sofort, wo du warst!«

»Bei Elias. Hab ich doch geschrieben. Er hatte einen Unfall und ist im Krankenhaus.«

»Elias? Ist das nicht dieser Kerl, wegen dem du aus dem Fenster gestiegen bist? Willst du mir sagen, du bist jetzt mit ihm zusammen?« Sie kommt auf mich zu. »Was denkst du dir dabei, die Nacht bei einem Kerl zu verbringen, den du nicht wirklich kennst? Es hätte sonst was passieren können!«

»Er ist nicht irgendein Kerl! Und er hat mich gebraucht – was hätte mir bitte schön im Krankenhaus passieren sollen?«

»Im Krankenhaus? Denk dir wenigstens eine glaubwürdige Ausrede aus, wenn du die Nacht bei ihm verbringen willst!«

Zum Beispiel? Witzig, die Wahrheit klingt unwahrscheinlicher als die ganzen Lügen, die sie mir aufgetischt haben. Ich sage nichts mehr, sehe sie an und will nur noch in mein Zimmer gehen.

»Ich rufe deinen Vater an, er soll nach Hause kommen. Das wird ein Nachspiel haben, verlass dich drauf!« Sie lässt mich stehen.

Es ist mir egal. Alles ist im Moment egal, ich muss diesen Brief lesen. Und zwar jetzt, sofort!

Ich setze mich von innen gegen die Tür und ziehe den Umschlag aus der Tasche, drehe ihn um, sehe auf den Absender. *Katarina Lorenz … Bamberg.*

Es dauert ewig, den Umschlag aufzureißen, sosehr wie meine Finger zittern. Ich zerre den Brief raus und konzentriere mich auf die geschwungene Handschrift.

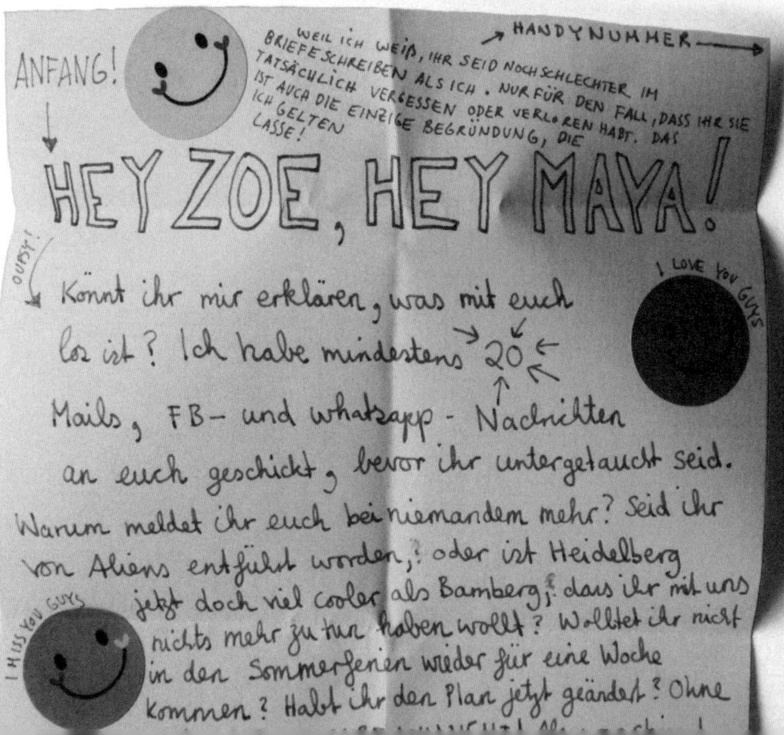
ANFANG!

HANDYNUMMER

WEIL ICH WEIß, IHR SEID NOCH SCHLECHTER IM BRIEFESCHREIBEN ALS ICH. NUR FÜR DEN FALL, DASS IHR SIE TATSÄCHLICH VERGESSEN ODER VERLOREN HABT. DAS IST AUCH DIE EINZIGE BEGRÜNDUNG, DIE ICH GELTEN LASSE!

HEY ZOE, HEY MAYA!

I LOVE YOU GUYS

Könnt ihr mir erklären, was mit euch los ist? Ich habe mindestens 20 Mails, FB- und whatsapp-Nachrichten an euch geschickt, bevor ihr untergetaucht seid. Warum meldet ihr euch bei niemandem mehr? Seid ihr von Aliens entführt worden? oder ist Heidelberg jetzt doch viel cooler als Bamberg, dass ihr mit uns nichts mehr zu tun haben wollt? Wolltet ihr nicht in den Sommerferien wieder für eine Woche kommen? Habt ihr den Plan jetzt geändert? Ohne

I MISS YOU GUYS

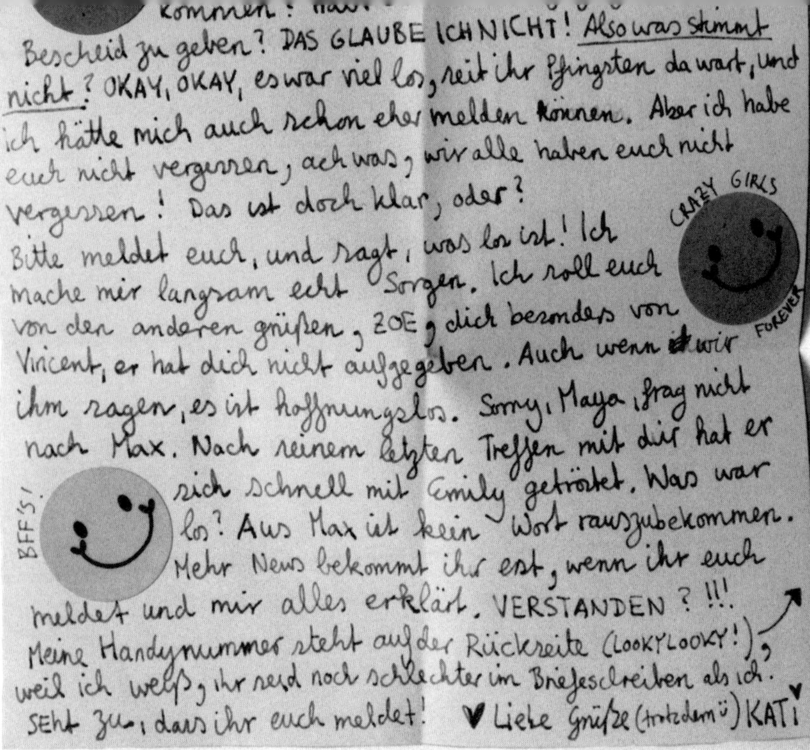
Bescheid zu geben? DAS GLAUBE ICH NICHT! Also was stimmt nicht? OKAY, OKAY, es war viel los, seit ihr Pfingsten da wart, und ich hätte mich auch schon eher melden können. Aber ich habe euch nicht vergessen, ach was, wir alle haben euch nicht vergessen! Das ist doch klar, oder?
Bitte meldet euch, und sagt, was los ist! Ich mache mir langsam echt Sorgen. Ich soll euch von den anderen grüßen, ZOE, dich besonders von Vincent, er hat dich nicht aufgegeben. Auch wenn wir ihm sagen, es ist hoffnungslos. Sorry, Maya, frag nicht nach Max. Nach seinem letzten Treffen mit dir hat er sich schnell mit Emily getröstet. Was war los? Aus Max ist kein Wort rauszubekommen. Mehr News bekommt ihr erst, wenn ihr euch meldet und mir alles erklärt. VERSTANDEN? !!!
Meine Handynummer steht auf der Rückseite (LOOKY LOOKY!), weil ich weiß, ihr seid noch schlechter im Briefeschreiben als ich!
SEHT zu, dass ihr euch meldet! ♥ Liebe Grüße (trotzdem) KATI ♥

Wenn sie wüsste, *was* ich alles vergessen habe! Eine Handynummer wäre mein kleinstes Problem, ehrlich. Ich speichere Katis Nummer in meinem Telefon und vergrabe den Brief in der Umhängetasche.

Ohne es zu merken, habe ich das Skizzenbuch rausgezogen und aufgeblättert. Ich kann nicht anders, als immer wieder die beiden Namen zu schreiben.

Zoe … Maya … Maya & Zoe … Zoe & Maya.

Maya.

Ein Gesicht blitzt vor meinen Augen auf. Da kapiere ich es. Ich springe hoch, renne ins Wohnzimmer, starre auf die Fotos an der Wand.

Maya.

Jemand sperrt die Wohnungstür auf, ich höre Lars' Stimme im Flur.

Für M.

Wo ist Maya? Was ist passiert?

Ich beuge mich ganz dicht zu einem der Bilder, bin mir sicher, braune Sprenkel in den Augen zu finden, aber die Auflösung ist viel zu schlecht, ich kann es nicht erkennen.

Lars und Stefanie kommen ins Wohnzimmer, und bevor einer der beiden etwas sagen kann, schreie ich sie an. »Was habt ihr mit Maya gemacht? Wo ist sie?«

Sie erstarren, Stefanie fasst nach Lars' Arm und kippt beinahe um.

»Wir haben nichts mit Maya gemacht«, sagt Lars.

»Warum habt ihr sie vor mir verheimlicht? Was ist passiert? Was ist mit ihr passiert?«

»Sag du es mir, Zoe!« Stefanies Gesicht ist bleich, ihre Stimme seltsam ruhig.

Ich bekomme kaum noch Luft. »Was soll ich sagen?«

Hast du vergessen, was passiert ist? Nach dem, was sie …

»Maya ist tot, Zoe«, sagt Lars.

Tot?

»Erschlagen … dein Fahrrad keine zwanzig Meter entfernt und deine Tasche neben ihr«, flüstert Stefanie. Tränen laufen über ihr Gesicht, sie dreht sich um und rennt in den Flur.

Ich sitze hinter dem Busch am Fluss. Unter dem Baum liegt etwas, groß wie ein Mensch, das bin nicht ich, es ist, es muss …

»Hier!« Stefanie knallt eine Skizze auf das Klavier. »Wie erklärst du uns das, Zoe?«

Ich nehme die Skizze, sehe das Mädchen, das ich sein könnte, aber nicht bin. Den gespaltenen Kopf, die Tränen aus Blut. Meine Finger fangen an zu zittern, das Zittern geht über auf meinen Arm, meinen Körper. Mir ist kalt. Eiskalt. Im Rückwärtsgehen stoße ich gegen die Wand, immer noch das Papier in der Hand, und für eine Sekunde blitzt ihr Gesicht vor mir auf, neben der Wurzel unter dem Baum. Blutüberströmt. Die Augen aufgerissen, starrt sie mich an. Tot und leer. Ich presse die Hände gegen meinen Kopf, schreie, will das Gesicht nicht mehr sehen und werde es nicht los.

Lars und Stefanie stehen noch immer an der Tür, sie bewegen sich nicht, sie sehen mich einfach nur an. Ihre Blicke sind leer. Kalt und leer. Ich kauere auf dem Boden, die Arme um meinen Körper geschlungen, und kann nicht mehr aufhören zu weinen.

Die Leidenschaften, über deren Ursprung wir uns selbst täuschen, beherrschen uns gerade am heftigsten.

Ich sehe wieder auf die Skizze, auf das Mädchen, das nicht ich bin, sondern Maya. Meine Schwester Maya.

Was habe ich getan?

EDER BEKOMMT
DAS, WAS
R
ERDIENT!
DU DUMME
I DON'T NEED YOU ANYMORE
KILL
COME
BACK
TO
US
M
M
LOST
LOVE
I HATE YOU
GONE BABY GONE
ich hasse dich
DU
ICH
DU
ICH
DU

Danksagung

Danke an: Frederik, ohne Dich wäre das hier nicht zu dem geworden, was es jetzt ist. Christopher, für Deine Unterstützung & das Lied *Barfuß am Klavier*. Olaf, ich vermisse Deine Mixtapes! Last but not least danke an meine Mädels, sowohl die aus dem Schreibcamp als auch die zwei süßen zu Hause! :-)

Heidrun

Ich danke Marian, Coco, Elisabeth und Maya. Danke auch an Olaf Hajek.

Miri

Wir beide danken dem Team von Oetinger34 für die Möglichkeit, diese Reihe mit Euch zu verwirklichen!

7 Fragen an Heidrun Wagner

3 Sätze über Dich: *Meistens bin ich zufrieden. Einmal konnte ich mich an etwas wirklich Wichtiges nicht mehr erinnern. Den Großteil der Zeit bin ich total normal, nur ab und zu habe ich seltsame Einfälle.*

2. Warum Oetinger34? *Was ich an OE34 mag: die Möglichkeiten der Plattform zum kreativen Austausch mit anderen, die gerne schreiben oder Wörtern Bilder gegenüberstellen. Das Feedback und Sich-manchmal-auch-gegenseitig-Aufbauen, wenn es mal nicht so läuft, wie man es sich gedacht hat. Die Möglichkeit, sehr früh zusammen Ideen zu entwickeln und gemeinsam an Bild und Text zu arbeiten, sowie die Einblicke in die Verlagswelt.*

3. Was ist das besondere an Deinem Text? *Es war eine Herausforderung, mich in Zoe einzufühlen, die ohne irgendeinen Anhaltspunkt an ihr bisheriges Ich im Niemandsland steht. Letztendlich habe ich mich mit ihr auf die Suche nach ihrem Leben gemacht. Und ich hoffe, für Euch ist es genauso spannend, Zoe auf ihrer Reise zu sich selbst zu begleiten, wie es für mich war!*

4. Ein Gruß an Deine Leser: *Glaubt ihr, Eure Identität ist mehr als die Summe Eurer Erinnerungen?*

5. Kaffee oder Sprite?

☒ ☐

6. Vertrauen oder Hinterfragen?

☐ ☒

7. Stormtrooper oder Totally Unique?

☒ ☐

7 Fragen an Miri D'Oro

3 Sätze über Dich: *Mein voller Name ist Miriam Ruth Anna Marie D'Oro, und ich bin eine Prinzessin. Meine Lieblingsfarbe ist irisierendes Hologramm. Ich glaube an die Liebe.*

2. Warum Oetinger34? *Weil's richtig cool ist!*

3. Was ist das besondere an Deinen Bildern? *Sie sind verrückt, künstlerisch und haben keine Angst.*

4. Ein Gruß an Deine Leser: *Follow me on insta and send me a message, XO!*

5. Kaffee oder Sprite

☒ ☐

6. Vertrauen oder Hinterfragen?

☒ ☐

7. Stormtrooper oder Totally Unique?

☐ ☒

Möchtest Du endlich genau die Bücher veröffentlicht sehen, die Du schon immer lesen wolltest? Möchtest Du dabei sein, wenn der nächste große Bestseller geschrieben wird? Willst Du vor allen anderen die spannendsten, kreativsten, überraschendsten Geschichten entdecken? Deine Meinung ist gefragt!
Bei uns tauschen sich Autoren und Illustratoren mit ihren Junior-lektoren und Lesern aus. Und Du bist mittendrin und erlebst hautnah, wie die Bücher der Zukunft entstehen.
Oetinger34 trägt die Hausnummer des Verlags im Namen, weil Du Dich bei uns zu Hause fühlen sollst. Egal, wo Du gerade bist: Logg Dich ein und sei dabei!

Werde Teil einer einzigartigen Kreativ-Community. Schreib mit uns Geschichte!

„Gute Ideen, ganz pur, manchmal ausgefallen und zum Mitreden. Unbedingt lesenswert." (Hermine Vulturius, Leserin Oetinger34)

„Manchmal habe ich das Gefühl, als hätte ich eine Abkürzung genommen" (Silas Matthes, Autor Oetinger34)

„Gibt allen Kreativen die Chance, ihre Fähigkeiten zu zeigen und zu entwickeln." (Billy Bock, Illustratorin Oetinger34)

OETINGER 34

www.oetinger34.de/buch